COLLECTION FOLIO

Amos Oz

Mon Michaël

Traduit de l'hébreu
par Rina Viers

Gallimard

Titre original :

MICHAEL CHELI

Amos Oz est né à Jérusalem en 1939. Il commence ses études dans cette ville et finit le cycle secondaire au kibboutz Hulda, dont il est membre depuis 1957. Après son service militaire, il travaille dans différents secteurs de l'exploitation agricole du kibboutz. Diplômé de littérature et de philosophie de l'Université hébraïque de Jérusalem, il a enseigné au lycée du kibboutz. Il est marié et père de trois enfants. Pendant la guerre des Six-Jours, officier de réserve, il a pris part au combat de blindés du Sinaï.

Il est connu pour ses articles politiques et idéologiques publiés en Israël et à l'étranger. Il a milité dans le mouvement anti-annexionniste après la guerre de 1967. Invité par l'Université d'Oxford, il a séjourné un an en Angleterre.

Traduit en quatorze langues, Amos Oz est l'auteur de plusieurs romans et nouvelles. C'est la parution de son premier roman, *Ailleurs peut-être*, qui, en 1971, l'a tout de suite imposé en France. Il est la figure la plus marquante de cette « jeune » génération israélienne aujourd'hui arrivée à maturité. Militant pour une réconciliation israélo-arabe, il est devenu l'un des leaders du mouvement « La Paix maintenant ». Cet engagement est illustré par son ouvrage *Les voix d'Israël* paru en 1983. Amos Oz a reçu le prix Femina étranger en 1988 pour son roman *La boîte noire* et le prix de la Paix en 1993.

I

J'écris car ceux que j'aimais sont déjà morts. Quand j'étais enfant j'avais la force d'aimer ; maintenant cette flamme va s'éteindre. Alors j'écris. Je ne veux pas mourir.

J'ai trente ans. Je suis mariée. Michaël Gonen, mon mari, est docteur en géologie. C'est un homme doux. Je l'aimais. Nous nous étions rencontrés dans le monastère de Terra Sancta, il y a dix ans. J'étais auditrice libre à l'Université hébraïque, du temps où les cours avaient encore lieu dans le collège de Terra Sancta.

Et voilà comment nous nous sommes rencontrés :

C'était l'hiver, il était neuf heures du matin, je trébuchai dans l'escalier. Un jeune inconnu me prit par le bras d'une main ferme et retenue à la fois. J'aperçus des doigts courts, des ongles plats, des doigts pâles avec des touffes de poils noirs aux articulations. Il s'était empressé de m'empêcher de tomber. Je m'appuyai sur son bras jusqu'à ce que la douleur s'apaise, j'étais confuse. Je me sentais humiliée d'avoir trébuché en présence d'inconnus : les yeux scrutent et interrogent, les sourires sont ambigus. J'étais surtout confuse car la main du jeune inconnu était large et chaude. Pendant qu'il me soutenait je sentais la chaleur de ses doigts à travers la manche de la robe bleue que ma mère m'avait tricotée. C'était l'hiver à Jérusalem.

Il voulut savoir si je m'étais fait mal.

Je lui dis que je m'étais peut-être foulé la cheville.

Il me fit remarquer qu'il trouvait beau le mot « cheville ». Puis il sourit. Son sourire timide m'intimidait. Je rougis. Je ne repoussai pas sa proposition de m'accompagner au bar du rez-de-chaussée. Mon pied me faisait mal. Le collège de Terra Sancta est un monastère chrétien prêté à l'Université hébraïque depuis la fermeture de la route menant au mont Scopus. C'est un bâtiment froid : les couloirs sont hauts et larges. Je suivis, désorientée, le jeune inconnu qui me soutenait. Qu'il m'était doux de lui obéir ! Je n'osais le regarder ni interroger son visage. Il me semblait qu'il avait un visage allongé, maigre et brun.

Il me dit : « Asseyons-nous maintenant. »

Nous nous sommes assis sans nous regarder. Sans me le demander il commanda deux cafés. J'avais aimé mon pauvre père plus que tout au monde. Lorsque mon nouvel ami tourna la tête je vis que la coupe de ses cheveux était stricte et qu'il n'était pas rasé de près. Des poils drus et noirs apparaissaient surtout sous son menton. Je ne sais pourquoi ce détail me parut important et j'y vis quelque chose qui parlait justement en sa faveur. J'aimais son sourire et ses doigts qui jouaient avec la petite cuillère comme s'ils étaient animés d'une vie propre, comme s'ils ne dépendaient pas de lui. Et la cuillère était heureuse entre ses doigts. Mon doigt désirait le caresser doucement sous le menton, à l'endroit où il était mal rasé, où les poils drus dépassaient.

Il s'appelle Michaël Gonen.

Il est en troisième année de géologie. Il est né à Holon et y habite.

— Il fait froid chez toi, à Jérusalem.

— Chez moi, à Jérusalem ? Comment sais-tu que je suis de Jérusalem ?

Oh, il s'excuse d'avoir fait erreur, pourtant il ne pense pas s'être trompé. Il avait déjà appris à reconnaître les habitants de Jérusalem du premier coup d'œil. Il s'exprima ainsi et pour la première fois me regarda dans les yeux. Il avait les yeux gris. J'y vis un éclat de rire, pourtant ce n'était pas un éclair de joie. Je lui dis qu'il avait deviné juste. Je suis bien de Jérusalem.

— Deviné ? Non !

Il fait semblant d'être vexé et du bout des lèvres amorce un sourire. Non, il n'avait pas deviné. Il avait reconnu en moi une habitante de Jérusalem. Il avait vu ? Enseignerait-on ce genre de choses aussi en géologie ? Non, bien sûr que non. Cela, ce sont justement les chats qui le lui avaient appris. Les chats ? ! Oui. Il aimait les observer. Les chats ne s'attachent jamais à qui ne les aime pas. Ils ne se trompent jamais sur les hommes.

— Tu es gai, lui dis-je d'un ton joyeux. Je lui souris et ce sourire me livra.

Puis Michaël Gonen m'invita à le suivre au troisième étage de Terra Sancta. On allait projeter des documentaires sur la mer Morte et le désert.

En passant dans l'escalier, à l'endroit où j'avais trébuché, Michaël me serra à nouveau le coude dans sa main gauche. Comme si la marche de cet escalier était vouée aux accidents. Je sentis distinctement chacun de ses doigts à travers ma robe de laine bleue. Il fut pris d'une toux sèche et je le regardai. Il le remarqua. Il rougit. Jusqu'aux oreilles. La pluie martelait les vitres.

Michaël me dit :

— Quelle pluie battante.

— Oui, quelle pluie battante, dis-je avec enthousiasme comme si je venais de découvrir que nous étions de la même famille.

Michaël hésita. Puis il ajouta :

— Ce matin, déjà, j'avais remarqué du brouillard et le vent soufflait fort.

— Chez nous, à Jérusalem, l'hiver est rude, lui dis-je gaiement, en insistant bien sur le « chez nous » pour lui rappeler ses premiers mots. Je voulais le faire parler encore. Mais il ne trouva rien à me répondre car il n'est pas spirituel. C'est pourquoi il sourit de nouveau. Par une journée pluvieuse, à Jérusalem, dans le monastère de Terra Sancta, dans l'escalier entre le deuxième et le troisième étage. Je n'ai pas oublié.

Le documentaire scientifique montrait comment on laisse l'eau s'évaporer jusqu'à ce que le sel pur apparaisse : des cristaux d'un blanc étincelant sur la boue grise. Les minéraux en cristaux ressemblaient à des veines si fines et si fragiles.

Et la terre grise se fendillait sous nos yeux : c'était un film didactique qui montrait les phénomènes de la nature à un rythme accéléré. Les images étaient muettes. On avait tendu les fenêtres de rideaux noirs pour cacher la lumière du jour. De toute façon, dehors, le ciel était d'un gris sale. Le professeur, un petit vieux, faisait de temps à autre des remarques et donnait des explications que je ne comprenais pas. Le vieux savant avait une voix éraillée et fatiguée. Elle me rappelait celle du Dr Rosenthal qui avait soigné ma diphtérie quand j'avais neuf ans. De temps en temps il montrait les choses essentielles de sa baguette afin d'y attirer l'attention de ses élèves. Moi seule, je pouvais regarder librement les détails dénués de tout intérêt scientifique, comme par exemple les plantes déracinées du désert qui apparaissaient sans cesse sur l'écran au pied des machines à fabriquer la potasse. À la faible lueur du projecteur je pouvais aussi examiner à loisir la baguette, le bras et les traits du vieux professeur comme s'il sortait d'une gravure illustrant l'un des vieux livres que j'aimais. Je me souvins des gravures sur bois de *Moby Dick*.

On entendit au-dehors quelques roulements de tonnerre lourds et enroués. La pluie frappait les vitres masquées avec rage comme si, chargée d'un message urgent, elle réclamait notre écoute.

II

Mon pauvre père Joseph disait : les gens forts sont libres de faire tout ce qu'ils veulent, mais même les gens les plus forts ne sont pas libres de vouloir ce qu'ils veulent. Quant à moi, je ne suis pas des plus fortes.

Michaël et moi, nous nous étions donné rendez-vous le soir même, au café Atara rue Ben-Yehouda. Une véritable tempête se déchaînait au-dehors comme si, dans sa colère, elle voulait éprouver les murs de pierre de Jérusalem.

C'était encore le temps des restrictions ; on nous servit un semblant de café et du sucre en petits sachets. Michaël fit une plaisanterie, mais ce n'était pas drôle. Il n'est pas spirituel. Peut-être n'avait-il pas la manière de la raconter. J'aimais l'effort qu'il faisait et j'étais contente de le sentir tendu intérieurement à cause de moi. Je le faisais sortir de sa coquille. Il s'efforçait d'être gai pour me rendre gaie. Lorsque j'avais neuf ans j'espérais encore qu'en grandissant, je deviendrais un homme et non une femme. Je n'avais pas d'amies dans mon enfance. J'aimais les garçons et les livres de garçons. Je me battais, je donnais des coups de pied et je grimpais aux arbres. Nous habitions à Kiriat-Chmouel près du quartier de Katamon. Il y avait un terrain vague,

14

en pente, rocailleux, couvert de chardons et de tas de ferraille ; la maison des jumeaux se trouvait au bas de la pente. Halil et Aziz, les fils de Raschid Chahada, étaient arabes. J'étais la princesse, eux mes gardes du corps. J'étais la conquérante, eux, mes officiers. Je partais explorer les forêts, ils étaient mes chasseurs. Moi, le capitaine, eux, les marins, moi, l'espionne, eux, les éclaireurs. Nous traînions dans les rues éloignées, cavalions dans les clairières, affamés, haletants, nous harcelions les enfants pieux, nous nous glissions dans le bois autour du couvent de Saint-Simon et traitions les policiers anglais de tous les noms. Nous jouions à cache-cache. Je dominais les jumeaux avec un malin plaisir. Que c'est loin tout ça.

Michaël me dit : « Tu es une jeune fille timide. »

Après avoir bu son café, Michaël sortit une pipe de la poche de son manteau et la posa sur la table, entre nous deux. Je portais des pantalons de velours côtelé marron et un pull-over grossier comme le faisaient alors à Jérusalem les étudiantes qui voulaient se donner un petit air négligé. Timidement, Michaël me fit remarquer que le matin, dans ma robe de laine bleue, j'étais plus féminine. Du moins à ses yeux.

Je lui dis : « Toi aussi, tu étais différent ce matin. »

Michaël portait un imperméable gris. Pendant tout le temps que nous sommes restés dans le café Atara, il ne le quitta point. Parce qu'il était passé du froid vif à la chaleur douce ses joues étaient en feu. Il était maigre et fin. Il ramassa sa pipe éteinte et traça des formes sur la nappe. Ses doigts jouant avec la pipe m'apaisaient. Soudain, comme s'il regrettait sa remarque sur ma tenue, comme s'il voulait corriger une erreur, Michaël me dit qu'il me trouvait belle. Il me dit cela en fixant sa pipe. Je ne suis pas très forte, mais je suis plus forte que ce jeune homme. Je lui dis : « Parle-moi de toi. »

— Je ne me suis pas battu dans les rangs du Palmah[1], j'étais dans les transmissions, dans le régiment Carmeli.

Puis il préféra me parler de son père. Le père de Michaël est veuf. Il travaille dans le Service des Eaux de la municipalité de Holon.

Raschid Chahada, le père des jumeaux, était employé au Service technique de la municipalité de Jérusalem sous le mandat britannique. C'était un Arabe cultivé, mais avec les étrangers, il se comportait comme un garçon de café.

Michaël me raconta que son père consacrait presque toute sa paye à ses études universitaires, il est fils unique. Son père mise tout sur lui. Il ne veut pas admettre que son fils n'est qu'un jeune homme quelconque. Par exemple, en parlant des travaux pratiques que prépare Michaël dans le cadre de ses études de géologie, son père aime dire avec respect : il s'agit là d'un travail scientifique, très rigoureux. Son père voudrait qu'il soit professeur à Jérusalem car son pauvre grand-père paternel était professeur de sciences naturelles à l'École hébraïque d'instituteurs de Grodno. Un professeur célèbre. Il serait bon, pensait le père de Michaël, que chaque génération prenne la relève.

— Mais une famille n'est pas une course dont le flambeau serait la profession.

— Mais je ne pourrais pas l'expliquer à mon père, car il est très sentimental et il utilise des expressions hébraïques comme s'il utilisait les pièces fragiles

---

1. Section de commandos de l'Organisation juive de Défense (La Hagana) créée sous le mandat britannique en Palestine, composée en grande majorité par des membres du mouvement kibboutzique, ayant des liens avec des partis politiques de gauche et qui a été dissoute pour éviter une certaine politisation de l'armée.

d'un service de porcelaine. Parle-moi de ta famille, toi aussi.

Je racontai à Michaël que mon père était mort en quarante-trois. C'était un homme paisible. Il parlait à tous ses interlocuteurs comme s'il cherchait à les apaiser et à obtenir une estime qu'il ne méritait pas. Il tenait un magasin de postes de radio et d'appareils électriques : vente et petites réparations. Depuis la mort de mon père, ma mère vit dans le kibboutz Nof-Harim, chez mon frère Emmanuel. À la tombée de la nuit, elle s'installe dans la chambre d'Emmanuel et de sa femme, boit du thé et essaye d'inculquer de belles manières à mon cousin Yossi, car ses parents appartiennent à la génération qui néglige la politesse. Elle tricote toute la journée dans une petite chambre à l'autre bout du kibboutz. Elle lit Tourgueniev et Gorki en russe, m'écrit des lettres en mauvais hébreu, tricote et écoute la radio. Cette robe bleue dans laquelle je t'ai plu ce matin, c'est elle qui me l'a tricotée.

Michaël sourit :

— Cela aurait été formidable si ta mère et mon père avaient pu se rencontrer. Sans doute auraient-ils trouvé beaucoup plus de sujets de conversation en commun. Pas comme nous, Hanna, qui sommes en train de parler de nos parents. Tu t'ennuies ? demanda Michaël avec appréhension et en clignant des yeux comme s'il s'était fait mal en posant la question.

— Non, lui dis-je, je ne m'ennuie pas. Je me sens bien ici.

Michaël me demanda si je ne disais pas cela pour ne pas le vexer. Je niai et lui demandai de continuer à me parler de son père. Il raconte bien.

Le père de Michaël est très sérieux et consciemment modeste. Le soir, il dirige bénévolement le club du parti ouvrier de Holon. Il dirige ? Enfin, il transporte des bancs, affiche des notes et reproduit des tracts, ramasse les mégots après les réunions. Cela aurait été formidable si nos parents avaient pu se rencontrer. Il l'avait déjà dit, il s'excusa de se répéter et de me fatiguer. Qu'est-ce que j'étudie à l'Université ? L'archéologie ?

J'habite une chambre en location chez des gens pieux dans le quartier d'Ahva. Le matin je travaille comme jardinière d'enfants chez Sarah Zeldine à Kerem Abraham. L'après-midi je suis des cours de littérature hébraïque ancienne et moderne. Mais je ne suis pas régulièrement inscrite à l'Université. « Régulier » rime avec intérêt. Michaël voulait à tout prix éviter le silence, c'est pourquoi il avait fait un jeu de mots qu'il s'efforçait de rendre drôle. Mais sa plaisanterie n'était pas évidente. Il la répéta, puis, soudain, se tut et tenta, irrité, d'allumer de nouveau sa pipe récalcitrante. J'aimais le voir embarrassé. À cette époque-là je détestais encore les durs que mes amies vénéraient : les hommes bourrus du Palmach qui tombaient sur vous avec une avalanche de plaisanteries débonnaires, les conducteurs de tracteurs aux bras musclés qui revenaient du Néguev, couverts de poussière comme des sauvages se lançant à l'assaut d'une ville en se précipitant sur les femmes. J'aimais l'embarras de cet étudiant, Michaël Gonen, dans le café Atara par une soirée d'hiver.

Un savant célèbre entra accompagné de deux femmes. Michaël se pencha vers moi pour me souffler son nom. Il se pencha et ses lèvres effleurèrent mes cheveux. Je songeais : il respire maintenant l'odeur de mes cheveux. À présent, mes cheveux lui chatouillent la peau. Ces pensées m'étaient agréables.

— Je peux lire tes pensées. Tu es transparent. Tu te demandes ce qui va se passer maintenant. Comment allons-nous continuer ? Ai-je raison ?

Michaël rougit soudain comme un enfant surpris en train de voler des bonbons :

— Je n'ai jamais eu d'amie attitrée jusqu'à présent.

— Auparavant ?

Michaël posa sa tasse vide avec précaution, me regarda. Loin, au fond de son regard, derrière sa soumission, brillait une ironie étouffée « jusqu'à présent ».

Un quart d'heure plus tard, le célèbre savant sortit accompagné de l'une des deux femmes. Son amie s'installa à une table éloignée et alluma une cigarette. Il y avait de l'amertume dans son regard. Michaël remarqua : « Cette femme est jalouse.

— De nous ?

— Peut-être de toi, dit Michaël en essayant de plaisanter. Il ne parvenait pas à me faire rire, tant il s'efforçait de le faire. Si j'avais pu seulement lui dire que ses efforts étaient acceptés, que ses doigts me fascinaient mais je ne savais pas le dire. J'avais peur de me taire. C'est pourquoi je racontai à Michaël que j'aimais rencontrer des gens connus à Jérusalem, des écrivains et des gens cultivés. J'avais hérité cette tendance de mon père. Quand j'étais petite il me les montrait dans la rue. Mon père aimait beaucoup l'expression « de renommée mondiale ». Il me soufflait avec émotion que le professeur qui venait de disparaître chez le fleuriste avait une renommée mondiale, ou bien qu'il était en train de se faire une réputation internationale. Je vis un petit vieillard cherchant son chemin avec précaution comme s'il s'était perdu dans une ville étrangère. Lorsque nous avons étudié le livre des Prophètes, je les imaginais comme les écrivains et les savants que me montrait mon père : avec des traits fins, portant des lunettes, une barbiche blanche taillée, comme s'ils descendaient une pente verglacée à pas craintifs et hésitants. Lorsque j'imaginais ces gens fragiles blasphémant le peuple pécheur, je riais, car j'avais l'impression qu'au plus fort de leur colère leur voix se brisait et devenait un cri aigu. Si un écrivain ou un professeur entrait dans le magasin de mon père, dans la rue Yaffo, mon père rentrait à la maison comme touché par un rayon de lumière. Il répétait les paroles banales qu'ils avaient prononcées, il comptait les mots et examinait les expressions comme s'il s'agissait de pièces de monnaie rares. Il y cherchait toujours aussi des allusions cachées car il considérait la vie comme une leçon dont il faut dégager la morale. C'était un homme attentif. Mon père nous emmena, mon frère Emmanuel et moi, un samedi matin, au cinéma Tel-Or, pour écouter les discours de Martin Buber et de Hugo Bergmann, au cours d'une réunion de l'organisation pacifiste « Brith-Chalom[1] ». Et je me souviens d'un événement curieux : au moment de quitter la salle, le professeur Bergmann s'arrêta devant mon père : « Si je devais m'attendre à vous rencontrer ici, mon cher Dr Libermann. Pardon ? Vous n'êtes pas le Dr Libermann ? Eh bien alors, où ai-je pu vous rencontrer ? Il me semble pourtant bien vous connaître. » Mon père bégaya, devint blême comme accusé d'un méfait. Le professeur se troubla aussi et s'excusa d'avoir commis une erreur. Et peut-être que sous l'effet de son trouble, il toucha mon père à l'épaule et lui dit : « De toute manière, vous avez une bien jolie fille, votre fille ? » Et un léger sourire passa dans sa moustache. Mon père n'oublia pas cet incident jusqu'à la fin de ses jours. Il le racontait sans cesse,

1. Mouvement qui aspirait à une compréhension mutuelle entre les Arabes et les Israéliens.

avec joie et émotion. Même lorsqu'il était assis dans son fauteuil, dans sa robe de chambre, les lunettes perchées sur le front et les lèvres fatiguées, mon père semblait écouter la voix d'une puissance cachée. « Et tu sais, Michaël, moi aussi, encore maintenant, j'ai parfois l'impression que je serai la femme d'un jeune savant destiné à se faire une réputation mondiale. La tête de mon mari émergera de la lumière de sa lampe de travail entre des piles de vieux volumes allemands. Et moi, j'entrerai sur la pointe des pieds pour lui servir un verre de thé, je viderai le cendrier, fermerai doucement les persiennes, et sortirai sans qu'il s'en aperçoive. Tu peux te moquer de moi, maintenant. »

III

Dix heures.

Michaël et moi, nous avons payé chacun notre addition comme le font d'habitude les étudiants et nous sommes sortis dans la nuit. Un froid vif nous cinglait la figure. Je soufflais afin de mélanger mon haleine à la sienne. Je n'avais pas de gants et une fois dehors, Michaël m'obligea à mettre les siens. Ils étaient grossiers, en cuir ratatiné. Puis ma main effleura le tissu de son manteau. Il était épais, rugueux et agréable. Le long du trottoir, l'eau coulait dans la rigole, vers la place Sion comme si quelque événement tapageur se déroulait en ce moment au centre de la ville. Un couple emmitouflé, enlacé, nous croisa. La jeune fille disait :

« C'est impossible, je ne peux pas le croire. »

Et son partenaire riait : « Ce que tu peux être naïve. »

Nous nous sommes arrêtés quelques instants, ne sachant pas ce que nous allions faire. Nous savions seulement que nous ne voulions pas nous séparer. La pluie cessa et l'air se rafraîchit. Je ne pouvais pas supporter le froid. Je grelottais. Nous regardions tous les deux les filets d'eau de la rigole, le long du trottoir. La chaussée brillait. L'asphalte reflétait la lumière jaune des voitures et cette lumière se brisait en éclats. Des bribes de pensées trottaient dans ma tête, comment garder Michaël encore un peu.

— Je trame quelque chose, Hanna.

— Celui qui creuse un puits tombera dedans. Fais bien attention.

— J'ai de noirs desseins, Hanna.

Ses lèvres tremblantes démentaient ses paroles. À ce moment-là on aurait dit un grand enfant triste, un enfant auquel on aurait coupé presque tous les cheveux. Je voulais lui acheter un chapeau, le toucher.

Soudain il agita la main. Un taxi s'arrêta avec un grincement humide. Et nous nous sommes retrouvés tous les deux dans sa chaleur. Michaël dit au chauffeur que ça lui était égal, qu'il pouvait aller n'importe où. Le chauffeur me lança un regard sournois et chargé d'un plaisir ambigu. Le tableau de bord éclairait son visage d'une lueur rougeâtre comme s'il avait pelé et que la chair en était à vif. Il avait l'air d'un satyre narquois, ce chauffeur. Je n'ai pas oublié.

Nous avons roulé environ vingt minutes sans savoir dans quelle direction. Notre souffle avait couvert les vitres de buée. Michaël parlait de géologie : en Amérique, au Texas, on fore un puits d'eau et soudain jaillit du pétrole. Peut-être qu'ici aussi des sources de pétrole se cachent.

— « Lithosphère », « roche sédimentaire », « couche de craie », « pré-cambrien », « cambrien », « roches métamorphiques », « roches ignées », « tectonique ». Pour la première fois je sentais au cœur ce même pincement que je devais éprouver lorsque j'entendais mon mari prononcer ces mots étranges, ces mots qui, comme un message codé, désignent des réalités, dont je suis seule à comprendre le sens. Sur l'écorce terrestre des forces agissent sans relâche, les forces opposées, endogènes et exogènes.

Les roches sédimentaires tendres sont soumises à un processus constant de métamorphisme, sous l'effet de la pression. La lithosphère est une couche de roches dures. Sous cette couche de roches dures le noyau en fusion gronde, c'est la sidérosphère.

Je ne suis pas tout à fait sûre que Michaël ait employé ces mots-là au cours de cette fameuse promenade dans Jérusalem, en cette nuit d'hiver de dix-neuf cent cinquante. Mais certains mots, je les entendais alors pour la première fois. J'avais le cœur serré. Comme si quelque message étrange ne présageant rien de bon m'était destiné mais que je ne pouvais déchiffrer. Comme si un effort inutile pour se souvenir d'un cauchemar s'effritait dans l'oubli. Lisse comme la trace d'un rêve.

Lorsque Michaël prononça ces mots il avait une voix grave et contenue. La lumière rougeâtre du tableau de bord luisait dans le noir. Michaël parlait comme s'il portait une lourde responsabilité, comme si la précision avait une très grande importance. S'il avait pris ma main dans la sienne, je ne l'aurais pas retirée. Mais mon bien-aimé était emporté par une sorte d'enthousiasme contenu. Il était pathétique, calme et entraînant. Je m'étais trompée. Il était capable d'être très fort s'il le voulait, plus fort que moi. Je l'acceptais. Ses paroles m'apaisaient comme une sieste, l'après-midi, le calme du réveil au crépuscule, lorsque le temps s'étire, que je suis molle et que les choses fondent autour de moi.

Le taxi roulait toujours dans les rues mouillées. Nos haleines avaient recouvert les vitres de buée et nous ne pouvions voir où nous étions. Les deux essuie-glaces caressaient la vitre avant. Ils battaient la mesure comme s'ils voulaient, tous les deux, obéir à une loi rigoureuse.

Au bout de vingt minutes Michaël décida que notre promenade avait assez duré car il n'était pas riche et la course coûtait déjà le prix de cinq repas au restaurant universitaire du bout de la rue Mamilla.

Nous sommes sortis du taxi en un lieu inconnu : c'était une ruelle en pente raide pavée de pierres de taille. Les trottoirs étaient lavés par la pluie qui avait recommencé à tomber. Un froid vif nous transperçait. Nous marchions lentement. Nous étions trempés. La tête de Michaël ruisselait. Cela m'amusait car il ressemblait à un enfant en larmes. Une fois, il tendit un doigt amoureux pour enlever une goutte de pluie qui était restée accrochée à mon menton. Nous nous sommes soudain retrouvés sur la place devant la banque Generali. Un lion ailé, un lion mouillé et transi nous regardait d'en haut. Michaël aurait juré que le lion se moquait de lui en silence :

— Tu n'entends pas, Hanna ? Il rit ! Il regarde et il rit en lui-même. Et à mon avis, il a raison.

— C'est peut-être dommage que Jérusalem soit une petite ville et que l'on ne puisse pas s'y perdre.

Michaël m'accompagna le long de la rue Mélisande, de la rue des Prophètes et de la rue Strauss, surnommée aussi la rue de la Santé à cause de l'hôpital. Les rues étaient désertes. Comme si les habitants étaient partis et que nous régnions tous les deux sur la ville. Lorsque j'étais petite je jouais seule au jeu de la princesse. Les jumeaux étaient des citoyens obéissants. De temps en temps je les incitais à me désobéir, puis je les réprimais durement. C'était un plaisir subtil.

La nuit, l'hiver, les maisons de pierre de Jérusalem ressemblent à des silhouettes grises sur un écran noir. Un paysage de violence contenue. Jérusalem sait devenir une ville abstraite : de pierres, de pins et de fer rouillé.

Des chats, la queue en l'air, traversaient les rues désertes. Les murs d'une ruelle renvoyaient, déformé, le bruit de nos pas, les étouffant et les prolongeant.

Nous nous sommes arrêtés devant chez moi environ cinq minutes.

— Michaël, je ne peux pas t'inviter à monter dans ma chambre boire un verre de thé chaud car mes propriétaires sont pieux. Lorsque j'ai loué la chambre, je leur ai promis de ne pas y recevoir d'homme. Or il est déjà onze heures et demie du soir.

Le mot « homme » nous fit sourire tous les deux.

— Je ne m'attendais pas à ce que tu m'invites dans ta chambre maintenant.

— Michaël Gonen, tu es un compagnon délicat et je te remercie pour la soirée. Pour toute la soirée. Si tu m'invites un autre jour à passer une soirée comme celle-ci, je ne crois pas que je refuserai.

Il se pencha vers moi, me prit la main et la serra très fort. Puis, brusquement, il l'embrassa, comme s'il avait médité ce geste pendant tout le trajet, comme s'il avait compté jusqu'à trois avant de se pencher pour m'embrasser. À travers le gant de cuir qu'il m'avait prêté en sortant du café, je sentis une vague de chaleur intense me pénétrer la peau. Un vent humide bruissait dans les cimes, puis il cessa. Comme un prince dans un film anglais Michaël m'embrassa la main à travers le gant, mais il était mouillé, ne souriait pas et son gant n'était pas blanc.

J'enlevai les deux gants et les lui rendis. Il s'empressa de les mettre pendant qu'ils gardaient encore la chaleur de mon corps. Derrière les volets baissés du deuxième étage on entendit la toux rauque d'un malade.

« Ce que tu es bizarre, aujourd'hui », lui dis-je en souriant.

Comme si je l'avais déjà connu d'autres jours.

IV

J'ai eu la diphtérie à l'âge de neuf ans : j'en ai gardé un bon souvenir. C'était l'hiver. Je suis restée couchée plusieurs semaines en face de la fenêtre qui donnait au sud. Je voyais des lambeaux gris de brouillard et de pluie : le sud de Jérusalem, à l'ombre des montagnes de Beit-Lehem, dans l'Emek Rephaïm, les riches quartiers arabes de la vallée. C'était un paysage hivernal sans contours, des masses flottant dans l'espace entre le gris pâle et le gris foncé. Je pouvais même apercevoir les trains et les accompagner du regard sur un long parcours dans la vallée de Rephaïm, depuis la station noire de suie jusqu'aux tournants au pied du village arabe de Beit-Tsafafa. Je faisais marcher le train. Des troupes qui m'étaient fidèles étaient postées aux sommets des montagnes. J'étais l'empereur clandestin. Un empereur dont l'éloignement et la solitude n'enlevaient rien à sa puissance. Je transportais dans mes rêves les quartiers du Sud vers les îles de Saint-Pierre-et-Miquelon : j'avais aperçu ces îles dans l'album de timbres de mon frère Emmanuel. J'étais sous le charme de leur nom. Je pouvais étirer les rêves jusqu'au-delà de la frontière du réveil. Les nuits et les jours ne se distinguaient plus. La forte température me facilitait les choses. Ce furent des

27

semaines de délire coloré. J'étais la reine. À la domination froide succédait la révolte sauvage. De bas éléments surgissaient pour me blesser. J'étais livrée à la foule, emprisonnée, humiliée, torturée. Mais dans les ténèbres une poignée de fidèles défenseurs se liguaient pour venir à mon secours. J'avais confiance en eux. J'aimais ma souffrance car j'en tirais de l'orgueil. Mes forces reprirent le dessus. Le docteur Rosenthal me disait que je me raccrochais à la maladie comme certains enfants qui s'efforcent d'être malades et refusent de guérir car la maladie leur procure une sorte de liberté. C'est une tendance malsaine. Lorsque je fus guérie, à la fin de l'hiver, je me sentis exilée. J'avais perdu l'alchimie de la sorcellerie, le pouvoir de donner des ordres aux rêves afin qu'ils continuent à me transporter au-delà du sommeil. Aujourd'hui encore, j'ai l'impression que tout s'écroule à mon réveil. Mon désir vague de tomber gravement malade me fait sourire.

Après avoir quitté Michaël, je montai dans ma chambre. Je me fis du thé. Je restai près du poêle à pétrole pendant un quart d'heure pour me réchauffer sans penser à rien. J'épluchai une pomme que m'avait envoyée mon frère Emmanuel de son kibboutz Nof-Harim. Je me souvins que Michaël avait essayé trois ou quatre fois d'allumer sa pipe mais en vain. Le Texas est un pays fascinant : un homme creuse un trou au fond de sa cour pour y planter un arbre fruitier et soudain jaillit un filet de pétrole. Je n'avais jamais songé à cette dimension, aux mondes souterrains qui existent sous chaque endroit où nous posons le pied. Des minéraux et des roches de quartz, des dolomites et toutes sortes d'autres choses.

Puis j'écrivis une courte lettre à ma mère et à la

famille de mon frère. J'annonçai à tous que j'étais heureuse. Il fallait que je pense à acheter un timbre demain matin.

Dans la littérature hébraïque du siècle des lumières il est souvent question de la guerre de la lumière et des ténèbres. L'auteur veut faire triompher la lumière. Je dois avouer que je préfère les ténèbres car elles sont plus vivantes et plus chaudes. Surtout en été. La lumière blanche torture Jérusalem. Elle fait honte à la ville. Dans mon cœur l'obscurité et la lumière ne se font pas la guerre. Je repensai à ma chute de ce matin dans l'escalier de l'université de Terra Sancta. C'était un instant humiliant. L'une des raisons pour lesquelles j'aime dormir c'est que je n'aime pas prendre de décisions. Dans les rêves certaines choses terribles se produisent mais il y a toujours une force pour décider à ma place et je suis libre de devenir une barque qui vogue où les rêves ont choisi de s'écouler et tous les marins s'endorment comme dans le refrain. Il y a encore un hamac moelleux, des mouettes, une étendue d'eau qui est aussi un tapis qui respire et se gonfle légèrement, et le vertige des profondeurs possibles. On croit souvent que les profondeurs marines sont froides. Mais elles ne le sont pas toujours et pas tout à fait. J'ai lu un jour dans un livre qu'il existait des courants chauds et des volcans sous les eaux. À un endroit précis sous l'abîme glacé et sous les océans se trouve parfois une grotte cachée et chaude. Lorsque j'étais petite, j'aimais lire et relire le livre de Jules Verne : *20 000 lieues sous les mers* qui appartenait à mon frère. Il est des nuits riches dans lesquelles je découvre un chemin secret dans l'épaisseur des eaux et des ténèbres et je me faufile entre les monstres marins baveux et verdâtres jusqu'à ce que je frappe à la porte de la grotte chaude. Là est ma place. Là m'attend un sombre capitaine entre ses livres, ses pipes et ses cartes. Sa barbe est noire, ses yeux crachent des éclairs avides ; comme un sauvage, il me touche, et j'apaise sa fureur volcanique. Puis de petits poissons nous traversent tous les deux comme si nous étions de l'eau. À leur passage ils m'envoient de légères décharges d'un brûlant plaisir.

En vue du séminaire du lendemain je lus deux chapitres du livre de Mapou, *L'amour de Sion*. Si j'avais été Tamar j'aurais laissé Amnon à genoux devant moi durant neuf nuits. Après avoir entendu chanter les tourments de son amour, dans la langue de la Bible je l'aurais sommé de me conduire sur un voilier aux îles de l'Archipel, vers un pays lointain où les Peaux-Rouges se métamorphosent en de merveilleuses créatures marines avec des paillettes d'argent et des étincelles électriques, où les mouettes flottent dans l'air bleu.

Parfois la steppe russe déserte me traverse la nuit. Des plaines verglacées par le givre bleuâtre reflètent le scintillement des rayons d'une lune sauvage. Je vois un traîneau couvert de peaux d'ours, le dos noir du cocher emmitouflé, le galop des chevaux écumants, et dans la nuit, les yeux des loups comme des braises, un arbre solitaire, un arbre mort qui se dresse sur une pente blanche, et, dans la nuit de la steppe, les étoiles éveillées se dirigent. Soudain le cocher tourne vers moi un visage dur comme gravé par un sculpteur ivre. Ses épaisses moustaches sont argentées de givre. Sa bouche est entrouverte comme s'il voulait faire entendre le hurlement du vent glacial. L'arbre mort est seul au milieu de la pente, dans la steppe, il n'est pas là sans raison, il joue un rôle qu'à mon réveil je ne saurai traduire. Et pourtant, même éveillée, je me souviens de lui. Ainsi je ne reviens pas les mains tout à fait vides.

Le lendemain matin je descendis acheter un

timbre. J'envoyai la lettre au kibboutz Nof-Harim. Je mangeai un petit pain et un yoghourt puis je bus une tasse de thé. La propriétaire, Mme Tarnopoler, entra dans ma chambre pour me demander de lui acheter un bidon de pétrole en fin d'après-midi. En buvant mon thé j'eus encore le temps de lire un chapitre de Mapou. Au jardin d'enfants de Sarah Zeldine une petite fille spirituelle sut me dire : « Hanna, tu es gaie comme une petite fille. »

J'avais mis ma robe de laine bleue, un foulard rouge autour du cou. En me regardant dans la glace j'étais contente de constater que ce foulard me donnait le genre d'une jeune audacieuse capable de perdre soudain la tête.

Michaël m'attendait à midi à l'entrée de l'université de Terra Sancta, près de la lourde grille noire en fer forgé. Il portait dans ses bras une caisse pleine d'échantillons géologiques. J'aurais voulu lui serrer la main que je n'aurais pu le faire. Je lui dis :

« Encore toi ? Qui t'a dit de m'attendre ici ? En somme, qui a fixé un rendez-vous avec toi ? » Michaël me dit : « Maintenant il ne pleut pas et tu n'es pas mouillée. Lorsque tu es mouillée tu es beaucoup moins courageuse. »

Puis Michaël attira mon attention sur le sourire malicieux, dévergondé, de la Sainte Vierge de bronze sur le toit du bâtiment. Elle tend les deux bras comme pour étreindre toute la ville.

Je descendis à la bibliothèque au sous-sol. Dans le couloir obscur et étroit, entre des caisses sombres et scellées, je rencontrai le bibliothécaire débonnaire. Il était petit et portait une calotte. J'avais l'habitude de le saluer et d'échanger avec lui des plaisanteries grammaticales. Comme s'il faisait une découverte il me demanda : « Que vous est-il arrivé, aujourd'hui, Madame ? De bonnes nouvelles ? Vous avez un visage radieux, vous riez de bonheur, vous rayonnez. »

Pendant le cours sur Mapou le professeur raconta une histoire étrange. Le jour où Mapou publia son livre *L'amour de Sion*, les religieux fanatiques prétendirent que les places se multipliaient dans les lieux de plaisir. Dieu nous préserve.

Qu'avaient-ils tous aujourd'hui. S'étaient-ils donné le mot ? Ma patronne, Mme Tarnopoler, avait acheté un poêle neuf. Elle m'avait accueillie avec le sourire.

V

Le soir le ciel s'éclaircit un peu. Des lambeaux bleuâtres voguaient vers l'est. L'air était humide. Michaël et moi, nous nous étions donné rendez-vous devant le cinéma Edisson, le premier arrivé prendrait des billets pour le film avec Greta Garbo. L'héroïne du film meurt d'un amour malheureux après s'être donnée corps et âme à un homme corrompu. Pendant la projection je comprimais un fou rire : la souffrance et la vulgarité me semblaient deux symboles mathématiques d'une simple équation dont je ne cherchais pas à découvrir les inconnues. Je n'en étais même pas au stade de l'indifférence. Mais je sentais que je n'en pouvais plus. C'est pourquoi je reposais ma tête sur l'épaule de Michaël et regardais l'écran en biais de telle sorte que les images défilaient en un flot dansant passant du noir au blanc et surtout par plusieurs teintes intermédiaires de gris clair. Michaël me dit à la sortie : « Lorsque les gens sont rassasiés et désœuvrés, leur sensibilité croît et devient une tumeur maligne. »

— C'est banal.

— Comprends-moi bien, Hanna. L'art n'est pas mon domaine. Je suis un scientifique, pour ainsi dire.

33

Je ne le lâchai pas :

— Ça aussi c'est banal.

Michaël sourit :

— Et alors ?

Chaque fois qu'il ne trouve pas de réponse, il arbore le sourire d'un enfant qui aurait remarqué une manie chez les adultes. Un sourire timide et intimidant.

Nous avons descendu la rue Yechayaou en direction de la rue Gueoula. Des étoiles scintillantes faisaient leur apparition dans le ciel de Jérusalem. De nombreux réverbères du temps du Mandat britannique avaient été détruits lors des bombardements de la guerre de l'Indépendance. Depuis cinquante ils l'étaient encore, pour la plupart. On apercevait l'ombre des montagnes au fond du dédale des rues.

— Ce n'est pas une ville, c'est une hallucination, lui dis-je. Les montagnes nous assaillent de toute part : le Castel, le mont Scopus, le mont Augusta-Victoria, Nebi Samuel, Madame Curie. Il semble tout à coup que la ville est très faible.

— Après la pluie, Jérusalem est lugubre et au fond, quand n'est-elle pas triste ? Pourtant, en chaque saison, à tout moment, cette tristesse n'est pas la même.

Il passa son bras autour de mon épaule. Je fourrai les mains dans les poches de mon pantalon de velours côtelé marron. Je sortis une main pour le toucher sous le menton. Je lui dis qu'il était bien rasé aujourd'hui et non pas comme le jour où nous nous étions rencontrés pour la première fois à Terra Sancta. Sans doute s'était-il rasé pour me plaire.

Confus, Michaël mentit en me disant qu'il s'était acheté un nouveau rasoir. Je ris. Il hésita puis préféra rire avec moi.

Nous avons aperçu une femme pieuse dans la rue Gueoula. Elle portait un foulard blanc sur la tête.

Elle avait ouvert une fenêtre au troisième étage et sortait la moitié du corps comme si elle voulait se jeter dans la rue. Mais elle referma tout simplement les lourds volets de fer. Les charnières grincèrent désespérément.

En passant devant le jardin d'enfants de Sarah Zeldine, je lui ai raconté que je travaillais là. Étais-je une jardinière d'enfants autoritaire ? Il pensait que je l'étais. Pourquoi le croyait-il ? Il ne savait le dire.

« Comme un enfant, lui dis-je, tu ouvres la bouche, puis tu ne sais plus finir ta phrase. Tu exprimes une idée mais tu ne sais pas la défendre. Comme un enfant. »

Michaël sourit.

On entendit des miaulements dans l'une des cours, au coin de la rue Malachi. Un cri perçant, hystérique, puis deux sanglots étouffés, enfin un sanglot régulier, fin, soumis comme s'il n'y avait plus d'espoir. Un pleur perdu.

« Ils hurlent d'amour. Savais-tu, Hanna, que les chats sont en chaleur justement en hiver, par les jours les plus froids ? Lorsque je serai marié j'aurai un chat chez moi. J'ai toujours voulu un chat mais mon père ne voulait pas. J'étais fils unique. Les chats hurlent lorsqu'ils sont amoureux car ils ne connaissent ni respect ni bonnes manières. Je suppose qu'un chat en chaleur doit sentir comme une main étrangère s'emparer de lui et le serrer avec force. C'est une douleur physique, brûlante. Non, je n'ai pas appris cela en géologie. Je pensais que tu allais te moquer de moi. Partons. »

— Tu étais très gâté quand tu étais petit.

— J'étais l'espoir de la famille. Maintenant encore je suis tout leur espoir. Papa et ses quatre sœurs font des paris sur moi comme si j'étais leur cheval, et les études universitaires un champ de course. Que fais-tu, Hanna, le matin dans ton jardin d'enfants ?

— Quelle question bizarre, je fais ce que font toutes les jardinières d'enfants. Il y a un mois, pour Hanoucca, j'ai collé des toupies de papier et j'ai découpé des macchabées dans du carton. Parfois je ratisse les feuilles mortes dans les allées de la cour. Parfois je pianote. Le plus souvent je raconte des histoires aux enfants sur les Indiens, les îles, les voyages, les sous-marins. Lorsque j'étais petite, je passais mon temps à lire les livres de Jules Verne et de Fenimore Cooper qui appartenaient à mon frère. Je pensais qu'en grimpant aux arbres, en me bagarrant et en lisant des livres de garçons, apparaîtraient des signes de virilité sur mon corps et que je cesserais d'être une fille. Je trouvais misérable d'être une fille. Les femmes adultes provoquaient en moi la haine et la nausée. Maintenant encore, parfois, j'aimerais beaucoup rencontrer un homme qui ressemblât à Mikhaël Strogoff. Un homme fort et solide, mais réservé et très calme. Voici comment je le vois : silencieux, fidèle, se dominant mais réprimant avec peine un torrent d'énergie intérieure. Pourquoi me parles-tu de toi-même ? Non, je ne te compare pas à Mikhaël Strogoff. Pourquoi te comparerais-je ? Non.

— Si nous nous étions rencontrés étant jeunes, tu m'aurais donné des coups. Lorsque j'étais dans les petites classes, les filles les plus turbulentes me renversaient. On me trouvait sage : flegmatique mais travailleur, responsable, droit et très propre. Maintenant je ne suis pas flegmatique.

Je lui parlai des jumeaux. Avec eux je me battais en grinçant des dents. Plus tard, à l'âge de douze ans, j'étais amoureuse de tous les deux. Je les appelais Halziz : Halil et Aziz. Ils étaient beaux. Deux marins obéissants et forts, sur le navire du capitaine

Nemo. Ils ne parlaient presque pas. Ils se taisaient ou émettaient des sons gutturaux. Ils n'aimaient pas les mots. Deux loups gris et marron. Deux créatures aux dents blanches. Deux sauvages noirs. Des pirates. Tu ne peux pas savoir, mon petit Michaël.

Puis il me parla de sa mère. Elle était morte lorsqu'il avait trois ans. Il se souvenait d'une main blanche. Il avait oublié son visage. Les rares photos qui restaient étaient mauvaises. C'était son père qui l'avait élevé. Son père en avait fait un enfant juif socialiste. Il lui avait raconté des histoires sur les enfants des Asmonéens, les enfants des villages, les enfants des immigrants clandestins, les enfants des kibboutzim, des légendes sur les enfants qui ont faim en Inde et ceux de la Révolution d'Octobre en Russie. *Le cœur* de d'Amicis, les enfants blessés qui sauvent la ville. Les enfants qui partagent leur dernier morceau de pain. Les enfants exploités qui luttent. D'autre part, les quatre tantes, les sœurs de son père disaient : un enfant doit être propre et travailleur, il doit étudier pour faire son chemin dans la vie. Un jeune docteur est utile à la patrie, il a droit à beaucoup d'honneurs. Un jeune avocat plaide avec courage devant les juges britanniques et se fait un nom dans tous les journaux. Le jour de la déclaration de l'Indépendance, son père avait changé de nom de famille : Gantz était devenu Gonen. « Je m'appelle Michaël Gantz. Mes amis à Holon m'appellent encore Gantz. Mais toi, Hanna, ne m'appelle pas Gantz, continue à m'appeler Michaël. »

Nous sommes passés devant les murs de la caserne Schneller. Il y a plusieurs années c'était un orphelinat syrien. Ce nom-là réveilla en moi un malaise très ancien dont je ne pouvais pas retrouver la cause. Une cloche sonnait à l'Est. Je ne voulais pas compter les battements de son cœur. Nous étions enlacés. Ma main était glacée, la sienne était chaude.

Michaël plaisanta : « Les mains froides, le cœur chaud, les mains chaudes, le cœur froid. »

— Mon père avait les mains chaudes et le cœur chaud. Mon père avait un magasin d'appareils électriques et de postes de radio, mais c'était un mauvais commerçant. Je le revois lavant la vaisselle avec le tablier de maman. Il essuyait la poussière, battait la literie. Il faisait très bien les omelettes de deux œufs. Il faisait distraitement la bénédiction sur les bougies de Hanoucca. Il prenait au sérieux toutes les réflexions. Il voulait plaire à tout prix. Comme si tout le monde le jugeait ; fatigué, il fallait pourtant qu'il sorte vainqueur de cette épreuve interminable qu'est la vie comme s'il voulait se faire pardonner quelque défaut caché.

— L'homme qui sera ton époux, Hanna, devra être très fort.

Une pluie fine commença à tomber. Un brouillard gris et épais se propageait. Les maisons semblaient avoir perdu leur pesanteur. Dans le quartier de Mekor-Barouch une moto nous dépassa en nous éclaboussant. Michaël s'était muré dans ses pensées. Devant ma porte je me dressai sur la pointe des pieds pour l'embrasser sur la joue. Il m'effleura de sa main chaude et essuya mon front mouillé. Ses lèvres affolées touchèrent ma peau. Puis il m'appela « la froide et belle fille de Jérusalem ». Je lui dis qu'il me plaisait. Si j'étais sa femme je ne lui aurais pas permis de rester si maigre. Dans l'obscurité il avait l'air d'un adolescent fragile. Michaël rit. Si j'avais été sa femme, je lui aurais appris à répondre au lieu de sourire sans cesse comme si les mots n'existaient pas. Michaël avala sa salive, regarda la rampe délabrée de l'escalier et dit : « Je veux t'épouser. Je t'en supplie, ne me réponds pas tout de suite. » De nouveau des gouttes de givre tombèrent. Je tremblais. Pendant un instant il me plaisait d'ignorer l'âge de Michaël. En fait, je tremblais à cause de lui. C'est vrai, je ne pouvais pas l'inviter à monter dans ma chambre. Mais pourquoi ne m'invitait-il pas dans la sienne ? Par deux fois il avait essayé de me dire quelque chose après le film, mais je l'avais interrompu en disant : « C'est banal. » Que voulait-il dire, je ne m'en souviens plus. Bien sûr qu'il pourrait élever un chat à la maison. Quelle paix m'insuffle-t-il ? Pourquoi l'homme que j'épouserai devra-t-il être très fort ?

VI

Une semaine après, nous sommes allés faire une visite au kibboutz Tirat-Yaar dans les montagnes de Jérusalem.

Michaël y avait une camarade de lycée qui s'était mariée avec un membre du kibboutz. Il me supplia de l'accompagner. Il m'avait dit que c'était très important pour lui de me présenter à son amie.

C'était une femme grande, maigre et amère. À cause de ses cheveux gris et de ses lèvres pincées elle avait l'air d'une intellectuelle. Deux enfants dont on ne pouvait définir l'âge se traînaient dans un coin. Quelque chose dans mon visage ou dans mes vêtements les faisait sans cesse pouffer de rire. J'étais gênée. Michaël bavarda gaiement pendant près de deux heures avec l'amie et son mari. Je fus oubliée au bout de trois ou quatre phrases de politesse. On me servit du thé tiède et des biscuits secs. Je restai deux heures en colère, ouvrant et refermant la boucle du sac de Michaël. Pourquoi m'avait-il fait venir ici ? Pourquoi avais-je succombé à la tentation de l'accompagner ? Étais-je bête d'avoir rencontré cet homme. Travailleur, consciencieux, droit et propre : quel ennui ! Ses plaisanteries ridicules. Quand on n'est pas spirituel, on ferait mieux de ne pas essayer à tout bout de champ de faire de l'esprit.

Michaël s'efforçait d'être gai et spirituel. Ils échangèrent des souvenirs ternes sur les professeurs ennuyeux. Les histoires de femmes du professeur de gymnastique, Yehiam Peled, provoquèrent chez eux des rires vicieux de lycéens. Puis ils se lancèrent dans une discussion violente au sujet de la rencontre entre Abdallah, le roi de Transjordanie et Mme Golda Mayerson au début de la guerre. Le mari de l'amie de Michaël frappait sur la table. Michaël éleva le ton. Lorsqu'il cria, sa voix qui vibrait devint stridente. Je ne l'avais jamais vu en compagnie d'autres personnes. Je restai songeuse.

Puis nous nous sommes dirigés dans le noir vers la grand-route. Un chemin bordé de cyprès relie Tirat-Yaar à la route de Jérusalem. Un vent épouvantable me cinglait le corps. Sous les couleurs du couchant les montagnes de Jérusalem devenaient menaçantes. Michaël marchait à ma gauche, en silence. Il ne trouvait pas un mot à me dire. Nous étions comme deux étrangers l'un pour l'autre. Je me souviens de l'instant étrange où je fus saisie d'une sensation bizarre : je n'étais pas éveillée, je ne vivais pas l'instant présent. Tout ceci je l'avais déjà vécu. Ou bien encore quelqu'un m'avait avertie, il y a des années, en me parlant durement, de ne pas marcher dans l'obscurité sur cette route noire avec un homme méchant. Le temps avait cessé d'être un flot rythmé et régulier. Il se partageait en plusieurs courants nerveux. C'était dans mon enfance ou en rêve. Ou encore dans un conte effrayant. Soudain cet homme sombre qui marchait à ma gauche sans parler me fit peur. Le col de son manteau était relevé jusqu'au menton. Son corps était mince comme s'il avait été une ombre. Son béret d'étudiant en cuir noir lui cachait presque tout le visage. Qui est-il ?

Que sais-tu de lui ? Ce n'est pas ton frère ni un parent ni un ami d'enfance mais une ombre étrangère dans un endroit éloigné de tout lieu habité, tard dans la nuit. Allait-il se jeter sur moi ? Peut-être était-il malade ? Aucune personne de confiance ne t'avait renseignée sur lui. Pourquoi ne me parlait-il pas ? Pourquoi pensait-il sans moi ? Pourquoi m'avait-il entraînée jusque-là ? Que tramait-il ? La nuit. En dehors de la ville. Moi, seule, lui, seul. Peut-être ne m'avait-il raconté que des mensonges prémédités. Il n'était pas étudiant. Il ne s'appelait pas Michaël Gonen. Il s'était évadé d'un asile. Il était très dangereux. Quand cela m'était-il déjà arrivé. Quelqu'un m'avait dit il y a très longtemps que c'est justement comme cela que se produirait la catastrophe. Quelles étaient ces voix venant des champs obscurs ? On ne voyait même pas la lumière des étoiles à travers le rideau des cyprès. Le verger n'était pas vide. Si je criais, quelqu'un m'entendrait-il ? L'étranger allongea son pas lourd et grossier sans tenir compte du mien. J'avais fait exprès de rester en arrière, mais il ne s'en était même pas aperçu. Je claquais des dents de froid et de peur car le vent d'hiver hurlait ; on m'assaillait. L'être fermé ne n'appartenait pas, il s'était réfugié loin, au plus profond de lui-même, comme si je n'étais pour lui qu'une pensée et que je n'existais pas vraiment. J'existe pourtant, Michaël. J'ai froid. Il ne m'entendit point. Je n'avais peut-être pas parlé à voix haute. Je lui criai de toutes mes forces : « J'ai froid et je ne peux pas courir si vite. »

Comme si je l'avais dérangé dans ses pensées il me lança : « Bientôt, nous sommes presque arrivés à la station. Patience. » Il me parla puis se renferma dans son grand manteau et disparut. Ma gorge se serra et les larmes me montèrent aux yeux. J'étais vexée, humiliée. J'avais peur. Je voulais sa main. Je ne connaissais que sa main ; lui, je ne le connaissais pas. Pas du tout.

Un vent froid parlait dans les cyprès, doucement mais menaçant. Plus de joie au monde, ni dans les cyprès ni sur la route qui s'effrite ni dans les montagnes obscures, aux alentours.

« Michaël, essayai-je, désespérément. Michaël, la semaine dernière tu m'as dit que le mot "cheville" te plaisait. Réponds-moi, je t'en supplie... Tu sais que mes chaussures sont pleines d'eau et que j'ai mal aux chevilles comme si je marchais pieds nus dans un champ de ronces ? Dis-moi maintenant, quelle est ma faute ? »

Michaël se tourna brusquement vers moi, me fit peur. Il me regarda, confus, dans le noir. Puis il me colla sa joue mouillée et sa main chaude dans le cou comme pour téter. Il tremblait. Ses joues étaient froides et mouillées. Il n'était pas rasé cette fois et je sentais sur ma peau chaque poil de son menton. J'aimais tant le tissu rêche de son manteau. C'était comme si tout le tissu n'était qu'un seul flot calme de chaleur. Il déboutonna son manteau. Me recueillit à l'intérieur. Nous étions ensemble. Je respirais son odeur. C'est alors que je sentis qu'il existait vraiment. Et moi, je n'étais plus seulement une pensée dans son cœur, il n'était plus ma peur. Nous existions. Je recueillais son souffle. J'en jouissais. « Tu es à moi, lui soufflai-je, ne sois jamais loin. » Mes lèvres touchèrent son front et ses doigts trouvèrent mon cou. Il touchait ma nuque adroitement et avec attention. Nous tremblions tous les deux. Je revis soudain la petite cuillère entre ses doigts au buffet de Terra Sancta. Elle devait se trouver bien entre ses doigts. Si Michaël était méchant, ses doigts aussi le seraient.

VII

Deux semaines avant le mariage nous sommes allés rendre visite au père de Michaël, à ses tantes à Holon, à ma mère et à la famille de mon frère au kibboutz Nof-Harim.

L'appartement du père de Michaël était petit et sombre : deux pièces dans une cité pour travailleurs. Le soir de notre visite il y avait une coupure d'électricité à Holon. Yehezquel Gonen se confia à moi à la lueur d'une lampe à pétrole qui fumait. Il était enrhumé et ne voulait pas m'embrasser de peur que j'attrape la grippe avant mon mariage. Il portait une robe de chambre marron et son visage était gris. Il me dit qu'il me confiait un être extraordinaire. Puis il s'embrouilla et regretta d'avoir dit ces choses-là. Il essaya de les faire passer pour une plaisanterie. Craintif et gêné, il me nomma toutes les maladies qu'avait eues Michaël étant enfant. Il insista surtout sur une angine grave qui avait mis les jours de Michaël en danger lorsqu'il avait dix ans. À la fin il insista sur le fait que depuis l'âge de quatorze ans il n'avait jamais été malade. Malgré tout, notre Michaël est en pleine santé bien qu'il ne soit pas des plus costauds.

Je me souvins que mon père, lorsqu'il vendait des appareils de radio d'occasion, parlait sur le même ton avec les clients : ouvert, honnête, amical en restant réservé, s'efforçant de plaire mais avec discrétion. Il était plein d'attention. Il échangea très peu de mots avec son fils. Il raconta seulement qu'il avait été surpris de recevoir la lettre lui annonçant la nouvelle. Il ne pouvait malheureusement nous offrir ni thé ni café car le courant était coupé et il n'avait pas de réchaud à pétrole ni à gaz. Lorsque Tova vivait encore, Tova, la mère de Michaël... si seulement elle avait eu le bonheur de vivre cet instant, tout aurait été plus gai. C'était une femme exceptionnelle. Mais il ne voulait pas parler d'elle car il ne voulait pas mêler la gaieté à la douleur. Un jour viendrait où il me raconterait une histoire très triste.

Que pourrait-il bien nous offrir ? Ah, du chocolat !

En effet, comme s'il était accusé d'avoir négligé sa tâche principale, Yehezquel Gonen fouilla dans le placard et en sortit une vieille bonbonnière enveloppée dans un papier de couleur. « Prenez-en, prenez, prenez, mes chers enfants. Servez-vous. »

Pardon, il n'avait pas bien entendu. Qu'est-ce que j'étudiais au juste à l'Université ? Ah, oui, bien sûr, la littérature hébraïque. À présent il s'en souviendrait, chez le Pr Klauzner ? Oui, oui, c'est un grand homme, bien qu'il n'aime pas le mouvement ouvrier. D'ailleurs Yehezquel possède un volume de l'histoire du Deuxième Temple. Il va le trouver tout de suite et me le montrer. En somme, il voudrait me l'offrir : tu en as plus besoin que moi car tu as la vie devant toi tandis que la mienne est derrière moi. À cause de la panne il ne pouvait pas le trouver tout de suite, mais il n'économiserait pas ses efforts pour sa bru.

Pendant que Yehezquel Gonen se penchait pour chercher le livre sur l'étagère du bas trois tantes sur quatre arrivèrent. Elles avaient aussi été invitées à cette rencontre pour faire ma connaissance. Elles avaient été retardées par la panne d'électricité. Elles n'avaient pas pu trouver tante Gitta et l'amener avec elles. C'est pourquoi elles étaient venues seulement toutes les trois. Elles avaient pris exprès un taxi de Tel-Aviv jusqu'à Holon en l'honneur de l'événement, pour arriver à temps. Toute la région de Dan était plongée dans le noir.

Les tantes furent très affectueuses avec moi, comme si elles connaissaient déjà tous mes desseins mais qu'elles me pardonnaient dans le fond de leur cœur. Elles étaient contentes de faire ma connaissance. Michaël avait dit beaucoup de bien de moi dans sa lettre. Elles étaient heureuses de se rendre compte qu'il n'avait pas exagéré. Tante Léa avait un ami à Jérusalem, M. Kadischmann, un homme très cultivé et qui occupait une position importante. À la demande de la tante il s'était renseigné sur mes parents. Les quatre tantes savaient déjà que j'étais d'une bonne famille.

Tante Génia voulait échanger quelques mots entre quatre z'yeux. Sachant que ce n'était pas très convenable de faire des apartés en société, elle s'excusa. Mais entre parents nul besoin d'être à cheval sur les bonnes manières et dès ce moment-là je faisais partie de la famille.

Nous sommes allées dans la pièce à côté. Nous nous sommes assises sur le lit dur de Yehezquel Gonen. Tante Génia alluma une lampe de poche comme si nous marchions toutes seules dans les champs, la nuit. À chaque geste nos ombres exécutaient une danse sauvage sur le mur d'en face, car la lampe de poche tremblait dans sa main. Une idée folle me traversa l'esprit : tante Génia allait me demander de me déshabiller. Peut-être était-ce

46

parce que Michaël m'avait raconté, en venant, qu'elle était pédiatre.

La tante commença sur un ton affectueux et ferme : « La situation matérielle de Yehezquel, c'est-à-dire du père de Michaël, n'est pas brillante. Elle ne l'est pas du tout. Yehezquel est un tout petit employé. Inutile d'expliquer à une jeune fille intelligente ce que c'est qu'un petit employé de mairie. Il dépense le plus gros de son salaire pour les études de Michaël. » Elle n'avait pas besoin de m'expliquer le fardeau que cela représentait. Michaël n'interromprait pas ses études. Elle devait m'avertir de manière très claire et définitive, ne laisser planer aucun malentendu, car la famille n'accepterait à aucun prix qu'il interrompît ses études. Il ne fallait pas y compter.

Elles, les tantes, avaient discuté pendant leur voyage en taxi. Elles avaient l'intention de faire un gros effort pour nous aider, disons que chacune donnerait cinq cents livres. Un peu plus, un peu moins. Tante Gitta apporterait son aide certainement aussi, bien qu'elle n'ait pas pu venir ce soir. « Non, il ne faut pas nous remercier. Nous avons un esprit de famille très développé, si l'on peut s'exprimer ainsi. Lorsque Michaël sera professeur vous pourrez nous rendre cet argent. Ah ! Ah ! »

« Cela n'a pas d'importance. Le principal c'est qu'avec cette somme on ne peut pas fonder un foyer. » Elle-même, tante Génia, était stupéfaite de voir les choses augmenter terriblement. Même l'argent était dévalué de jour en jour. Elle voulait demander : « Est-ce que la décision de vous marier au mois de mars est une décision définitive ? Ne pouvez-vous pas remettre à un peu plus tard ? »

Tante Génia se permet encore une question, ouvertement et dans un esprit tout à fait familial : « S'est-il passé quelque chose pour qu'il ne soit plus possible de repousser le mariage ? Non ? Alors, pourquoi cette hâte ? » Quant à elle, elle voulait me raconter qu'elle était restée fiancée à Kovna pendant six ans, avant d'épouser son premier mari. Six ans ! Elle comprenait donc bien pourquoi la jeune génération ne fait pas de fiançailles et surtout pas pendant six ans. Mais, disons, un an ? Non ? Non, non. « Non. » Elle pensait qu'avec mon travail au jardin d'enfants je pourrais mettre de côté une somme importante. « Il y a des dépenses pour le ménage et il y a des dépenses pour les études. » Je devais savoir, dit-elle avec insistance, que les difficultés matérielles, au début d'une vie commune, risquaient de détruire la vie d'un couple. Elle parlait par expérience. Elle me promit de me raconter un jour une histoire terrible. Comme médecin elle pouvait parler ouvertement et me dire que pendant un mois ou deux, six mois peut-être, la vie sexuelle devait passer avant le reste. Mais qu'arriverait-il plus tard ? Je passais pour une fille cultivée, alors elle me demandait de réfléchir logiquement. Elle avait entendu dire que ma famille habitait dans un kibboutz. N'est-ce pas ? Ton père n'a-t-il pas mentionné dans son testament la donation de trois mille livres pour ton mariage ? C'est une bonne nouvelle. Une très bonne nouvelle. Tu vois, Hannalê, Michaël avait oublié de nous le dire dans sa lettre. De toute façon, notre Michaël vit dans les nuages. Un génie dans le domaine scientifique et un vrai bébé dans la vie. Donc, votre décision est prise pour mars ? Marchons pour mars. Les vieux n'ont pas le droit d'imposer leur volonté aux jeunes. Vous avez encore toute la vie devant vous, la nôtre est derrière nous, chaque génération doit faire ses propres erreurs. Bonne chance et soyez bénis. Et de plus : chaque fois que j'aurai besoin d'un conseil ou d'une aide, je devrai m'adresser à tante Génia. Elle avait plus d'expérience que personne d'autre, plus que dix femmes à la fois. « Retournons dans la salle à manger. Bonne chance, Yehezquêlê. Mazal Tov, Micha, bonne santé et longue vie. »

Dans le kibboutz Nof-Harim, en Galilée, Emmanuel reçut Michaël en l'embrassant comme un dur et en lui tapant lourdement sur l'épaule comme s'il retrouvait un frère perdu. Au cours d'une brève promenade de vingt minutes Emmanuel avait montré tout le kibboutz à son hôte.

« Est-ce que tu étais dans le Palmach ? » « Non ? » Tant pis. Ce n'est pas grave. Les autres aussi ont fait du bon travail. parlait-il sérieusement quand il nous a proposé de venir vivre ici, à Nof-Harim ? Eh bien quoi ? Ici aussi un jeune homme cultivé pouvait se rendre utile et trouver des satisfactions, pas seulement à Jérusalem. Bien sûr, du premier coup d'œil il avait constaté que Michaël n'était pas un lion. C'est-à-dire du point de vue physique. Mais peu importe. « Nous ne sommes pas une équipe de football. Il pourra travailler dans le poulailler, même à la comptabilité. Rinalê, Rinalê, va vite nous chercher la bouteille de Cognac que nous avons gagnée à la loterie du bal de Pourim. Dépêche-toi, nous avons un beau-frère tendre et gentil. Et toi, Hanouch'ka, pourquoi ne dis-tu rien ? Une jeune fille sur le point de se marier, à voir la tête que tu fais on pourrait croire que tu es veuve. Michaël est gentil. T'a-t-on déjà raconté pourquoi le Palmach avait été dissous[1] ? Laisse tomber, ne commence pas à analyser et à discuter, je voulais seulement te demander si tu connaissais la blague. Tu ne l'as pas encore entendue ? Jérusalem est en retard, tout à fait en retard. Alors écoute... »

1. Expression passée dans la langue pour évoquer un problème insoluble.

Et puis en dernier vient maman.

Ma mère pleurait en parlant à Michaël. Elle lui raconta dans un mauvais hébreu la mort de mon père et ses paroles étaient entrecoupées de sanglots. Elle demanda la permission de prendre les mesures de Michaël. Prendre des mesures ? Oui, des mesures. Elle voulait lui tricoter un pull blanc. Elle s'efforcerait de le terminer pour le jour du mariage. A-t-il un costume noir ? Peut-être acceptera-t-il de mettre à la cérémonie le costume de Joseph, son défunt mari. Elle le transformera. Elle pourra l'ajuster à sa taille. Il n'y a pas grande différence. Il n'est ni trop grand ni trop petit. Elle le supplie. C'est sentimental. Elle ne peut pas lui offrir autre chose.

Elle lui répéta avec son accent russe, comme si dans sa crainte, elle lui faisait prendre un engagement : « Hannalê est une jeune fille délicate, très délicate. Elle a beaucoup souffert. Sache-le. Et... Je ne sais pas le dire en hébreu... Elle est fragile. Ne l'oublie pas. »

VIII

Mon pauvre père disait en maintes occasions : les gens simples ne sont pas capables de mentir tout à fait. L'hypocrisie est en même temps une forme de franchise. C'est comme une couverture trop courte, lorsqu'on essaye de se couvrir les pieds, la tête est découverte et lorsqu'on essaye de se couvrir la tête les pieds dépassent. Les gens invoquent une excuse savante pour cacher quelque chose, ils ne se rendent pas compte que le prétexte révèle une vérité désagréable. Mais d'un autre côté la vérité nue détruit tout, elle n'arrange rien. Que reste-t-il aux gens simples ? Voir et se taire. Voir et se taire, c'est ce qu'il faut faire ici-bas.

Dix jours avant notre mariage nous avons loué un vieil appartement de deux pièces dans le quartier de Mekor-Barouch, au nord-ouest de Jérusalem. Pendant les années cinquante, à part les religieux, habitaient là de nombreux petits employés de ministère et de l'Agence juive, de petits commerçants en textile, des caissiers de cinéma ou de la banque anglo-palestinienne. Déjà à cette époque c'était un quartier en décadence. L'appartement était un peu sombre. L'installation sanitaire vétuste. Mais les plafonds étaient très hauts comme je les aime. Nous nous étions mis d'accord pour peindre les murs avec des couleurs gaies et pour mettre beaucoup de plantes vertes. Nous ne savions pas encore qu'à Jérusalem les plantes ont tendance à dégénérer très vite. Peut-être à cause de l'eau du robinet qui contient beaucoup de rouille et de produits chimiques.

Durant nos loisirs nous allions en ville faire les achats indispensables : les premiers meubles, quelques ustensiles de cuisine, des appareils ménagers, quelques vêtements. À ma grande surprise je constatais que Michaël savait marchander sans s'abaisser. Je ne le vis jamais en colère. J'étais fière de lui. Ma meilleure amie, Hadassa, mariée depuis quelque temps à un jeune économiste qui s'était fait un nom, me dit ses impressions sur Michaël en ces mots :

« C'est un jeune homme intelligent et modeste. Il ne brille peut-être pas beaucoup mais il est équilibré. »

Les amis de mes parents, installés depuis longtemps à Jérusalem me dirent : « Il fait une bonne impression. »

Je passais mon bras sous le sien. J'essayais de déchiffrer la phrase que Michaël formulait intérieurement devant chaque personne présentée. Michaël parlait peu. Il écoutait avec les yeux. Il était gentil et retenu avec les étrangers. Les gens disaient :

« La géologie, c'est étonnant. On aurait cru que c'était un étudiant en lettres. »

Chaque jour j'allais dans la chambre que Michaël avait louée dans le quartier de Mousrara. Nous y entassions nos achats en attendant. Je passais la plus grande partie de mes soirées à broder des fleurs sur les housses de mes couvertures. Sur les nouveaux vêtements je brodais notre nom : Gonen. Michaël aimait la broderie. Je savais bien broder.

Je me reposais dans une chaise longue que nous avions achetée pour mettre sur le balcon de notre appartement. Michaël s'asseyait à notre table, plongé dans la préparation de ses travaux de séminaire en morphologie. Il voulait terminer son travail pour le présenter avant notre mariage. Il se l'était promis. La lampe de travail éclairait son visage allongé et maigre, ses cheveux courts. Par moments, Michaël me faisait penser à un élève d'un pensionnat religieux, à l'un des jeunes garçons de l'orphelinat « Diskine », que je voyais passer, lorsque j'étais petite, dans notre rue quand ils allaient à la gare. Ils avaient le crâne rasé, marchaient deux par deux, obligés de se donner la main, obéissants et tristes. Leur obéissance comprimait une certaine violence.

De nouveau il se rasait mal. Il avait des poils drus et noirs sous le menton. Avait-il perdu son nouveau rasoir ? Non. Il reconnut m'avoir menti lors de notre deuxième soirée. Il n'avait pas acheté de nouveau rasoir. Il s'était simplement mieux rasé en mon honneur. Pourquoi m'avait-il menti ? Parce que je l'avais mis dans l'embarras. Pourquoi recommençait-il à ne se raser qu'une fois tous les deux jours ? Parce que maintenant il n'était plus mal à l'aise en ma présence. Ce qu'il peut détester se raser. S'il était un artiste et non un géologue, peut-être se ferait-il pousser la barbe.

J'essayai de m'imaginer le portrait. J'éclatai de rire. Michaël me regarda plein d'étonnement :

« Qu'est-ce qu'il y a de drôle ? »

S'était-il vexé ?

Non, il ne s'était pas vexé. Pas du tout.

Mais pourquoi me regardait-il ainsi ?

Parce qu'il avait réussi à me faire éclater de rire. Combien de fois avait-il tenté de me faire rire, mais en vain. Et maintenant, sans le vouloir, il y avait réussi. Il en était content.

Michaël a les yeux gris. Lorsqu'il rit les commissures de ses lèvres tremblent. Il est gris et réservé, mon Michaël.

Toutes les deux heures je lui préparais un thé au citron comme il l'aimait. Nous ne nous parlions presque pas car je ne voulais pas le retarder dans son travail. J'aimais le nom « géomorphologie ». Un jour je me levai sans bruit, pieds nus et je me glissai derrière son dos penché sur ses papiers. Michaël ne m'avait pas sentie venir. Je pus lire quelques phrases par-dessus son épaule. Il avait une écriture nette et arrondie comme celle d'une lycéenne appliquée. Mais les mots me faisaient trembler d'émotion : l'extraction de gisements de minéraux. Des forces volcaniques faisaient pression de l'intérieur. La lave solidifiée. Le basalte. Des rivières obséquentes et des rivières conséquentes. Le processus morphotectonique commencé il y a dix millions d'années et qui est en plein essor. Une cassure progressive et une cassure soudaine. De légères secousses sismiques que l'on ne peut enregistrer qu'avec des appareils ultra-sensibles.

Cette fois aussi j'avais le cœur serré en lisant ces mots, comme si je captais une émission codée. Mon destin dépendait de son contenu. Mais je n'en avais pas la clé.

Puis je revins à ma chaise longue et continuai à broder. Michaël leva la tête et dit :

« Je n'ai jamais rencontré une femme comme toi. »

Puis il ajouta en souriant comme s'il se hâtait de me prévenir : « Comme c'est banal. »

Je veux écrire ici que jusqu'à notre nuit de noces je me refusai à Michaël. Quelques mois avant sa mort, mon père me fit venir dans sa chambre puis referma la porte à clé. Sa figure était déjà ravagée par la maladie. Il avait les joues creuses, la peau jaune et sèche. Il n'avait pas les yeux fixés sur moi mais sur le tapis au pied du fauteuil comme s'il y trouvait les mots qu'il allait me dire. Papa me parla des hommes vicieux qui abusent des femmes en les enjôlant de leurs paroles puis les abandonnent à leur chagrin. J'avais environ treize ans. Tout ce qu'il me dit je l'avais déjà entendu de la bouche de gamines fofolles et de garçons au menton pointu. Mais mon père le disait sans plaisanter, avec calme et tristesse. Mon père formula ses paroles comme si l'existence de deux sexes différents était une cause de désordre provoquant bien des souffrances dans l'univers, et que les gens devaient faire de leur mieux pour atténuer les conséquences de ce désordre. Enfin mon père me dit que si je pouvais me remémorer ses paroles dans les moments difficiles cela pourrait peut-être m'empêcher de prendre une mauvaise décision.

Je ne pense pas que ce soit la vraie raison pour laquelle je me refusai à Michaël jusqu'à notre nuit de noces. La véritable raison, je ne veux pas l'écrire. On doit être prudent avant de parler de raison. Qui me l'a dit ? Michaël lui-même. Lorsqu'il m'avait passé le bras autour de l'épaule il était fort et réservé. Peut-être se retenait-il, comme moi. Il ne me suppliait pas avec des paroles. Ses doigts réclamaient mais n'exigèrent jamais. Il passait ses doigts lentement sur mon dos. Puis il retirait sa main, regardait ses doigts, me regardait, moi et ses doigts, comme s'il comparait avec attention une chose à l'autre. Mon Michaël.

Un soir, avant de quitter Michaël pour rentrer dans ma chambre (il me restait moins d'une semaine à passer chez la famille Tarnopoler dans le quartier d'Ahva), je lui dis :

« Michaël, tu seras étonné, je sais peut-être quelque chose sur les rivières obséquentes et conséquentes que tu ne sais pas toi-même. Si tu es gentil, je te révélerai un jour ce que je sais. »

Je lui ai dit cela en passant ma main dans ses cheveux courts : un vrai hérisson. À quoi voulais-je faire allusion, je ne saurais le dire.

L'une des dernières nuits, deux jours avant la cérémonie, je fis un cauchemar effrayant. Michaël et moi, nous étions à Jéricho. Nous faisions des achats dans la rue du marché, entre les masures basses en terre battue (en trente-huit, mon père, Emmanuel et moi, nous étions allés à Jéricho. C'était pendant la fête de Souccoth. Nous y étions allés dans un autobus arabe. J'avais huit ans. Je n'ai pas oublié. Mon anniversaire tombe à la fête de Souccoth).

Michaël et moi, nous avions acheté une natte, des coussins pour s'asseoir à l'orientale, un divan onduleux. Michaël ne voulait pas ces meubles. Je les avais choisis et il les paya sans rien dire. Le marché de Jéricho était bariolé et houleux. Les gens criaient sauvagement. Je passais tranquille parmi eux, je portais une jupe sport. Le soleil brillait, terrible, écrasant comme ceux que j'avais vus dans les tableaux de Van Gogh. Puis une jeep militaire s'arrêta près de nous. Un officier anglais nain, en tenue impeccable, sauta à terre et toucha Michaël à l'épaule. Soudain, Michaël se retourna, se dégagea, se débattit sauvagement, renversa les étalages en courant puis disparut dans la foule. Je restai seule. Les femmes hurlaient. Deux hommes apparurent et me tirèrent par les bras. Ils étaient enveloppés dans de longues robes. On ne voyait que leurs yeux comme des charbons ardents. Ils m'empoignèrent avec force et me faisaient mal. Ils me traînèrent à travers des ruelles sinueuses jusqu'au bout de la ville. L'endroit ressemblait aux ruelles en pente qui se trouvent derrière la rue des Éthiopiens, à l'est de la nouvelle ville de Jérusalem. Je fus traînée dans de nombreux escaliers jusqu'à une cave dans laquelle brûlait une lampe à pétrole sale. La cave était noire. On me déposa sur le sol. Ça sentait la moisissure. L'air était vicié. On entendait dehors un aboiement étouffé, long et abruti. Soudain les jumeaux retirèrent leurs houppelandes du désert. Nous étions tous les trois du même âge. Leur maison était face à la nôtre, de l'autre côté du terrain vague, à la limite entre le quartier de Quatamon et celui de Kiryat-Chmouel. Ils avaient une cour fermée. C'était une cour intérieure. Une vigne grimpait sur les murs de la villa. Les murs étaient construits de cette pierre rougeâtre qu'affectionnent les riches Arabes dans les quartiers du sud de Jérusalem.

J'avais peur des jumeaux. Ils se moquaient de moi. Leurs dents étaient d'une blancheur étincelante. Ils étaient noirs et souples. Deux loups gris robustes. J'ai crié : Michaël, Michaël, mais je n'avais plus de voix. J'étais muette. Je baignais dans le noir. Cette obscurité voulait que Michaël vînt à mon secours seulement après la douleur et le plaisir. Les jumeaux se souvenaient peut-être de notre enfance mais ils ne le montrèrent pas. Sauf leur rire. Ils firent de petits sauts sur le sol de la cave, des sauts rapides comme s'ils avaient froid. Mais il ne faisait pas froid. Ils sautaient comme mus par des ressorts à cause de leur énergie débordante. Ils jubilaient. Je ne pouvais pas arrêter leur rire nerveux, affreux. Aziz était un peu plus grand que son frère et son visage plus foncé. Il passa derrière moi et ouvrit une porte que je n'avais pas remarquée. Il me montra la porte et s'inclina comme un garçon de café. J'étais libre. Je pouvais sortir. Ce fut un instant terrible. Je pouvais sortir mais je ne sortis pas. Alors Halil poussa un faible gémissement, se mit à trembler, ferma la porte et la verrouilla. Aziz sortit un grand couteau brillant des plis de sa houppelande. C'était le couteau à pain que Michaël et moi nous avions acheté la veille dans le grand magasin Schwartz, sur la place Sion. Ses yeux brillaient. Il se mit à quatre pattes. Ses yeux brûlaient. Le blanc de l'œil était trouble et injecté de sang. Je reculais en me serrant contre le mur de la cave. Le mur était répugnant. Une moisissure poisseuse, sale, traversa mes vêtements et me toucha la peau. Je criai avec mes dernières forces.

Le lendemain matin, la propriétaire, Mme Tarnopoler, rentra dans ma chambre pour me dire que je criais la nuit. « Si madame Hanna crie deux jours avant son mariage, c'est signe d'un très grand malheur. Les rêves indiquent ce qu'il faut faire et ce qu'il ne faut pas faire. Dans les rêves on nous rend compte de tous nos actes, me dit-elle. Si elle était ma mère, il faut qu'elle me le dise, même si je dois me fâcher, elle ne me permettrait pas de me marier tout d'un coup avec n'importe quel homme rencontré par hasard dans la rue. J'aurais aussi bien pu rencontrer un homme tout à fait différent, ou bien ne rencontrer personne ! Où allais-je ? Au-devant du malheur. On se marie chez vous dans un jeu de hasard. Mme Tarnopoler, elle-même, s'était mariée grâce à une marieuse qui savait lire dans le ciel car elle connaissait bien les deux familles et s'était bien renseignée sur les futurs époux. Enfin l'homme est entièrement déterminé par sa famille. Les parents, les grands-parents, les oncles et les frères sont ce que le puits est à l'eau. » Le soir, avant que je ne me couche, elle me préparera une tisane. « C'est un bon remède pour une âme agitée. Que tous mes ennemis fassent des cauchemars la veille de leur mariage ! Tout cela vous arrive car vous vous mariez comme les idolâtres que l'on voit dans la Bible : une fille vierge rencontre un étranger et sans savoir qui il est, elle fixe les conditions et détermine le jour du mariage, comme si l'on était seul au monde.

En prononçant le mot « vierge » Mme Tarnopoler esquissa un sourire désabusé. Je ne répondis pas.

IX

Michaël et moi, nous nous sommes mariés au milieu du mois de mars.

On avait dressé le dais sur le toit des vieux bureaux du Rabbinat, rue Yaffo, en face du magasin de livres étrangers, Steimatsky, sous un ciel gris clair et nuageux, parsemé de taches gris sombre.

Michaël et son père portaient tous les deux des costumes noirs, ils avaient mis tous les deux une pochette blanche. Ils se ressemblaient tellement que je m'y trompai à deux reprises. J'appelai mon mari Yehezquel au lieu de Michaël.

Michaël brisa le verre d'un coup de pied brutal. Il se cassa avec un bruit sec. Un murmure étouffé passa dans l'assistance. Tante Léa pleurait. Ma mère pleurait aussi.

Mon frère Emmanuel avait oublié sa calotte. Il étala un mouchoir à carreaux sur sa touffe de cheveux. Et Rina, ma belle-sœur, me soutenait d'une main ferme comme si j'allais soudain m'évanouir. Je n'ai rien oublié.

*

Le soir, on fit une réunion d'amis dans l'une des salles de conférences du monastère de Ratisbonne.

Il y a dix ans, le jour de mon mariage, la plupart des départements de l'Université étaient situés dans différents monastères chrétiens. Les bâtiments du Mont-Scopus avaient été coupés de la ville à la suite des combats. Les anciens habitants de Jérusalem croyaient que cette séparation était provisoire. On faisait beaucoup de prophéties politiques. L'atmosphère était lourde.

La salle de Ratisbonne dans laquelle avait lieu la soirée était très haute et froide, le plafond couvert de suie. La peinture s'écaillait et de nombreux symboles étaient effacés. Avec beaucoup d'efforts je réussis à distinguer certaines stations entre la naissance sacrée et la crucifixion. Je détournai mon regard du plafond.

Ma mère portait une robe noire. C'était la robe qu'elle s'était faite à la mort de mon père, Joseph Greenbaum, en quarante-trois. Cette fois elle portait un bijou de cuivre pour marquer la différence entre la joie et le malheur. Le lourd collier que portait ma mère, Malca, scintillait à la lumière des lampes anciennes.

Trente ou quarante étudiants étaient venus à cette fête. La plupart d'entre eux étudiaient la géologie, quelques-uns étaient en première année de littérature hébraïque. Ma meilleure amie, Hadassa, était venue avec son jeune mari et m'avait offert une reproduction d'Abel Pan, le portrait d'une vieille Yéménite. Quelques vieux amis de mon père s'étaient réunis pour nous donner un chèque. Mon frère Emmanuel avait amené avec lui sept jeunes gens du kibboutz. Ils m'offrirent un vase doré. Emmanuel et ses copains s'efforcèrent de mettre de la gaieté. Mais la présence des étudiants les embarrassait.

Puis deux jeunes géologues se levèrent pour lire à tour de rôle un pamphlet confus, fatigant, trop long, faisant une comparaison humoristique entre les différentes couches de terrain et l'amour. Ils avaient parsemé leur texte d'allusions grossières et d'expressions à double sens. Ils voulaient nous amuser.

La jardinière d'enfants, Sarah Zeldine, vieille et ridée, avait apporté un service à thé. Sur chaque pièce figurait un couple d'amoureux habillé de bleu. Les bords étaient dorés. Elle serra ma mère dans ses bras et elles s'embrassèrent. Elles parlaient yiddish et hochaient la tête sans arrêt.

Les quatre tantes de Michaël, les sœurs de son père, s'étaient installées autour d'une table couverte de sandwiches et parlaient de moi avec affairement. Elles ne prenaient pas la peine de baisser la voix. Elles ne m'aimaient pas. Pendant de longues années Michaël avait été un enfant ordonné et responsable, à présent, il se mariait à la hâte, ce qui pouvait faire courir des bruits désobligeants. Tante Génia était restée fiancée pendant six ans à Kovna, elle avait attendu six ans pour épouser son premier mari. Les détails des méchantes rumeurs que notre hâte risquait de provoquer, elles les disaient en polonais.

Mon frère et ses amis du kibboutz abusèrent de la boisson. Ils étaient bruyants. Ils entonnèrent avec entrain les paroles d'une chanson à boire. Ils plaisantèrent avec les jeunes filles jusqu'à ce que le rire dégénère en gloussements étouffés. Une étudiante en géologie, Yardena, une blonde vêtue d'une robe à paillettes argentées, se déchaussa et se mit seule à danser une danse espagnole effrénée. Tous les invités marquaient le rythme en frappant dans leurs mains. Mon frère Emmanuel cassa en son honneur une bouteille de jus d'orange. Puis montant sur une chaise, un verre de liqueur à la main, Yardena chanta une chanson américaine très connue racontant un amour malheureux.

Je dois écrire aussi ceci. À la fin de la soirée mon mari essaya de m'embrasser par surprise dans le cou. Il s'était approché de moi en catimini, par-derrière. Peut-être ses amis étudiants lui en avaient-ils donné l'idée. Au même instant je tenais un verre plein de vin que mon frère m'avait mis dans la main. Au moment où ses lèvres touchèrent ma peau j'eus très peur. Le vin éclaboussa ma robe blanche de mariée ainsi que le tailleur marron de tante Génia. Ce détail est-il important ? Depuis le matin où ma propriétaire, Mme Tarnopoler, m'avait parlé après mes cris de la nuit, les signes n'avaient pas manqué. C'est comme mon père. Mon père savait écouter. Il a traversé l'existence comme si elle était un stage de préparation au cours duquel les leçons vous permettent d'acquérir une expérience en prévision de l'au-delà.

X

À la fin de la semaine, le professeur est venu vers moi pour me féliciter. Ceci se passait dans le couloir du collège de Terra Sancta pendant l'intervalle entre les deux parties de son cours sur Abraham Mapou. Il avait entendu la bonne nouvelle, que Madame avait fondé un foyer en Israël.

Il me souhaitait donc un foyer juif traditionnel et humain. Il incluait toutes les autres bénédictions dans celle-ci. Que fait l'heureux époux ? De la géologie ? Cette union est symbolique : la littérature et la géologie, ce sont deux disciplines qui se frayent un chemin dans les profondeurs pour en rapporter des trésors cachés. Poursuivra-t-elle ses études ? Eh bien, il en sera très content car ses élèves sont pour lui comme ses enfants.

Mon mari acheta une grande bibliothèque. Il avait peu de livres, entre vingt et trente volumes. Ils allaient augmenter au fil des ans. Il voulait recouvrir tout un mur de livres. En attendant, la bibliothèque était pratiquement vide. J'apportai du jardin d'enfants de Sarah Zeldine quelques objets artisanaux, des jouets que j'avais fabriqués avec du fil de fer et du raphia de couleur. J'en recouvris les étagères vides. En attendant.

Le chauffe-eau se détraqua. Michaël essaya de le réparer lui-même. Il me raconta que dans son enfance il avait réparé de ses propres mains des robinets abîmés chez son père et chez ses tantes. Mais cette fois il n'y parvint pas. Peut-être le détraqua-t-il encore plus. Il fit venir un ouvrier, un très beau jeune Sepharad qui le répara sans difficultés. Michaël était gêné de son échec. Il resta muet comme un enfant réprimandé. J'aimais sa confusion et l'ouvrier dit : « Vous êtes un couple sympathique, un jeune couple, je ne vous ferai pas payer cher. »

Pendant les premières nuits je ne pouvais m'endormir qu'avec des somnifères. Lorsque j'avais huit ans on avait mis mon frère Emmanuel dans une chambre à part et depuis je dormais toujours seule dans une chambre. Je trouvais étrange que Michaël fermât les yeux et dormît. Jusqu'à notre nuit de noces, je ne l'avais jamais vu dormir. Il se recouvrait la tête, il disparaissait littéralement sous la couverture. Par moments je me répétais en moi-même que ce bouillonnement rythmé n'était autre que le bruit de sa respiration et que personne au monde n'était plus près de moi. Dans le vieux lit à deux places que nous avions acheté pour presque rien aux précédents propriétaires, je me retournais jusqu'à l'aube. Ce lit était décoré de sculptures sur bois, ondulées et recouvertes d'un vernis marron. Le lit était vraiment trop large comme le sont les très vieux meubles. Il était si large, qu'un jour je me demandai si Michaël ne s'était pas levé sans faire de bruit. Mais il était seulement loin et recroquevillé. Ils surgissaient de l'ombre pour venir à moi. Ils venaient beaux et violents. Ils apparaissaient sombres, silencieux et souples.

Je ne désirais pas un homme sauvage. Pourquoi

mériterais-je d'être opprimée. Lorsque j'étais petite je pensais toujours que j'épouserais un jeune savant destiné à une renommée mondiale. J'entrerais sur la pointe des pieds dans son cabinet de travail meublé d'une manière austère, je déposerais le verre de thé sur l'un des gros livres allemands dispersés sur sa table. Je viderais le cendrier et fermerais les volets sans faire de bruit et, sans qu'il s'en aperçoive, je sortirais sur la pointe des pieds. Si mon mari s'était jeté sur moi assoiffé de désir, j'aurais eu honte. Et quand Michaël m'approche comme s'il touchait un objet fragile, comme s'il tenait une éprouvette entre les doigts, pourquoi suis-je vexée ? Au lit, je me souvenais de son manteau rugueux et chaud qu'il portait la nuit où nous revenions de Tirat-Yaar vers la station d'autobus sur la route de Jérusalem. Et la cuillère avec laquelle jouaient ses doigts au buffet de Terra Sancta, je m'en souvenais les premières nuits.

La tasse de café trembla dans ma main, les yeux rivés sur le carrelage fendu, lorsque je demandai à mon mari un matin si j'étais une bonne épouse. Il réfléchit un instant et répondit comme à une question de cours qu'il n'était pas capable de juger car il n'avait pas connu d'autres femmes. Il m'avait répondu avec franchise, pourquoi mes mains continuèrent-elles à trembler et le café éclaboussa et tacha la nappe neuve.

Tous les jours je faisais une omelette de deux œufs et du café pour nous deux. Michaël coupait le pain.

J'aimais mettre un tablier bleu et choisir une nouvelle place pour chacun de mes ustensiles de cuisine. Les jours étaient paisibles. Michaël partait à l'Université à huit heures. Il avait une serviette neuve : son père, Yehezquel, lui avait offert un grand sac noir pour son mariage. Je le quittais au coin de la rue et me dirigeais vers le jardin d'enfants de Sarah Zeldine. Je m'achetai également une nouvelle robe de printemps, une robe sport avec des fleurs jaunes. Mais le printemps se faisait attendre et l'hiver se prolongeait. Nous eûmes un hiver long et dur à Jérusalem en mil neuf cent cinquante.

Je rêvais toute la journée à cause des somnifères. La vieille Sarah Zeldine me lançait des regards perçants et sournois derrière ses lunettes à monture dorée. Peut-être s'imaginait-elle des nuits sauvages. Je voulais la détromper, mais je ne savais pas quels mots utiliser. Nos nuits étaient calmes. Il me semblait parfois sentir un désir muet me monter le long du dos comme si quelque chose d'important ne s'était pas encore produit. Comme si tout n'était qu'une introduction, une répétition, des préparatifs. Je répétais un rôle compliqué qu'il me faudrait bientôt remplir. Bientôt quelque grand événement aurait lieu dans ma vie.

Je vais écrire là quelque chose d'étrange sur Peretz Smolenskine.

Le professeur avait déjà achevé le cycle de ses cours sur Abraham Mapou, il était passé à l'analyse du roman : *L'homme errant sur les routes de la vie*. Le professeur nous conta en détail les pérégrinations de l'auteur, Peretz Smolenskine et ses tourments. À cette époque-là les critiques croyaient encore que l'auteur, lui aussi, a un rapport avec son livre.

Je me souviens que j'ai eu par moments la sensation violente, très nette, que je connaissais l'homme, Peretz Smolenskine. Sans doute son portrait figurant sur la couverture du livre me rappelait-il un visage connu. Mais je ne pense pas que cela soit la vraie raison. Il me semblait que lorsque j'étais petite je l'avais entendu tenir des propos concernant ma vie, et que bientôt je le rencontrerais de nouveau, il fallait, il fallait absolument que je formule les vraies questions afin que je sache interroger Peretz Smolenskine. En fait, il fallait surtout que je vérifie l'influence de Charles Dickens sur les contes de Smolenskine. C'est ce que je devais faire absolument.

Tous les après-midi je m'installais devant la même table dans la salle de lecture de Terra Sancta. Je lisais *David Copperfield* dans une vieille édition anglaise. Copperfield, l'orphelin de Dickens, ressemble à Joseph, l'orphelin de Madmena, dans le conte de Peretz Smolenskine ; ils éprouvent l'un et l'autre toutes sortes de souffrances. Ils rencontrent des gens cruels de toutes les couches de la société. Les deux auteurs n'épargnent pas la société car ils ont pitié des orphelins. Je restais là assise tranquillement pendant deux ou trois heures à lire des scènes de souffrance et de cruauté comme s'il s'agissait de dinosaures disparus à jamais de la surface de la terre. Ou comme si les paraboles me semblaient embrouillées et leur signification sans importance. C'était une prise de conscience à froid.

Durant ces années-là, un vieux bibliothécaire, trapu, portant une calotte, travaillait à Terra Sancta, il me connaissait sous mon ancien et nouveau nom. Il est sans doute déjà mort. J'étais contente lorsqu'il me disait :

« Madame Hanna Greenbaum-Gonen, les initiales HG signifient en hébreu "fête". Que votre vie soit une fête. »

Le mois de mars tirait à sa fin. Puis la moitié du mois d'avril s'écoula. Ce fut un long et dur hiver à Jérusalem en cinquante. Le soir, je me tenais près de la fenêtre et j'attendais mon mari. Je soufflais sur la vitre et dessinais sur la buée un cœur percé d'une flèche, des doigts entrelacés, les initiales H.G., M.G.

et H.M. Parfois je faisais d'autres dessins encore. Lorsque j'apercevais la silhouette de Michaël au bout de la ruelle j'effaçais tout en vitesse de la main. De loin il croyait que je lui faisais des signes de la main et il me répondait en agitant le bras. Lorsqu'il entrait à la maison ma main était mouillée et froide car j'avais essuyé le carreau.

Michaël aimait dire : « Les mains chaudes, le cœur froid, les mains froides, le cœur chaud. »

Un colis arriva du kibboutz Nof-Harim ; dedans, deux pulls que nous avait tricotés Malca, ma mère. Un pull blanc pour Michaël, et pour moi, un pull bleu-gris, de la couleur de ses yeux paisibles.

XI

Par un samedi bleu, soudain le printemps attaqua les montagnes. Nous sommes sortis faire une promenade à pied de Jérusalem jusqu'à Tirat-Yaar. Nous avons quitté la maison à sept heures du matin et nous sommes descendus sur la route de Lifta. Nous marchions main dans la main. Le matin était baigné d'azur. Les lignes des sommets touchaient le ciel comme si elles avaient été tracées avec un pinceau fin. Des cyclamens se cachaient dans les fentes des rochers. Les anémones rouges flambaient sur la pente. La terre était humide. L'eau de pluie remplissait le creux des rochers. Les chênes étaient trempés. Un cyprès isolé au pied des ruines du village arabe abandonné, Kolonia, respirait avec extase.

Michaël s'arrêtait à certains endroits pour me montrer les structures géologiques et me les nommait. Savais-je qu'une mer ancienne avait recouvert ces montagnes des centaines de milliers d'années auparavant ?

« À la fin des temps la mer recouvrira de nouveau Jérusalem », lui dis-je avec assurance.

Il rit : « Hanna serait-elle aussi parmi les prophètes ? »

Il était gai et plein d'entrain. De temps en temps il ramassait une pierre et lui parlait durement, comme s'il la réprimandait. Au sommet du Castel un grand oiseau, un aigle ou un vautour, tournait au-dessus de nos têtes.

« Nous ne sommes pas encore morts », lui dis-je gaiement.

La rocaille était encore glissante. Je trébuchai volontairement pour lui rappeler l'escalier de pierre de Terra Sancta. Je rapportai aussi à Michaël les propos de Mme Tarnopoler qui m'avait dit la veille du mariage que nous agissions en idolâtre, comme à une loterie : une fille vierge jette son dévolu sur un garçon quelconque, rencontré par hasard, elle aurait pu aussi bien rencontrer un tout autre garçon.

Puis je cueillis un cyclamen et l'accrochai à la boutonnière de Michaël. Il serra ma main dans la sienne. Ma main était froide entre ses doigts chauds.

« Je connais un dicton banal, me dit Michaël en riant. Je n'ai rien oublié. Oublier, c'est mourir. Je ne veux pas mourir. »

Liora, l'amie de mon mari, était de service le samedi. Elle ne pouvait pas se libérer en notre honneur. Elle voulait seulement savoir si nous étions heureux, puis elle retourna à la cuisine. Nous avons déjeuné dans la salle à manger. L'après-midi nous nous sommes assis sur l'herbe, la tête de mon mari sur mes genoux. J'allais raconter ce qui me faisait mal à propos des jumeaux. Une peur intérieure me retint. Je ne lui racontai rien.

Puis nous nous sommes promenés près de la source Aqua Bella. Près de nous, à l'orée du petit bois, il y avait des jeunes gens et des jeunes filles venus à bicyclette de Jérusalem. L'un d'entre eux réparait un pneu qui avait éclaté sur la route. Des bribes de conversations parvenaient jusqu'à nous.

« Le mensonge n'a pas de jambes, disait celui qui

réparait son vélo. Hier j'ai menti à mon père en lui disant que j'allais à un cours de préparation militaire mais je suis allé voir *Samson et Dalila* au cinéma Sion. Devine un peu, qui était placé juste derrière moi ? Mon père en personne. »

Au bout de quelques instants nous avons entendu une jeune fille raconter à sa copine que sa sœur s'était mariée pour des raisons d'argent et qu'elle-même ne se marierait que par amour car la vie n'est pas un jeu. Son amie lui répondit, qu'elle, pour sa part, ne s'opposait pas à un peu d'amour libre ; comment pouvait-on savoir à l'âge de vingt ans si l'amour résisterait après l'âge de trente ans. Son chef dans le mouvement de jeunesse socialiste du Chomer Hatsaïr leur avait expliqué au cours d'une discussion que l'amour chez les couples modernes devait être simple et ouvert comme de boire un verre d'eau. Bien sûr, elle ne pensait pas qu'il fallait faire la foire. Tout doit être fait avec mesure. Et non comme Rivkalê qui change d'homme chaque semaine, mais pas non plus comme Dahlia qui lorsqu'un homme l'approche pour lui demander l'heure, change tout de suite de couleur et se sauve comme si tous les hommes voulaient la violer. Dans la vie il ne faut pas faire d'extravagance car celui qui vit sans réfléchir ne vivra pas vieux, comme dans le roman de Stefan Zweig.

Nous sommes rentrés en ville avec le premier autobus à la sortie du Chabbat. Le soir, un vent venant du nord-est souffla avec violence. Le ciel se couvrit. Le printemps qui avait régné le matin était illusoire. C'était encore l'hiver à Jérusalem. Nous avons remis notre projet d'aller en ville voir le film *Samson et Dalila* au cinéma Sion. Nous nous sommes couchés tôt. Michaël lut le supplément du journal du Samedi. Je lus un livre de Peretz Smolenskine *Enterré comme un âne* pour préparer le séminaire du lendemain. Notre maison était très calme. Les volets clos. La lampe de chevet projetait des ombres que je ne voulais pas voir. J'entendais tomber les gouttes du robinet de la cuisine. Je percevais le rythme de leur chute.

Plus tard une bande d'enfants passa dans la ruelle. Ils revenaient d'une réunion du mouvement de jeunesse religieuse. En passant sous nos fenêtres ils chantèrent :

> *Toutes les filles sont des créatures de Satan*
> *Je les déteste toutes sauf une*

Et les filles poussaient des cris aigus.

Michaël écarta son journal. Il me demanda s'il pouvait me déranger. Il voulait me dire quelque chose. « Si nous avions de l'argent, nous achèterions un appareil de radio et nous pourrions écouter des concerts à la maison. Mais parce que nous devons un argent fou nous ne pourrons pas en acheter un cette année. Peut-être que la vieille radine de Sarah Zeldine te paiera plus le mois prochain. À propos, l'ouvrier qui a réparé le chauffe-eau était vraiment adorable mais le chauffe-eau est de nouveau en panne. »

Michaël éteignit la lumière. Sa main chercha la mienne à tâtons. Ses yeux ne s'étaient pas encore habitués à la lueur pâle qui passait à travers les fentes du volet. Le grand coup qu'il m'envoya au menton m'arracha une plainte. Michaël me demanda pardon. Il me caressa les cheveux. Mais j'étais fatiguée et distraite. Il colla sa joue contre la mienne. Nous avions fait une longue et belle promenade ce jour-là, il n'avait donc pas eu le temps de se raser. Ses poils me grattaient la peau. Je me souviens du moment désagréable où je ressemblai à une mariée dans une plaisanterie vulgaire : une mariée d'une autre génération, qui ne sait pas pourquoi son époux se presse contre elle, alors que le lit est très large. Ce fut un moment humiliant.

La nuit, je rêvai de Mme Tarnopoler. Nous étions dans une ville côtière, peut-être Holon, peut-être dans l'appartement du père de mon mari. Mme Tarnopoler m'avait préparé une tisane. Elle était amère et repoussante. Je vomis. Je salis ma robe blanche de mariée. Mme Tarnopoler rit d'une grosse voix. Elle se vanta de m'avoir déjà mise en garde, elle m'avait prévenue, et j'avais négligé tous les signes. Un vilain oiseau sortait ses griffes crochues. Elles touchaient mes paupières. Je me réveillai effrayée. Je secouai le bras de Michaël. Il se mit en colère dans son sommeil. Murmura que j'étais devenue folle, me dit de le laisser tranquille car il devait dormir, une journée difficile l'attendait le lendemain. J'avalai un cachet pour dormir. Une heure plus tard j'en avalai un autre. Enfin je m'endormis assommée comme si je m'étais évanouie dans la nuit. Le lendemain j'avais un peu de fièvre. Je n'allai pas travailler. À midi je me disputai avec Michaël. Je lui dis des mots vexants. Michaël les avala. Il se taisait. Le soir nous nous sommes réconciliés. Chacun de nous s'accusa d'être à l'origine de la brouille. Mon amie Hadassa et son mari vinrent nous rendre visite. Le mari d'Hadassa est économiste. La discussion s'orienta vers la politique des restrictions. Le mari d'Hadassa était d'avis que le gouvernement s'appuyait sur des hypothèses ridicules, comme si tout l'État d'Israël n'était qu'un seul mouvement de jeunesse. Hadassa dit que les hommes d'affaires se souciaient de leurs familles, elle donna pour exemple un cas de corruption abominable dont on parlait en secret à Jérusalem. Michaël réfléchit un peu puis remarqua prudemment qu'il ne fallait pas avoir trop d'exigences dans la vie. Je n'arrivai pas à comprendre s'il disait cela pour prendre le parti du gouvernenent ou s'il appuyait les propos de ses invités. Je lui demandai de m'expliquer sa pensée. Michaël me sourit comme si je ne lui avais pas demandé d'autre réponse qu'un sourire. Je me levai et passai dans la cuisine pour faire du café, du thé avec des gâteaux. À travers les portes ouvertes j'entendais ce que disait mon amie Hadassa. Elle faisait mon éloge auprès de mon mari. Elle lui raconta que j'étais la meilleure élève et l'enfant la plus développée de la classe. Puis il fut question de l'Université hébraïque. « C'est une université si jeune et elle est dirigée de la manière la plus conservatrice. »

XII

Au mois de juin, trois mois après notre mariage, j'étais enceinte. Michaël ne se réjouit point lorsque je lui parlai de ma grossesse. Par deux fois il me redemanda si j'en étais sûre. Un jour, avant son mariage il avait lu dans le livre du Dr Matmon qu'il était facile de se tromper. En particulier la première fois. Peut-être avais-je confondu les signes ?

Lorsqu'il me dit cela, je me levai et j'allai dans l'autre chambre. Il resta à sa place, devant la glace, se rasant le coin de peau sensible dans le creux entre la lèvre inférieure et le menton. Peut-être n'avais-je pas choisi le bon moment pour lui parler.

Le lendemain, Génia, la tante pédiatre, arriva de Tel-Aviv. Michaël lui avait téléphoné le matin même, elle avait tout laissé pour venir.

Tante Génia me parla durement. Elle me reprocha d'avoir manqué à mes responsabilités : j'allais réduire à néant tous les efforts de Michaël pour réussir dans la vie. Comment n'avais-je pas compris que l'avenir de Michaël était aussi le mien. Et cela juste avant les examens de fin d'études.

« Tu es comme une enfant, me dit tante Génia, tout à fait comme une enfant. »

Elle ne voulait pas rester la nuit car elle avait tout laissé pour accourir à Jérusalem, comme une idiote. Elle regrettait d'être venue. Elle regrettait beaucoup de choses. Tout cela n'est que l'affaire d'une opération de vingt minutes, une affaire très simple et facile comme enlever les amygdales à un enfant. Mais il y a des femmes compliquées auxquelles on ne peut expliquer même les choses les plus simples. Et maintenant, Micha, tu es là, assis, muet, comme un automate, comme si cela ne te concernait pas. Parfois il me semble que l'autre génération s'est sacrifiée en vain. Elle se retient de dire tout ce qu'elle a sur le cœur. Au revoir, vous deux.

Tante Génia attrapa son chapeau marron et sortit. Michaël muet resta bouche bée, comme un enfant qui vient d'entendre une histoire effrayante. J'allai dans la cuisine, fermai la porte à clé et me mis à pleurer. J'étais près du marbre, à râper des carottes, je les saupoudrai d'un peu de sucre puis ajoutai du jus de citron et pleurai. Si mon mari a frappé à la porte, je n'ai pas répondu. Je suis pratiquement sûre à présent que Michaël n'a pas frappé.

Notre fils Yaïr est né un an après notre mariage, en mars cinquante et un après une mauvaise grossesse.

Au cours de l'été, au début de ma grossesse, j'avais perdu dans la rue les deux carnets d'alimentation, celui de Michaël et le mien. Sans eux il était impossible d'acheter les denrées indispensables. Pendant quelques semaines je montrai des signes de carence en vitamines. Michaël refusa d'acheter même un grain de sel au marché noir. Il tenait cette mentalité de son père, Yehezquel : il respectait les lois de notre État avec fidélité et enthousiasme.

Même après avoir reçu les nouveaux carnets

d'alimentation je continuai à ressentir différents troubles. Un jour, prise d'un étourdissement je suis tombée dans la cour du jardin d'enfants de Sarah Zeldine. Le médecin décréta que je ne pouvais pas continuer à travailler. Cette décision était grave car nous étions dans une situation matérielle critique. Le médecin m'ordonna des piqûres d'extraits de foie et de calcium. J'avais tout le temps mal à la tête. Comme si l'on m'avait planté près de la tempe droite un éclat de métal froid. Les rêves devenaient de plus en plus écrasants. Je me réveillais en criant. Michaël écrivit à sa famille que j'avais été obligée d'arrêter mon travail et que mon moral était atteint. Avec l'aide du mari de ma meilleure amie Hadassa, Michaël obtint un petit prêt sur les fonds d'assistance aux étudiants.

À la fin du mois d'août nous avons reçu une lettre recommandée de tante Génia. Elle ne s'était pas donné la peine de nous écrire mais nous avons trouvé un mandat de trois cents livres plié à l'intérieur. Michaël me dit que je pouvais le refuser si mon sens de l'honneur m'y obligeait, qu'il était prêt à interrompre ses études pour chercher du travail et que j'étais libre de retourner l'argent à tante Génia. Je lui dis que je n'aimais pas le mot « honneur », que j'acceptais l'argent en la remerciant. S'il en était ainsi Michaël me demandait de ne pas oublier que, pour sa part, il était prêt à renoncer à ses études pour chercher du travail.

« Je m'en souviendrai, Michaël. Tu me connais, je suis incapable d'oublier. »

Je cessai d'aller à l'Université. Je n'étudierai jamais plus la littérature hébraïque. J'ai encore eu le temps de noter dans mon cahier que le thème important de l'orphelin réapparaissait dans les œuvres des poètes de la nouvelle génération. En quoi consistait ce thème et quelle en était l'origine, je ne saurais le dire.

Le ménage était négligé aussi. Presque toute la matinée je restais seule, assise sur notre petit balcon. Il donnait sur une arrière-cour déserte. Je me reposais dans la chaise longue et lançais des miettes de pain aux chats. J'aimais regarder les enfants des voisins jouer dans la cour. Mon pauvre père, que son souvenir soit béni, disait parfois : il faut regarder et se taire. Je regardais en silence, mais bien au-delà du regard et du silence auxquels faisait allusion mon père. Quel intérêt trouvent les enfants à courir à perdre haleine ? Le jeu fatigue et la victoire est vaine. Qu'obtiendra le vainqueur ? La nuit viendra. L'hiver reviendra. Les pluies tomberont et efface-ront tout. Des vents violents souffleront de nouveau sur Jérusalem. Il y aura peut-être une guerre. Le jeu de cache-cache est un leurre ridicule. De mon bal-con je les vois tous. Qui peut vraiment se cacher ? Qui en a l'intention ? Que l'enthousiasme est étrange ! Reposez-vous, enfants fatigués. L'hiver est encore loin, mais il se prépare dès maintenant. La distance est trompeuse.

À midi je tombais sur mon lit comme après un tra-vail épuisant. Je ne pouvais même pas lire le journal.

Michaël partait à huit heures du matin et rentrait à six heures du soir. C'était l'été. Je ne pouvais pas souffler sur le carreau et tracer des signes sur la buée. Pour me faciliter les choses, Michaël avait repris son ancienne habitude de déjeuner avec ses amis étudiants célibataires dans le restaurant uni-versitaire du bout de la rue Mamilla.

Au mois de décembre j'entrai dans mon sixième mois de grossesse. Michaël se présenta aux examens de licence et obtint la mention « bien » avec les félicitations du jury. Sa joie ne m'intéressait pas. Qu'il se réjouisse seul et me laisse tranquille. Déjà, en octobre, mon mari avait commencé à suivre les cours de maîtrise. Le soir, lorsqu'il rentrait fatigué, il proposait d'aller chez le marchand de légumes, chez l'épicier, et à la pharmacie. Un jour il fut obligé de renoncer à une séance importante de travaux pratiques, à cause de moi, pour aller chercher les résultats de mes analyses au dispensaire.

Le même soir Michaël outrepassa les règles de silence qu'il s'était imposées. Il essaya de m'expliquer que sa vie non plus n'était pas très facile à présent. Que je ne devais pas croire qu'il buvait du petit lait tout le temps, selon l'expression consacrée.

« Je ne le pense pas, Michaël. »

Alors pourquoi me comportais-je envers lui comme s'il était coupable ?

Est-ce que je me comportais vraiment comme envers un coupable ? Il fallait qu'il comprenne que je ne pouvais pas être romantique en ce moment. Je n'avais même pas de robe de grossesse. Je portais tous les jours les mêmes vêtements qui ne m'allaient plus et n'étaient pas confortables. Comment pouvais-je paraître belle et attrayante ?

Non, ce n'était pas ce qu'il me demandait. Ce n'était pas la beauté qui me manquait. Il me suppliait de ne plus être froide ni hystérique.

En vérité, pendant ma grossesse, un compromis fragile s'était établi entre nous. Nous étions comme ces deux voyageurs que le destin a placés sur une même banquette pour un long voyage en train. Ils doivent être attentifs l'un à l'autre, avoir des prévenances l'un pour l'autre, observer une courtoisie de détails, ne pas déranger ni se serrer trop l'un contre l'autre, et ne pas trop questionner non plus. Ils doivent rester aimables et calmes. Ils doivent peut-être aussi se divertir l'un l'autre avec un bon mot qui n'exige pas trop de réflexion. Inutile d'exagérer. Une sorte d'amitié pondérée pourrait même se déclarer à certains moments.

Mais par la fenêtre du train le paysage est triste et plat : des buissons rabougris dans une plaine jaunissante.

Si je lui demandais de fermer la fenêtre, il serait content de me rendre ce service.

C'était un équilibre hivernal. Précautionneux et forcé comme lorsque l'on descend des escaliers mouillés par la pluie. Je voulais me reposer, me reposer encore.

J'avoue ne pas avoir souvent dérangé cet équi-libre. Sous la main ferme de Michaël j'avais trébu-ché. Je m'obstinais dans mon mutisme pendant des soirées entières comme si j'avais été seule à la mai-son. Si Michaël m'interrogeait sur ma santé, je lui répondais : « Qu'est-ce que ça peut te faire ? »

S'il se vexait et ne me demandait pas de mes nou-velles le lendemain, je lui lançais à la figure qu'il ne m'interrogeait pas parce que cela lui était égal.

Une fois ou deux, au commencement de l'hiver, je fis honte à mon mari en pleurant et en le traitant de méchant. Je l'accusais d'être indifférent et impéné-trable. Il réfuta les deux accusations en m'apaisant de sa voix égale. Il était patient et attentionné quand il me parlait. Il s'exprimait d'une manière didac-tique, comme si c'était lui qui m'avait vexée et qu'il me devait des excuses. Je m'entêtais comme une enfant désobéissante. Je le détestais au point que ma gorge se nouait. Je vomis pour le tirer de sa quiétude.

Il était mesuré et méticuleux quand il lava par terre ; il rinça la serpillière et essuya la chambre deux fois. Puis il demanda si j'allais mieux. Il me fit chauffer un verre de lait et enleva la crème que je détestais. Il me demanda pardon de m'avoir contrariée, dans mon état. Il voulait que je lui explique en quoi exactement il m'avait contrariée afin de ne pas répéter la même erreur. Il descendit acheter un bidon de pétrole.

J'étais laide durant les derniers mois de ma grossesse. Je n'osais plus me regarder dans la glace car j'avais des taches foncées sur le visage. Je fus obligée de porter une bande élastique car j'avais des varices. Je ressemble peut-être maintenant à Mme Tarnopoler ou à la vieille Sarah Zeldine.

— Me trouves-tu laide, Michaël ?

— Je t'aime, Hanna.

— Si tu ne me trouves pas laide, pourquoi ne me serres-tu pas dans tes bras ?

— Parce que tu te mettrais à pleurer en me disant que je fais semblant. Tu as déjà oublié ce que tu m'avais demandé ce matin, de ne pas te toucher, c'est pourquoi je ne te touche pas.

Lorsque Michaël n'est pas à la maison je suis reprise du désir qui date de mon enfance : tomber gravement malade.

XIII

Le vieux Yehezquel composa une lettre poétique pour féliciter Michaël d'avoir réussi à ses examens de fin d'études. Les mots « succès aux examens » rimaient avec « une nouvelle agréable » et avec « la joie de la petite Hanna ». Après avoir lu la lettre Michaël m'apprit qu'il avait espéré en secret un petit cadeau de ma part, peut-être une pipe, à l'occasion de son premier diplôme. Il dit cela avec son sourire timide et intimidant. Je me fâchai à cause de ses propos et de son sourire. Je lui avais pourtant bien dit plusieurs fois que j'avais mal à la tête comme si l'on y avait planté un éclat de métal froid. Pourquoi ne pensait-il toujours qu'à lui-même et pas à moi.

Trois fois il avait renoncé à des excursions d'études importantes auxquelles avaient participé tous ses camarades : au mont Manara, où l'on a découvert des minerais de fer, au grand Cañon, et aux usines de potasse, à Sodome. Même ses amis mariés y étaient allés. Je ne l'avais pas remercié d'être resté. Mais soudain, un soir, me revinrent en mémoire deux phrases d'une chanson enfantine et dont le héros s'appelle Michaël :

> *Michaël dansa pendant cinq ans*
> *Oui, mais la sixième année,*
> *Adieu, ma douce colombe.*

J'éclatai de rire.

Michaël leva vers moi des yeux pleins d'un étonnement retenu : il ne m'avait pas vue souvent gaie. Il voulait savoir ce qui m'avait amusée tout d'un coup.

Je regardai ses yeux étonnés et éclatai à nouveau de rire.

Michaël se plongea dans ses pensées. Au bout de trois secondes il prit une décision et me raconta une blague politique qu'il avait entendue le jour même au restaurant universitaire.

Malca, ma mère, vint du kibboutz Nof-Harim, dans la Haute-Galilée, pour s'installer chez nous jusqu'à l'accouchement et tenir la maison. Après la mort de mon père en quarante-trois, ma mère était venue habiter Nof-Harim. Depuis, elle n'avait jamais eu l'occasion de tenir un ménage. Elle était très active et enthousiaste. Après le premier déjeuner préparé en arrivant chez nous, ma mère dit à Michaël qu'elle savait bien qu'il détestait les aubergines mais sans qu'il s'en rendît compte elle lui en avait fait manger dans trois plats différents. « On peut faire des miracles à la cuisine. » N'avait-il vraiment pas senti le goût des aubergines ? « Pas du tout, du tout ? »

Michaël avoua poliment : « Pas du tout, du tout. On peut vraiment faire des miracles en cuisine. »

Ma mère le chargea de beaucoup de courses. Peut-être lui empoisonna-t-elle l'existence avec sa sévérité hargneuse comme lorsqu'elle le persécutait pour la propreté : il fallait qu'il se lave les mains. Il ne fallait pas poser de pièces de monnaie sur la table où l'on mange. Il fallait ôter les grillages des fenêtres pour les nettoyer à fond. Mais vraiment, il l'étonnait beaucoup, surtout pas sur le balcon, toute la poussière allait être renvoyée à l'intérieur par le vent, pas sur le balcon, en bas, dans la cour, oui, comme ça, c'était très bien.

Elle savait que Michaël était orphelin de sa mère. Elle ne lui en voulait pas. Mais, malgré tout, elle n'arrivait pas à comprendre comment on pouvait faire des études à l'Université et ignorer que le monde était rempli de virus.

Michaël obéissait avec amabilité comme un enfant bien élevé. En quoi pouvait-il se rendre utile. Pouvait-il se permettre. Ne dérangeait-il pas ? Oui, il irait faire les achats. Bien sûr, il demanderait au marchand de légumes. D'accord, il essaierait de rentrer plus tôt de l'Université. Il prendrait avec lui le sac à provisions ; non il n'oublierait pas, voilà, il avait déjà noté sur un bout de papier. Il acceptait de renoncer à acheter les premiers volumes de la nouvelle encyclopédie hébraïque. Ce n'était pas indispensable. Il savait que nous devions faire des économies, maintenant, encore des économies.

Le soir Michaël travaille à temps partiel, il aide le bibliothécaire du département de sciences naturelles pour un modeste salaire. Je lui reproche de ne pas le voir même le soir. Il a renoncé à fumer la pipe parce que ma mère ne peut pas supporter l'odeur du tabac et qu'elle est certaine que la fumée est néfaste pour le futur bébé.

Lorsqu'il n'en peut plus, mon mari descend dans la ruelle et reste un quart d'heure sous le réverbère comme un poète sorti chercher l'inspiration. Un soir, je me tenais près de la fenêtre et l'observais de loin. Je regardais ses cheveux courts sur sa nuque éclairée par la lumière du réverbère. Des ronds de fumée se déroulaient autour de lui comme si sa silhouette était évoquée par les prêtresses d'Ov, comme s'il n'était plus parmi les vivants. Je me souvins de ce qu'il m'avait dit longtemps auparavant : « Les chats ne se trompent pas sur les hommes. Le mot "cheville" me plaît beaucoup. À ses yeux j'étais une belle et froide habitante de Jérusalem. Quant à lui, il est un jeune homme ordinaire. Avant de me rencontrer il n'avait eu aucune amie régulière. Lorsqu'il pleut, le lion de pierre sur la banque Générali éclate de rire en silence. Lorsque les gens sont rassasiés et livrés à eux-mêmes leur sensibilité croît comme une tumeur maligne. Jérusalem rend triste mais à chaque moment, en chaque saison, Jérusalem procure une autre sorte de tristesse. » Ce temps est loin déjà. Toutes ces choses-là, Michaël les a oubliées. Moi seule je refuse d'abandonner même le plus petit grain aux griffes froides du temps. Je me demande quel tour de magie le temps fait aux paroles les plus banales. Il y a une sorte d'alchimie dans le monde qui est aussi la mélodie interne de ma vie. Le chef du mouvement de jeunesse socialiste « Hachomer Hatsaïr » avait tort de dire à la jeune fille que nous avons rencontrée près de la source Aqua Bella que faire l'amour, pour les couples modernes, deviendrait aussi simple que de boire un verre d'eau. Michaël avait raison quand il me dit, la nuit, dans la rue Gueoula, que l'homme qui m'épouserait devrait être très fort. À ce moment-là je sentis que bien qu'il fût là dehors à fumer sous le réverbère comme un enfant chassé de la maison parce qu'il avait contrarié ses parents, il n'avait pas le droit de m'accuser de sa souffrance car bientôt je serais morte et je ne devais pas me soucier de lui. Michaël éteignit sa pipe et se dirigea vers la maison. Je me recouchai en vitesse et me tournai vers le mur. Ma mère lui demanda d'ouvrir une boîte de conserve. Michaël lui répondit qu'il le ferait volontiers. Une ambulance hurla dans le lointain.

Une nuit, nous avions éteint la lumière en silence, Michaël me souffla qu'il lui semblait, parfois, que j'avais cessé de l'aimer. Il avait dit cela calmement comme s'il avait nommé un minerai célèbre.

— Je suis triste. C'est tout.

Michaël se montra compréhensif. Ma situation était particulière. Ma santé défaillante. Les conditions pénibles. Peut-être bien qu'au cours de cette conversation Michaël avait utilisé les mots : psycho-pathologie, psychosomatique.

Un vent violent d'hiver agitait les cimes des arbres à Jérusalem mais une fois calmé il n'y paraissait plus. Tu es un étranger, Michaël. Tu te couches près de moi la nuit mais tu n'es qu'un étranger.

XIV

En mars cinquante et un naquit notre fils Yaïr. Joseph, le nom que portait mon père, avait été donné au fils de mon frère Emmanuel. Mon fils reçut deux noms : Yaïr Zalmann Gonen, en souvenir de Zalmann Gantz, le grand-père de mon mari.

Yehezquel Gonen monta à Jérusalem le lendemain de l'accouchement. Michaël le fit entrer dans la chambre des accouchées à l'hôpital « Chearei-Tsedek ». C'était un établissement lugubre, sombre et déprimant, du siècle dernier. En face de mon lit le mur partait en lambeaux. Je voyais apparaître devant moi des formes bizarres. Une chaîne de montagnes sauvages ou des femmes noires figées dans des attitudes hystériques.

Yehezquel Gonen était triste et déprimant lui aussi. Il resta près de mon lit une heure en tenant la main de Michaël dans la sienne, nous infligeant tout le récit de ses pérégrinations. Comment il était arrivé le matin de Holon à la station centrale des autobus et comment il avait atterri par erreur dans le quartier de Méa Chearim au lieu de celui de Mekor-Barouch. Il y a des coins dans Méa Chearim qui, avec leurs escaliers tortueux et leurs cordes lourdes de linge, lui rappelaient les quartiers pauvres de la ville de Radom en Pologne. Nous ne pouvions pas imaginer, nous dit Yehezquel, à quel point la souffrance, la nostalgie et la tristesse étaient grandes. Donc, arrivé à Méa Chearim, il avait demandé ceci, on lui avait répondu cela, et il avait demandé de nouveau et de nouveau on l'avait égaré, il ne pouvait pas croire que les enfants juifs orthodoxes étaient capables de faire des tours pareils, ou alors les ruelles de Jérusalem étaient peut-être ensorcelées. À la fin, fatigué, épuisé, il avait réussi à trouver la maison et ceci, seulement par hasard. « Tout est bien qui finit bien », comme on dit. Ce n'est pas le principal. L'essentiel était qu'il voulait m'embrasser sur le front, comme ça, et me souhaiter une bonne santé en son nom et au nom des quatre tantes, me donner une enveloppe fermée dans laquelle il y avait cent quarante-sept livres, toutes ses économies, il avait oublié de m'apporter des fleurs, il me suppliait d'appeler son petit-fils Zalmann.

Il le dit en agitant son chapeau écrasé pour éventer son visage fatigué puis soupira comme si on lui avait ôté un poids. Pourquoi Zalmann, il voulait m'expliquer cela très brièvement. C'était par sentiment. Ne me fatiguait-il pas avec ses bavardages ? Zalmann Gantz, c'était le nom de son père. Le grand-père de notre bien-aimé Michaël, Zalmann Gantz, était un Juif très particulier. Il fallait donc conserver son souvenir selon la tradition. Il faut dire qu'il était professeur. Un excellent professeur. Il enseignait les sciences naturelles dans une école pédagogique juive à Grodno. C'était de lui que notre Michaël avait hérité son génie scientifique. Voilà. Venons-en au principal. Lui, Yehezquel, les implorait. Jusqu'ici il ne nous avait jamais rien demandé. D'ailleurs, quand lui donnerait-on la permission de jeter un coup d'œil sur le nouveau-né ? Oui, il ne nous avait jamais rien demandé. Il avait toujours donné tout ce qu'il pouvait donner. À présent, il demandait instamment à ses chers enfants de bien vouloir appeler son petit-fils Zalmann.

Yehezquel s'était levé pour sortir dans le couloir afin que nous puissions, Michaël et moi, nous consulter. C'était un vieil homme attentionné. Je ne savais pas si j'allais crier ou rire.

Michaël, très prudent, me proposa d'inscrire sur son certificat de naissance les deux noms : Yaïr et Zalmann. Il proposa mais n'exigea point. La dernière décision serait la mienne. Jusqu'à ce qu'il grandisse il jugeait utile de ne révéler à personne l'existence de ce deuxième prénom afin que notre fils ne soit point tourmenté.

« Tu es intelligent, mon Michaël. Ce que tu peux être intelligent ! »

Mon mari me caressa la joue. Puis me demanda ce qu'il fallait encore acheter ou préparer à la maison. Ensuite il me quitta pour aller dans le couloir annoncer à son père la formule du compromis. Je devinais que mon mari avait dû louer devant son père le fait que j'avais accepté aisément ce qu'une autre femme à ma place, etc.

Je n'assistai pas à la cérémonie de la circoncision. Les médecins ayant découvert une légère complication ils m'interdirent de me lever. À midi tante Génia, le Dr Génia Gantz Krispine, arriva à l'hôpital. Elle entra dans la salle des accouchées comme un ouragan. Elle se précipita chez les médecins. Elle parla allemand et polonais avec autorité. Elle les menaça de me transporter en ambulance à l'hôpital de Tel-Aviv où elle travaillait comme médecin-assistant en pédiatrie. Elle avait de lourds reproches à formuler auprès du médecin qui m'avait soignée. Elle lui reprocha sa négligence en présence des infirmières et des médecins. Quelle honte. Comme dans un hôpital asiatique, que Dieu nous protège !

Je ne sais pas ce que tante Génia reprochait au médecin traitant, ni pourquoi elle était si en colère. Elle ne s'était approchée de mon lit que pour un court instant. Elle m'effleura la joue de ses lèvres et de sa fine moustache en m'ordonnant de ne pas m'inquiéter. Elle s'occuperait de tout elle-même. Elle n'hésiterait pas à faire un scandale jusqu'auprès des plus hautes instances si c'était nécessaire. À son avis notre Micha était un parfait incapable. Exactement comme Yehezquel. *Der Selber Houhem*[1].

Lorsque tante Génia eut prononcé ces paroles agressives, elle posa sa main sur ma couverture blanche. J'aperçus une main masculine aux doigts courts. Ses poings étaient crispés comme si elle se retenait de pleurer en touchant les couvertures.

Tante Génia avait beaucoup souffert dans sa jeunesse. Michaël m'avait raconté quelques épisodes de sa vie. Au début elle avait épousé un gynécologue célèbre, Lipa Freud. Ce Freud en question l'avait quittée en trente-quatre pour s'enfuir au Caire avec une athlète tchèque. Il s'était pendu dans l'une des chambres du Shepheard, l'hôtel le plus luxueux du Moyen-Orient. Pendant la Deuxième Guerre mondiale, tante Génia avait épousé un comédien, Albert Krispine. Ce mari-là avait fait une dépression nerveuse et lorsqu'il avait recouvré la santé il avait sombré dans une apathie totale. Cela fait dix ans qu'il se trouve en pension à Naharia ; il ne fait que dormir, manger, regarder dans le vague. C'est tante Génia qui subvient à ses besoins.

Je me demande pourquoi les souffrances des autres nous semblent des histoires d'opérettes. Est-ce vraiment parce qu'il s'agit des autres. Mon

1. En yiddish : le même imbécile.

pauvre père disait parfois que même les gens les plus forts ne sont pas libres de vouloir ce qu'ils veulent. En sortant tante Génia me dit :

« Tu verras, Hanna, ce médecin regrettera le jour où il m'a rencontrée. Quel salaud ! Partout où l'on se tourne on ne rencontre que méchanceté et bêtise. Porte-toi bien, Hanna. »

Je lui dis :

— Toi aussi, tante Génia. Je te remercie. Tu ne t'es épargné aucun effort, et tout cela pour moi.

La tante répondit :

— Un effort, quel effort, cesse de dire des bêtises, Hanna. Les gens devraient se comporter comme des êtres humains et non comme des bêtes sauvages. En dehors des comprimés de calcium, tu ne dois accepter d'avaler aucun autre médicament. Dis-leur que c'est moi qui te l'ai dit.

XV

La nuit, dans la section des accouchées de l'hôpital « Chearei Tsedek » une femme orientale pleurait d'une voix désespérée. L'infirmière et le médecin de garde essayaient de la calmer. Ils la suppliaient de leur dire où elle avait mal afin qu'ils puissent la soulager. Mais la femme orientale sanglotait sur un rythme régulier comme si les mots n'existaient plus, ni personne.

Les infirmiers la questionnaient comme s'ils avaient affaire à une criminelle rusée. Ils lui parlaient durement puis gentiment. Tantôt ils la menaçaient, tantôt ils lui assuraient que tout irait bien.

La femme orientale ne réagissait pas. Peut-être était-elle prise d'un orgueil obstiné. J'apercevais son visage à la faible lumière de la veilleuse. Elle n'avait pas l'air de pleurer. Son visage était lisse, sans aucune ride. Seule sa voix était perçante et ses larmes coulaient lentement.

À minuit ils changèrent d'avis. L'infirmière en chef lui apporta son enfant bien que ce ne fût pas encore l'heure réglementaire. La jeune femme sortit sa main de sous la couverture, une main qui ressemblait à la patte d'une bête, et toucha la tête du bébé. Elle la retira aussitôt comme si elle avait touché un

objet incandescent. On posa l'enfant sur son lit.
Mais elle ne cessa pas de pleurer, même quand on le
reprit. À la fin l'infirmière en colère s'empara du
bras informe et y planta une seringue. La femme
orientale hocha la tête lentement, étonnée, comme
si elle trouvait bizarre que ces gens cultivés la
soignent et s'occupent d'elle sans cesse. Ne savaient-
ils pas que tout était perdu ?

Les pleurs continuèrent toute la nuit à percer le
silence. Je ne voyais plus la chambre minable ni la
lumière fatiguée de la veilleuse. Je voyais un tremblement de terre à Jérusalem.

Un vieil homme passa dans la rue Tsefania. Un
homme lourd et sombre. Il portait un grand sac sur
le dos. Cet homme s'arrêta au coin de la rue Amos. Il
cria : « Répare des poêles, Pri-mus. » Les rues
étaient désertes. Pas un souffle. Les oiseaux avaient
disparu. Puis les chats sortirent des cours la queue
en l'air. Ils étaient doux, ronds et fuyants. Ils sautaient sur les troncs d'arbres plantés au bord des
trottoirs. Ils grimpaient là-haut dans les branches.
Ils restaient là à l'affût, crachant, les poils hérissés,
comme s'ils avaient vu un chien méchant passer
dans le quartier Kerem Abraham. Le vieil homme
posa son sac au milieu de la rue. Il n'y avait pas
de circulation car l'armée britannique avait décrété
le couvre-feu général. L'homme se racla la gorge.
Ses mouvements étaient hargneux. Il tenait un clou
rouillé à la main et raclait l'asphalte. Il fit une
petite rainure qui s'élargit et se divisa en un
réseau de voies ferrées comme dans un documentaire qui montrerait le processus à une vitesse
accélérée. Je me mordis le poing pour ne pas crier
de peur. J'entendis des cailloux dégringoler le
long de la rue Tsefania en direction de la rue des

Boukharim. Le contact de ce gravier sur ma peau ne me faisait pas mal. Comme s'il s'agissait d'un gravier de laine. L'air trembla, nerveux, comme tremble et se hérisse un chat prêt à bondir. Lentement l'énorme rocher dégringola du mont Scopus, il fendit le nouveau quartier de Beit-Israël comme si celui-ci était bâti de dominos. Il roula dans la rue du Prophète-Yehezquel jusqu'en haut. Je sentais qu'un énorme rocher n'avait pas le droit de rouler vers le haut mais était contraint d'aller vers le bas. Sinon ce ne serait pas juste. J'avais peur de casser mon collier neuf, de le perdre et d'être punie. J'essayai de fuir, mais le vieil homme posa son sac en travers de la rue et se mit dessus. On ne pouvait pas tirer le sac car il était lourd. Je me serrai contre la palissade sachant pourtant que je salirai ma robe préférée, c'est alors que le rocher tomba sur moi, mais il était lui aussi de laine molle, il n'était pas dur. Les maisons s'inclinèrent sur une longue file, elles s'affaissèrent dans un lent vertige comme des héros magnifiques assassinés glorieusement sur la scène de l'Opéra. L'avalanche ne me fit pas mal. Je fus ensevelie sous une couverture chaude, sous un tas de duvets. C'était une étreinte douce et retenue qui ne venait pas du cœur. Des femmes en haillons émergèrent des ruines. Mme Tarnopoler se trouvait parmi elles. Elles se lamentaient sur une mélopée orientale comme les pleureuses que l'on avait engagées pour l'enterrement de mon père, dans la cour de la chambre mortuaire à l'hôpital « Bikour Holim ». Une foule immense, un véritable flot d'enfants juifs orthodoxes portant des papillotes et de longues capotes noires affluait en silence en provenance d'Ahva, de Gueoula, de Sanhedria, de Beit Israël, de Mea Schéarim, et de Tel Arza. Ils se jetèrent sur les ruines et fouillèrent, fouillèrent avec ruse. Ils s'affairaient avec avidité. On ne pouvait les voir sans être parmi eux. Je me trouvais parmi eux. Un petit garçon déguisé en policier planait très haut sur un balcon écroulé, accroché à un mur sans maison. Cet enfant riait de joie car j'étais allongée sur la chaussée. C'était un enfant mal élevé. Malade, abandonnée, au milieu de la rue, j'aperçus une voiture blindée et verte du mandat britannique avancer lentement. La voix qui criait dans le haut-parleur de la tour du véhicule blindé parlait hébreu. C'était une voix calme et grave qui me traversa comme un courant agréable jusqu'à la plante des pieds. Il proclamait les règlements du couvre-feu général. Celui qui serait surpris dehors serait abattu sans sommation préalable. Des médecins m'entouraient car j'étais couchée, malade dans la rue et je ne pouvais pas me relever. Les médecins parlaient polonais. Ils disaient : il y a un danger d'épidémie, en polonais, mais ce polonais était de l'hébreu, un autre genre d'hébreu. Les parachutistes écossais attendaient du renfort avec leurs bérets couleur de sang sur les deux vedettes anglaises : le *Dragon* et le *Tigre*. Soudain l'enfant déguisé en policier s'affaissa, tomba du balcon accroché en haut du mur sans maison, se précipita dans le vide la tête vers le trottoir, il tombait lentement comme si le haut-commissaire de la Palestine, Cunningham, avait déjà suspendu toutes les lois de la gravité qui avaient été instaurées pour la population juive du pays, il tombait comme la neige, la nuit, vers le trottoir détruit, et je ne pouvais pas crier.

Vers deux heures du matin l'infirmière de service me réveilla. On m'apporta mon fils dans une voiture grinçante afin que je l'allaite. J'étais dans mon cauchemar et je pleurais de toutes mes forces, je pleurais plus que la femme orientale qui continuait à sangloter. À travers mes larmes je demandai à l'infirmière de m'expliquer comment l'enfant vivait encore malgré la catastrophe.

XVI

Le temps et le souvenir épargnent justement les paroles banales. Ils les traitent avec une certaine pitié. Ils les enveloppent d'une douce lumière crépusculaire.

Je m'accroche au souvenir et aux mots comme à un haut parapet.

Ce sont par exemple les paroles d'une vieille chanson d'enfant qui sont gravées dans ma mémoire et ne veulent plus en sortir :

Mon petit clown, si tu dansais avec moi ?
Mais le gentil petit clown danse avec n'importe qui

Voilà ce que je veux dire : la deuxième phrase de la chanson répond en quelque sorte à la question de la première. Et cependant cette réponse est décevante.

Dix jours après l'accouchement les médecins m'autorisèrent à quitter l'hôpital mais j'étais obligée de garder le lit et d'éviter tout effort. Michaël se montra très patient et plein de zèle.

Lorsque je fus ramenée à la maison avec l'enfant, en taxi depuis l'hôpital, une violente querelle éclata entre ma mère et tante Génia. Tante Génia avait de nouveau pris un jour de congé à son hôpital pour venir à Jérusalem nous conseiller. Elle me demandait d'agir d'une manière rationnelle.

Tante Génia demanda à Michaël de placer le berceau de l'enfant près du mur sud de la pièce pour que l'on puisse ouvrir les volets sans que les rayons de soleil aillent sur lui. Ma mère conseilla à Michaël de placer le berceau près de mon lit. Elle ne voulait pas discuter de médecine. Non, mais en dehors de son corps l'homme a aussi une âme, dit ma mère, et seule une maman peut deviner ce qui se passe dans l'âme d'une autre maman. L'enfant et sa mère doivent se sentir proches l'un de l'autre. Ils doivent pouvoir se sentir. Une maison n'est pas un hôpital. Ce n'est pas de médecine qu'il s'agit, mais de sensibilité. Ma mère dit ces choses-là dans un très mauvais hébreu. Tante Génia ne s'adressa pas à elle mais à Michaël, en lui disant qu'elle pouvait fort bien comprendre les sentiments de Mme Greenbaum mais que nous étions cependant des gens rationnels.

C'est à ce moment-là qu'une querelle éclata, venimeuse tout en restant suffisamment polie, car les deux femmes se cédaient tour à tour du terrain en déclarant toutes les deux qu'au fond il n'y avait pas là de quoi se disputer. Mais chacune refusait d'accepter les concessions offertes par l'autre.

Pendant ce temps, Michaël était resté planté là sans rien dire dans son costume gris. L'enfant s'était endormi dans ses bras. Les yeux de Michaël imploraient les femmes de lui prendre l'enfant. On aurait dit qu'il voulait éternuer mais qu'il se retenait de toutes ses forces. Je lui souris.

Les deux femmes se tenaient par la main, elles se repoussaient légèrement et s'interpellaient : « Pani Greenbaum » et « Pani Doktor ». La discussion, à présent, se déroulait en excellent polonais.

Michaël bégaya :

« Ce n'est pas la peine, ce n'est pas la peine. »

Il n'osait pas dire de quelle proposition il parlait.

À la fin prise d'une inspiration soudaine tante Génia proposa que les parents décident eux-mêmes de la place du berceau.

Michaël dit : « Hanna ! »

J'étais fatiguée. Je choisis la proposition de tante Génia car le matin, en arrivant à Jérusalem, elle m'avait acheté une robe de chambre en flanelle bleue. Je ne pouvais pas la vexer alors que je portais la belle robe de chambre qu'elle m'avait offerte.

Tante Génia jubilait. Elle toucha l'épaule de Michaël comme une grande dame félicite son jeune jockey qui vient de lui faire gagner la course. Ma mère dit sur un ton doucereux :

« *Gut, Gut. Azoï wie Hannalê will. Yo*[1]. »

Mais le soir peu après le départ de tante Génia, ma mère décida aussi de rentrer le lendemain à Nof-Harim. Ici, elle ne pouvait pas aider à grand-chose. Elle ne voulait pas gêner. Là-bas, chez Emmanuel, on avait besoin d'elle. Tout se passerait bien. Lorsque Hannalê était petite les temps étaient bien durs. Tout passe.

*

Lorsque les deux femmes nous quittèrent je m'aperçus que mon mari avait appris à faire chauffer le biberon dans une casserole d'eau chaude, à faire boire son fils, à le soulever de temps à autre pour qu'il puisse faire son rot et que l'air ne l'oppresse pas.

Le médecin m'avait interdit d'allaiter car on avait découvert une nouvelle complication. Cette autre complication n'était pas grave non plus : j'avais des douleurs passagères et comme des malaises.

1. En yiddish : « Bien, Bien. Comme Hannalê le voudra. Oui. »

Entre chaque somme l'enfant entrouvrait ses paupières et découvrait des îlots d'un bleu limpide. Il semblait que c'était sa couleur intérieure et comme si à travers les fentes de ses yeux ne se dévoilaient que les étincelles de cette matière bleue et brillante dont son corps était rempli. Lorsque mon fils me regarda je me souvins qu'il ne pouvait encore rien voir. J'eus peur à cette idée. Je me demandais si cette fois encore, les lois de la nature s'accompliraient. J'ignorais les lois qui régissent le corps. Michaël ne pouvait pas beaucoup m'apprendre. « En général, me dit-il, le monde est régi par des lois bien établies. Je ne suis pas biologiste, mais comme étudiant en sciences naturelles, je trouve inutiles tes questions sur la nature des causes. Le terme de "causes" est toujours à l'origine de complications et de malentendus. »

J'aimais voir mon mari étendre une couche blanche sur son veston gris, se laver les mains, attraper son fils délicatement.

— Tu travailles beaucoup, lui dis-je en riant doucement.

— Tu ne devrais pas te moquer de moi, me répondit-il posément.

Lorsque j'étais enfant ma mère me répétait souvent la chanson du gentil petit David :

« *David était un gentil petit garçon, toujours en ordre et toujours propre.* »

Je ne me souviens plus de la suite. Si je n'étais pas malade je serais allée en ville acheter un cadeau à mon mari. Une pipe neuve. Une trousse de toilette de toutes les couleurs. Je rêve.

Michaël avait l'habitude de se lever à cinq heures du matin. Il faisait bouillir de l'eau et lavait les couches de l'enfant. Plus tard en ouvrant les yeux j'apercevais mon mari au pied du lit, obéissant et silencieux. Il me tendait une tasse de lait chaud avec du miel. J'étais encore endormie. Parfois je ne tendais pas la main pour prendre la tasse car il me semblait que Michaël sortait d'un rêve, qu'il était irréel.

Il y avait aussi des nuits où Michaël ne se déshabillait pas. Il revoyait ses cours assis devant sa table jusqu'au matin. Il mâchonnait entre ses dents le tuyau de sa pipe éteinte. Je n'ai pas oublié ce petit bruit. Peut-être s'assoupissait-il assis pendant une demi-heure, ou une heure, le bras étendu sur la table, la tête reposant sur son bras.

Quand l'enfant pleurait la nuit, Michaël le prenait dans son berceau et se promenait de long en large dans la pièce entre la fenêtre et la porte, en lui récitant ce qu'il apprenait par cœur. À moitié endormie j'entendais la nuit les mots de passe secrets qu'il marmonnait : Dévonien, Permien, Trias, Lithosphère, Sidérosphère. Un jour je rêvai que le professeur de littérature louait le style ramassé de l'écrivain Mendele, il prononça quelques-uns de ces mots-là et me dit : Mme Greenbaum, voudra-t-elle m'expliquer brièvement le double sens de la situation. Dieu que le vieux professeur pouvait sourire dans mon rêve ! C'était un sourire tendre et gentil, comme une caresse.

Michaël rédige la nuit une longue dissertation sur une ancienne querelle entre la théorie neptunienne et la théorie plutonienne sur les origines de la Terre. Cette querelle précéda celle qui eut lieu entre Laplace et Kant sur la théorie des nébuleuses. Ce nom me semblait magique.

« Comment la Terre s'est-elle formée, Michaël ? » demandai-je à mon mari.

Michaël me répondit par un sourire comme si je

ne lui avais rien demandé d'autre en guise de réponse. En vérité je ne cherchais pas à le savoir. J'étais ramassée sur moi-même. Malade.

En ces jours d'été de l'année mil neuf cent cinquante et un Michaël me révéla qu'il faisait un rêve : élargir son travail et publier quelques années plus tard un petit mémoire de recherches. Il me demanda si j'imaginais la joie de son vieux père. Je ne trouvais pas un seul mot d'encouragement. J'étais crispée. Repliée sur moi-même comme si j'avais perdu une petite broche de perles au fond de la mer. Je me perdais pendant des heures dans un crépuscule verdâtre. J'avais mal, j'étais oppressée et assaillie jour et nuit par des cauchemars. Je ne m'étais presque pas aperçue des cernes foncés qui se creusaient sous les yeux de Michaël. Il était épuisé. Il faisait la queue pendant une heure ou deux au centre de distribution de produits alimentaires pour les femmes qui allaitent, le carnet de tickets à la main. Il ne se plaignait jamais. Il plaisantait timidement, comme toujours, en disant que c'était lui qui avait droit au supplément de nourriture puisque c'était lui qui nourrissait l'enfant.

XVII

Le petit Yaïr commençait à ressembler à Emmanuel, mon frère, avec sa figure large, pleine de santé, son nez charnu et des pommettes saillantes. Je n'aimais pas cette ressemblance. Yaïr était un enfant goulu et fort robuste. Il avalait avec beaucoup d'appétit et quand il dormait son ventre rassasié gargouillait. Sa peau était rose. Les îlots azurés et limpides étaient devenus de petits yeux gris qui espionnent. Parfois, pris d'une colère muette il battait l'air en lançant des coups de poing autour de lui. Je songeais en moi-même que s'il ne s'était pas agi de petits poings, il aurait été dangereux de s'en approcher. En ces moments-là je surnommais mon fils « la souris qui rugissait » comme le célèbre film comique. Michaël préférait l'appeler « l'ourson ». À l'âge de trois mois notre fils était bien plus chevelu que la plupart des bébés.

Parfois, lorsqu'il pleurait, quand Michaël n'était pas là, je me levais nu-pieds, secouais violemment le berceau, et comme dans un plaisir douloureux je l'appelais : Zalmann-Yaïr, Yaïr-Zalmann. Comme s'il avait commis quelque péché. J'étais une mère indifférente pendant les premiers mois de sa vie. Je me remémorais la visite déplaisante de tante Génia au début de ma grossesse, et, par moments, ma mémoire s'embrouillait comme si c'était moi qui avais voulu me débarrasser de l'enfant et que tante Génia m'avait forcée de ne pas le faire. Je sentais que bientôt je serais morte et que pour cette raison je ne devais rien à personne. Même pas à cet enfant, sain, rose et méchant. Yaïr était méchant. Il criait souvent dans mes bras, et devenait rouge, tel un paysan soûl en colère dans un film russe. Il daignait se calmer seulement quand Michaël le prenait et le berçait en chantant tout doucement. Je lui en voulais ainsi qu'à un étranger qui m'aurait humiliée par sa lâche ingratitude.

Je me souviens. Je n'ai pas oublié. Lorsque Michaël marchait de long en large entre la fenêtre et la porte avec l'enfant dans ses bras, lui récitant des paroles émouvantes, je voyais soudain chez tous les deux, chez nous trois, le sujet d'un poème mélancolique car je ne trouve pas d'autre mot à inscrire ici.

J'étais malade. Même lorsque le médecin m'annonça qu'à sa grande satisfaction j'étais guérie et que j'étais libre de me comporter comme une femme en bonne santé à tous points de vue, je me sentais encore malade. Évidemment j'avais décidé d'éloigner le lit de Michaël de la chambre où se trouvait le berceau. Je pris la résolution de m'occuper dorénavant de mon fils. Mon mari dormirait dans la chambre d'amis pour ne pas être dérangé dans son travail. Il pourrait ainsi rattraper le retard qu'il avait accumulé dans ses études pendant les derniers mois.

À huit heures du soir je faisais manger l'enfant, je le couchais, je fermais sur nous la porte de l'intérieur et m'étendais seule sur le vaste lit. Parfois Michaël frappait à la porte à neuf heures et demie ou à dix heures d'un coup discret. Je lui ouvrais, il me disait : « J'ai vu un rayon de lumière passer sous la porte et j'ai compris que tu ne dormais pas encore. C'est pourquoi j'ai frappé. » Tout en parlant il me regardait de ses yeux gris comme s'il était mon fils aîné et sage. Et moi, lointaine et froide, je lui répondais :

« Je suis malade, Michaël. Tu le sais bien que je ne suis pas en bonne santé. »

Il serrait sa pipe éteinte avec force au point de faire rougir ses articulations.

« Je voulais seulement demander si... je ne dérangeais pas, et si... je pouvais t'être utile à quelque chose ou... si tu avais besoin de moi ? Pas maintenant ? Eh bien, tu sais, Hanna, je suis dans l'autre chambre et si tu avais besoin de moi... Je ne fais rien d'important en ce moment... Je relis une troisième fois le livre de Goldschmidt, etc. »

Il y a longtemps, Michaël Gonen m'avait dit que les chats ne se trompaient pas sur les hommes. Les chats ne s'attachent jamais à celui qui ne les aime pas. Et après ?

Je me réveille au petit matin. Jérusalem est une ville lointaine même si l'on y habite. Même lorsqu'on y est né. Je me réveille et j'entends le vent dans les ruelles de Mekor-Barouch. Des baraques de tôle sont construites dans les cours et sur les vieux balcons. Le vent les secoue. Sur les cordes à linge tendues en travers de la rue, le linge mouillé se couvre de moisissure. Les éboueurs traînent les poubelles vers le bord des trottoirs. Il y en a un qui jure d'une voix éraillée. Dans une cour inconnue un coq lance un cri furieux. Des voix lointaines fusent de toutes parts. Une sorte de frisson trouble le repos tendu des alentours.

106

Les chats miaulent, en proie au désir. On a tiré un coup de feu isolé au bout de la nuit, vers le nord. Un moteur ronfle dans le lointain. Une femme gémit dans un autre appartement. Les cloches tintent dans le lointain vers l'est, provenant peut-être des églises de la vieille ville. Un vent nouveau écarte les cimes. Jérusalem est une ville d'arbres. Une sorte d'amitié tendue existe entre les arbres et le vent. Les vieux arbres de Talpiot, de Katamon, de Beit-Hakerem ; derrière la caserne Schneller il y a des forêts noires. À présent, dans le village d'Ein-Karem, en bas, les brumes blanches sont les émissaires de l'Empire des autres couleurs. Dans le village d'Ein-Karem les couvents sont entourés de hautes murailles. Mais même entre les murs les arbres chuchotent, chuchotent toujours. La lumière aveugle de l'aube complote des choses terribles. Elle conspire comme si je n'entendais point. Comme si je n'existais pas. Une caresse de pneus. La bicyclette du laitier. Ses pas dans le corridor sont feutrés. Il étouffe sa toux. Des chiens aboient dans les cours. Dehors seuls les chiens peuvent voir cette vision effrayante qui se dérobe à mes yeux. Ils savent que je ne dors pas et que je tremble. Ils complotent comme si je n'existais pas. C'est de moi qu'ils parlent.

Tous les matins après les achats et le ménage je fais faire à Yaïr un petit tour de promenade dans sa poussette. C'est l'été à Jérusalem. Le ciel est bleu et calme. Nous nous dirigeons vers le marché Ben-Yehouda pour acheter une poêle neuve ou une passoire à bon marché. Lorsque j'étais petite j'aimais regarder les dos nus et bronzés des porteurs du marché Ben-Yehouda. L'odeur de la transpiration de leurs corps me faisait du bien. Maintenant encore les odeurs du marché me communiquent une paix intérieure.

Parfois je m'installe sur un banc municipal, la voiture de l'enfant près de moi, en face de l'école religieuse des garçons « Tachkemoni ». Je les regarde se battre dans la cour, pendant les récréations.

Souvent nous allons plus loin jusqu'au bois de Schneller. Pour une telle promenade je prépare une bouteille de thé au citron, des biscuits, mon tricot, une couverture grise et quelques jouets. Dans le bois de Schneller nous avons l'habitude de rester une heure, une heure un quart. Le bois est petit, sur une pente raide et tapissée d'aiguilles sèches et meurtries. Depuis ma tendre enfance j'ai l'habitude d'appeler ce bois : « la forêt ».

J'étale la couverture. Je pose Yaïr entre les cubes. Je m'assieds sur un rocher froid en compagnie de trois ou quatre ménagères. Ce sont des femmes délicates : elles me racontent volontiers leur vie et me parlent de leur famille sans pour autant me demander de leur livrer des secrets en échange. Pour ne pas leur paraître hautaine et méprisante je discute avec elles des avantages des différentes aiguilles à tricoter. Je leur parle des beaux chemisiers légers que l'on vend en ce moment dans le magasin Maayan Staub ou au Kol-Bo Schwartz. L'une d'entre elles m'a appris à guérir les rhumes chez les bébés à l'aide de fumigations. Parfois j'essaie de les distraire en leur racontant la dernière blague politique que Michaël a rapportée à la maison sur Dov Yoseph, le ministre des restrictions ou sur le nouvel immigrant qui a dit telle chose à Ben-Gourion. Mais en tournant la tête je découvre le village arabe Chaafat qui somnole par-delà la frontière baignée d'azur. Au loin les tuiles de ses toits rougissent et le matin dans les cimes des arbres les plus proches les oiseaux chantent une chanson dont je ne comprends pas les paroles.

Je me fatigue très vite. Je rentre à la maison. Je fais manger mon fils. Je le couche dans son berceau. Je me laisse tomber sur le lit, essoufflée. Les fourmis ont fait leur apparition dans la cuisine. Peut-être ont-elles soudain découvert à quel point j'étais faible ?

Au milieu du mois de mai j'ai autorisé Michaël à fumer la pipe à la maison, en dehors de la chambre dans laquelle nous dormions, l'enfant et moi. Qu'adviendrait-il si Michaël venait à tomber malade, même légèrement ? Depuis l'âge de quatorze ans il n'était pas tombé malade une seule fois. Pourra-t-il obtenir ou prendre quelques jours de vacances ? Quand il aura sa maîtrise, dans un an et demi environ, il pourra se permettre de travailler à un rythme plus lâche, alors il sera temps aussi de prendre de belles vacances en famille. Qu'est-ce qui pourrait bien lui faire plaisir ? Un vêtement ? Eh bien, il espère toujours s'acheter la grande encyclopédie hébraïque, c'est pourquoi quatre fois par semaine il rentre à pied de l'Université et de cette manière il a déjà économisé environ vingt-cinq livres.

Au début du mois de juin je m'aperçus que l'enfant reconnaissait son père. Michaël s'était approché de lui en passant par la porte et l'enfant gloussait de plaisir. Puis Michaël avait essayé de nouveau de s'approcher du côté de la fenêtre, et de nouveau Yaïr jubilait. Je n'aimais pas son expression quand il s'égayait, je dis à Michaël que je craignais que notre fils ne devienne pas très intelligent. Michaël resta bouche bée, il voulut dire quelque chose, hésita, y renonça. Il se tut. Puis il écrivit une carte à son père et à ses tantes pour leur annoncer que son fils le reconnaissait. Mon mari était persuadé que son fils et lui allaient devenir de très grands amis. Je lui dis :

« Tu as été très gâté dans ton enfance. »

XVIII

L'année universitaire prit fin au mois de juillet. Pour le récompenser de ses efforts et encourager son travail une bourse de deuxième degré fut attribuée à Michaël. Le professeur lui avait parlé de choses importantes au cours d'une conversation en tête à tête : « Travailleur et équilibré comme vous l'êtes, on ne doit pas gâcher ses possibilités, vous finirez par devenir assistant. » Un soir mon mari invita quelques amis pour arroser son succès. Il avait préparé en secret une sorte de petite soirée.

Nous recevions rarement des visites. Tous les trois mois l'une des tantes venait passer chez nous une demi-journée. En fin d'après-midi la vieille jardinière d'enfants, Sarah Zeldine, venait dix minutes nous tenir des propos pleins de bon sens sur le bébé. Le mari de Liora, l'amie de Michaël du kibboutz Tirat-Yaar, nous apporta un cageot de pommes. Et une fois, au milieu de la nuit, mon frère, Emmanuel, arriva en coup de vent : « Débarrassez-moi de cette saleté de poule. Vite ! Comment ça va ? Je vous ai apporté une volaille. Moi, ça va. Portez-vous bien. La blague sur les trois pilotes, vous l'avez déjà entendue ? Eh bien, embrassez le gosse pour moi. La camionnette m'attend dehors et va bientôt klaxonner. »

110

Le samedi, ma meilleure amie, Hadassa, venait parfois avec son mari ou bien sans lui. Elle essayait de me persuader de reprendre mes études à l'Université. Le vieux Kadischman aussi, l'ami de Jérusalem de tante Léa, avait l'habitude de venir nous rendre visite de temps en temps pour voir comment nous vivions et pour jouer aux échecs avec Michaël.

Le soir de la réunion-surprise huit étudiants vinrent chez nous. Il y avait une jeune fille blonde parmi eux qui m'avait paru très belle au premier abord puis vulgaire. Il me sembla que c'était elle qui avait exécuté à notre mariage une danse espagnole effrénée. Elle me surnomma « ma douce » et Michaël : « le génie ».

Michaël versa le vin et distribua des biscuits. Puis il monta sur la table pour imiter en les exagérant les manières de parler des professeurs. Ses amis riaient un peu, par politesse. Seule, Yardena, la blonde, s'enthousiasmait vraiment. Elle lança : « Micha, Micha, tu es formidable. »

J'avais honte de mon mari car il n'était pas spirituel. Sa gaieté était forcée. Même lorsqu'il racontait quelque chose de drôle, je ne pouvais pas rire, il racontait comme un professeur faisant son cours.

Au bout de deux heures les invités partirent.

Mon mari ramassa la vaisselle sale et l'emporta dans la cuisine. Puis il vida les cendriers. Balaya la chambre. Mit un tablier et retourna à l'évier, dans la cuisine. En passant dans le couloir, il s'arrêta comme un élève réprimandé. Il me suggéra d'aller me coucher, et me promit de ne pas faire de bruit. Il pensait que le remue-ménage m'avait fatiguée. Il avait commis une erreur. Il se rendait compte à quel point il s'était trompé. Il n'aurait pas dû inviter des étrangers, me dit-il, car j'avais encore les nerfs ébranlés et me fatiguais vite. Il s'étonnait de ne pas y avoir pensé avant. D'ailleurs, cette fille, Yardena, lui semblait très ordinaire. Lui pardonnerais-je ce qui s'était passé ce soir ?

Lorsque Michaël me demanda de lui pardonner la petite soirée qu'il avait organisée, je me souvins combien j'étais perdue la nuit où nous étions rentrés de notre premier voyage à Tirat-Yaar, comment nous nous étions arrêtés entre les deux sombres rangées de cyprès, sous une pluie qui nous lacérait le corps, et comment Michaël avait soudain déboutonné son manteau rugueux pour me serrer contre lui.

Il était maintenant penché au-dessus de l'évier, on aurait dit que la ligne de sa nuque était brisée, ses gestes étaient très las. Il lava la vaisselle à l'eau chaude. Puis la rinça à l'eau froide. Je me glissai pieds nus derrière lui. Je l'embrassai dans le cou, mis mes bras autour de ses épaules, pris sa main velue et la retins entre les miennes. Je me réjouissais à l'idée qu'il sentait ma poitrine dans son dos car depuis le début de ma grossesse nous faisions chambre à part. La main de Michaël était mouillée. L'un de ses doigts était enroulé dans un pansement sale. Peut-être s'était-il égratigné ou coupé mais il n'avait pas éprouvé le besoin de me le dire. Le pansement était mouillé lui aussi. Il tourna vers moi un visage maigre et allongé, plus creusé que le jour où je l'avais rencontré la première fois à Terra Sancta. Je m'aperçus qu'il avait maigri de partout. Ses pommettes ressortaient. Une petite ride se dessinait sous son nez, du côté droit. Je caressai sa joue. Il ne s'émut point. Comme s'il avait attendu cela depuis longtemps. Comme s'il avait su d'avance que ce soir, justement ce soir, il y aurait un changement.

On avait fait une robe de fête à la petite Hanna, blanche comme la neige et de jolis souliers en daim

112

véritable. On avait recouvert ses boucles d'un foulard de soie car Hanna avait les cheveux dorés. Elle était sortie dans la rue et avait aperçu un vieux charbonnier plié sous son lourd sac noir. Le Chabbat approchait, elle s'était précipitée pour l'aider à porter son sac de charbon car la petite Hanna avait bon cœur. Sa robe fut couverte de charbon et ses souliers souillés. Elle éclata en sanglots car elle avait toujours été une petite fille propre et soignée. Là-haut la bonne lune l'entendit sangloter, la toucha de ses rayons et transforma chaque tache en une fleur de vermeil et chaque petit point noir en une étoile dorée car il n'est de souffrance au monde qu'on ne puisse transformer en grande joie.

J'endormis le petit et allai dans la chambre de mon mari vêtue d'une chemise de nuit longue et transparente. Elle m'arrivait jusqu'aux chevilles. Michaël plaça un signet entre les pages de son livre, le ferma, éteignit sa pipe et la lampe de travail. Puis il se leva et m'entoura les hanches. Il ne parlait pas.

Lorsque Michaël fut las et repu je lui dis les choses touchantes que j'avais pu trouver en moi-même : « Dis-moi à présent pourquoi le mot cheville te plaît tant. J'aime savoir que le mot cheville te plaît, comme tu me l'as dit un jour. Peut-être n'est-il pas encore trop tard pour te dire que tu es un homme délicat et attentionné. Tu es un être rare, Michaël. Tu rédigeras un mémoire de recherches, Michaël, et je recopierai le brouillon à la main. Tu l'écriras n'est-ce pas, Michaël, Yaïr et moi, nous serons très fiers de toi. Tu rendras ton père heureux. Nous connaîtrons d'autres jours. Nous serons plus ouverts l'un à l'autre. Je t'aime. Je t'aimais déjà au buffet de Terra Sancta. Peut-être n'est-il pas trop tard non plus pour te dire que tes doigts me plaisent beaucoup. Je ne sais pas comment te dire que je désire très fort être ta femme. Très fort. »

Michaël dormait. Avais-je le droit de lui en vouloir aussi pour cela. Je lui parlais de ma voix la plus profonde mais il était épuisé. Il restait tous les soirs à sa table de travail jusqu'à deux ou trois heures du matin, penché sur ses livres, mâchonnant le tuyau de sa pipe éteinte. Pour moi il avait accepté de corriger des travaux d'étudiants de première année et de traduire de l'anglais des notes scientifiques. Avec sa paye il m'avait acheté un poêle électrique et à Yaïr un luxueux landau, avec des ressorts et une couverture de couleur. Il était fatigué. Je lui parlais d'une voix intérieure. C'est pourquoi il s'était endormi.

Je soufflais à mon mari lointain la chose la plus fragile que j'avais en moi. Je lui parlais des jumeaux en chuchotant. Et de la petite fille enfermée qui était la reine des jumeaux. Je ne lui cachais rien. Jusqu'à l'aube je jouais dans le noir avec les doigts de sa main gauche ; il s'était fourré la tête sous la couverture et n'avait rien senti. Je dormais de nouveau auprès de mon mari.

Le lendemain matin Michaël fut comme toujours : efficace et silencieux. Dernièrement une petite ride était apparue sous son nez, à droite. Seul un regard attentif permettait de l'apercevoir. Mais si les rides devenaient plus nombreuses et profondes Michaël ressemblerait de plus en plus à son père.

XIX

Je suis posée là. Aucun événement ne m'atteindra plus. Là est ma place. Je suis là. Comme ceci. Les jours se ressemblent. Je me ressemble. Même dans la robe d'été que je me suis achetée, à taille très haute, je me ressemble. On m'a préparée avec précaution, enveloppée dans un bel emballage, avec un ruban rouge et on m'a posée sur une étagère ; on m'a achetée, déballée, on m'a utilisée et on m'a reposée. Les jours se ressemblent tous. Surtout lorsque c'est l'été à Jérusalem.

Je viens d'écrire un mensonge par lassitude. À la fin du mois de juillet cinquante-trois, il y eut par exemple un jour d'un bleu d'azur, plein de voix et de visions : le beau marchand, le matin, le beau marchand de légumes persan, M. Elihaou Mochïa, et sa fille Levana avec ses tresses blondes. M. Gutmann du magasin d'appareils électriques de la rue David-Yeline nous promit de réparer le fer à repasser en deux jours, puis m'assura de nouveau qu'il tiendrait sa promesse. Il nous proposa aussi de nous vendre une ampoule jaune pour écarter les moustiques du balcon, le soir. Yaïr a deux ans et trois mois. Il est tombé dans les escaliers. C'est pourquoi il les frappe de ses deux petits poings. Des gouttes de sang sont apparues sur ses genoux. J'ai pansé les égratignures sans le regarder en face. La veille au soir nous avions vu un nouveau film au cinéma Edisson : *Le voleur de bicyclettes*. À midi Michaël m'en a dit du bien avec quelques réserves. Il avait acheté en ville le journal du soir dans lequel il était question de la Corée du Sud et des bandes de fedayine dans le Néguev. Une bagarre a éclaté dans la ruelle entre deux femmes religieuses. La sirène d'une ambulance a hurlé du côté de la rue Rachi et de la rue des Tourim. Une voisine parlait avec amertume des prix du poisson et de sa mauvaise qualité. Michaël porte des lunettes car il a les yeux fatigués. Ce ne sont que des lunettes de lecture. J'ai acheté des glaces pour Yaïr et pour moi au café Allenby, rue King-George. J'ai taché la manche de mon chemisier vert.

Nos voisins, les Kamnitzer, ont un fils, Yoram, un enfant blond et rêveur de quatorze ans. Yoram est poète. Ses poèmes parlent de solitude. Il me fait lire des pages de poésies car il sait que j'ai étudié la littérature dans ma jeunesse. J'examine ses poèmes. Sa voix tremble, ses lèvres aussi et dans ses yeux passe une étincelle verte. Il m'a apporté un nouveau poème, dédié à la poétesse Rachel, dans lequel la vie sans amour est comparée à un désert. Un voyageur solitaire cherche une source mais il est égaré par les mirages. Il s'écroule enfin au bord de la vraie source.

Je ris : « Tu es un jeune homme pieux. Tu fais partie du mouvement de jeunesse Bnei-Akiba et tu écris des poèmes d'amour ? »

Pour un instant Yoram a la force de sourire avec moi. Bientôt il s'accroche au dossier de la chaise et ses doigts blanchissent comme ceux d'une jeune fille. Il rit avec moi mais soudain les larmes lui montent aux yeux. Son poing se referme, froisse la feuille sur laquelle est écrit le poème. Tout d'un coup il se tourne et s'enfuit. S'arrêtant près de la porte il dit dans un souffle : « Pardon, madame Gonen, au revoir. »

116

Puis s'installe le remords.

Le soir M. Abraham Kadischmann, un vieil ami de tante Léa, nous a rendu visite. Il a bu avec nous une tasse de café et a critiqué le gouvernement de la gauche. Les jours se ressemblent-ils ? Chaque jour ne laisse aucune trace. Je dois prendre une lourde responsabilité envers chaque jour et à toute heure écrire dans ce cahier car ces jours sont mes jours et je suis posée là tandis qu'ils filent comme les montagnes par la fenêtre du train, sur la route de Jérusalem près du village arabe Batir. Je mourrai, Michaël mourra, le marchand de légumes persan, Elihaou Mochïa mourra, Levana mourra, Yoram mourra, Kadischmann mourra, tous les voisins, tous les habitants mourront, tout Jérusalem mourra, alors il y aura un train étranger plein d'étrangers qui se tiendront comme nous aux fenêtres pour regarder filer les montagnes étrangères. Je ne peux même pas écraser un cafard dans la cuisine sans penser à moi-même.

Je pense aussi à des choses très fragiles, au plus profond de mon corps. Des choses délicates qui sont à moi, seulement à moi, comme le cœur, les nerfs et l'utérus. Ils sont à moi, ils m'appartiennent entièrement et pourtant je ne pourrai jamais les voir de mes propres yeux ni les toucher du doigt car tout est à distance dans le monde.

Si je pouvais seulement faire la conquête du chauffeur de la locomotive, être la reine du train, assujettir les deux jumeaux souples, comme s'ils poussaient sur mon corps et m'appartenaient comme ma main gauche ou ma main droite.

Ou bien viendra enfin le dix-sept août mil neuf cent cinquante-trois et à six heures du matin le chauffeur de taxi de Bouchara, Rahamim Rahmimoff, robuste et souriant, frappera à la porte et demandera poliment si Mme Yvonne Azoulaï est prête à partir. Je serai toute prête à partir avec lui pour Lod et à monter dans un avion *Olympic* pour aller dans les blanches steppes de Russie. La nuit un traîneau m'emportera emmitouflée dans un manteau de peaux d'ours, la nuque du cocher se dessinera épaisse sur les étendues glacées, les yeux des loups maigres luiront comme des charbons ardents. Les rayons de la lune tomberont sur le cou de l'arbre isolé. Le cocher s'arrêtera, qu'il s'arrête, qu'il tourne son visage vers moi afin que je le voie ! Ses traits sont comme gravés dans le bois par une lueur blanche et douce. Ses moustaches sont argentées de givre.

Le sous-marin *Nautilus* a été créé lui aussi et existe toujours. Il traverse les profondeurs de la mer ; immense et lumineux il glisse sans bruit sous l'océan grisâtre traversé par des courants chauds, il glisse vers le fond dans le dédale de grottes sous-marines parmi les récifs de corail de l'archipel ; il connaît sa direction et sait qu'il n'est pas comme moi, une pierre, une femme fatiguée.

La vedette anglaise le *Dragon* croise dans la baie de New Found Land, face à l'aurore boréale. Ses marins ne s'endorment pas car ils ont peur de Moby Dick, la noble baleine blanche. En septembre le *Dragon* voguera de New Found Land à la Nouvelle-Calédonie pour y décharger le ravitaillement aux troupes d'occupation. N'oublie pas, *Dragon*, le port de Haïfa, la Palestine et la lointaine Hanna.

Pendant toutes ces années Michaël a conservé l'espoir de quitter l'appartement du quartier de Mekor-Barouch pour aller dans un autre à Rehavia ou à Beit-Hakerem. Il n'aime pas ce quartier, ses tantes aussi s'étonnent beaucoup qu'il habite avec des gens pieux au lieu d'habiter un quartier plus civilisé. Un homme de science a besoin de calme, pensent les tantes, et ici les voisins sont bruyants.

C'est de ma faute si nous n'avons pas pu jusqu'à présent économiser ne serait-ce qu'une première somme d'argent pour acheter un nouvel appartement, même si Michaël est assez intelligent pour ne pas le dire à ses tantes. Chaque année à l'automne, je suis prise de la folie des achats : des appareils électriques, un rideau gris clair recouvrant tout un mur, beaucoup de vêtements neufs. Lorsque j'étais célibataire je m'achetais très peu de vêtements. Lorsque je faisais mes études à l'Université, je portais tout l'hiver la même robe de laine bleue que m'avait tricotée ma mère ou les pantalons de velours côtelé marron et le gros pull-over rouge comme les étudiantes aimaient en porter pour se donner un petit air négligé. Maintenant je me lasse des robes neuves au bout de quelques semaines. Un désir de faire des achats se réveille en moi à chaque automne. Je fais les magasins avec acharnement et enthousiasme comme si le gros lot m'attendait, mais ailleurs chaque fois.

Michaël s'interrogeait sur moi, pourquoi avais-je cessé de porter la robe à la taille haute. J'avais été si heureuse de l'acheter il y a moins de six semaines. Il maîtrisait son étonnement. Il hochait la tête en silence comme s'il voulait manifester sa compréhension, ce qui me mettait hors de moi. Peut-être est-ce la raison pour laquelle je vais en ville exprès pour le choquer avec mon gaspillage. J'aimais le voir se contenir. Je voulais qu'il éclate.

Il y avait aussi les rêves.

Chaque nuit j'étais assaillie par des cauchemars. À l'aube les jumeaux s'entraînaient à lancer des grenades entre les rochers du désert de Judée, au sud-est de Jéricho. Ils n'utilisent pas de mots. Leurs corps sont tout à fait construits pour cela. La mitraillette en bandoulière. En tenue léopard, dégoûtant d'huile à nettoyer les fusils. Une veine bleue barre le front de Halil et tressaille sous la peau. Aziz arrondit son dos et s'étire. Halil baisse la tête. Aziz lance la grenade en tournant sur lui-même. Le percuteur fait un bruit sec. Les montagnes résonnent et résonnent encore. La mer Morte argentée scintille au loin comme un lac d'huile bouillante.

XX

À Jérusalem il y a de vieux marchands ambulants. Ils ne ressemblent pas au pauvre charbonnier du conte de la petite Hanna en robe blanche. Une lumière intérieure ne s'étale pas sur leur visage. Ils sont enveloppés d'une haine implacable. Ce sont de vieux marchands ambulants. D'étranges artisans circulent dans la ville. Ce sont des étrangers. Je connais leur voix et leur silhouette depuis des années. Déjà quand j'avais cinq ou six ans ils me faisaient trembler de peur. Je vais les décrire, eux aussi, peut-être ne me feront-ils plus peur la nuit. J'essaie de déchiffrer leurs lois et leur parcours. De deviner d'avance le jour où chacun d'eux criera dans les ruelles de notre quartier. Eux aussi sont soumis à un certain ordre, à un programme interne. « Vi-trier, Vi-trier », sa voix est rauque et sèche, il ne porte pas d'instrument ni de plaques de verre, comme s'il s'était résigné à l'idée que son cri n'avait plus aucun but évident. « *Alte Sachen, Alte schich*[1] », un grand sac sur le dos tel un voleur dans un conte illustré. « Répare des lampes à pétrole », un homme épais avec une énorme boîte crânienne comme on s'imagine celle de Vulcain, l'antique forgeron.

1. En yiddish : « Vieilles affaires, vieilles chaussures. »

« Mate-las, Ma-te-las », les matelas résonnent dans sa voix comme un signe de ralliement pour un complot. Le rémouleur transporte une roue de bois qu'il actionne en appuyant sur une pédale. Il n'a pas de dents. Il a les oreilles poilues et écartées. Une vraie chauve-souris. Les vieux artisans et les étranges marchands ambulants errent dans les rues de Jérusalem depuis des années, épargnés par le temps. Comme si Jérusalem était un château nordique hanté, dont ils étaient les esprits tourmentés à l'affût.

Je suis née à Kiriat-Chmouel, à la frontière du quartier de Katamon. Je suis née pendant les fêtes de Souccoth en mil neuf cent trente. Parfois je vais jusqu'à imaginer qu'un désert sépare la maison de mes parents de celle de mon mari. Je ne passe jamais dans la rue où je suis née. Un samedi matin, Michaël, Yaïr et moi, nous sommes allés nous promener jusqu'au bout du quartier de Talbiye. Je refusai d'aller plus loin. Je trépignai comme une enfant gâtée : non, non et non. Mon fils et mon mari se moquèrent de moi mais ils cédèrent.

Dans le quartier de Méa Chéarim, de Beit-Israël, de Sanhedria, de Kerem-Abraham, d'Ahava, de Zihron-Moché, de Nahalat-Chiv'a habitent des gens pieux, des Achkenazes aux bonnets de fourrure et des Sepharades aux tuniques rayées. De vieilles femmes figées et muettes se tiennent sur des tabourets bas comme si ce n'était pas une petite ville mais un vaste pays qui s'étendait devant elles et qu'elles étaient chargées, jour et nuit, de scruter l'horizon de leurs yeux de lynx.

Jérusalem est sans frontières. Talpiot est le continent sud oublié, caché entre les cimes des arbres qui chuchotent sans cesse. Une vapeur bleuâtre monte du désert de Judée qui borde le quartier de Talpiot, à l'Est. Elle effleure aussi les petites maisons, dans les jardins ombragés. Beit-Hakerem est un village isolé, perdu dans le désert lointain, balayé par le vent. Les champs rocailleux l'encerclent. Bait-Vagan est un fort de montagne isolé. Là-bas le son du violon monte toute la journée derrière les volets clos. La nuit, les chacals hurlent dans le désert du Sud. Le silence se réfugie à Rehavia, dans la rue Seadia Gaon, après le coucher du soleil. À une fenêtre éclairée on aperçoit un savant aux tempes argentées devant sa table de travail. Il tape sur une machine à clavier étranger. Comme si le quartier de Chearei-Hessed était littéralement accroché en haut de la rue où la nuit, des femmes se promènent pieds nus parmi le linge coloré claquant au vent et des chats espiègles se sauvent d'une cour à l'autre. Est-il possible que l'homme qui tape sur une machine à clavier étranger ne s'en rende pas compte ? Comme si la Vallée de la Crucifixion ne se trouvait pas au pied de son balcon à l'ouest, et qu'une forêt antique grimpait la pente jusqu'au pied des maisons au bout du quartier de Rehavia pour l'étouffer dans un épais manteau de verdure. De petits feux scintillent dans la vallée et des chants étouffés, prolongés montent de la forêt pour atteindre les vitres des fenêtres. Avec l'obscurité, des voyous aux dents blanches affluent des quatre coins de la ville vers le quartier de Rehavia pour y casser les réverbères avec de petites pierres pointues. Les rues sont encore calmes : Radak, Rambam, Alharizi, Abrabanel, Ibn Ezra, Ibn Gabirol, Saadia Gaon. Mais les ponts seront calmes eux aussi sur la vedette britannique le *Dragon* lorsque la révolte s'éveillera sourdement dans son ventre. Du dédale des rues de Jérusalem on aperçoit au crépuscule les sombres montagnes comme si elles attendaient l'obscurité pour se jeter sur la ville repliée sur elle-même.

À Tell-Arza, au nord de Jérusalem, habite une

vieille pianiste. Elle s'exerce sans relâche. Elle prépare un nouveau récital de Schubert et de Chopin. Nebi-Samuel, une tour solitaire au sommet d'une montagne au Nord, se tient immobile par-delà la frontière et regarde la vieille pianiste assise jour et nuit, tranquillement devant son piano, le dos tourné à la fenêtre ouverte. Le soir la tour se gausse, maigre et haute comme si elle se disait : « Chopin, Schubert !... »

Un jour du mois d'août, Michaël et moi, nous sommes partis faire une longue promenade. Yaïr était resté chez ma meilleure amie Hadassa, dans la rue Betsalel. C'était l'été à Jérusalem. Les rues baignaient dans une autre lumière. Je veux parler de ce moment où le soleil descend vers cinq heures et demie, six heures. Une fraîcheur nous caressait. Dans la rue Pri Hadach il y a une cour dallée, bordée d'une barrière démolie. Entre les dalles un vieil arbre a poussé. Je ne sais pas son nom. Cet hiver je suis passée seule par là et j'ai cru qu'il était mort. Maintenant les bourgeons sont éclos sous une forte montée de sève comme s'il avait sorti ses griffes.

De la rue Pri Hadach nous avons tourné à gauche dans la rue Joseph-Ben-Matetiaou. Un grand homme sombre enveloppé dans un manteau avec une casquette grise me dévisagea derrière la vitrine éclairée d'une poissonnerie. Étais-je folle, ou bien avais-je vraiment aperçu mon mari me lancer un regard de colère par la vitrine illuminée de la poissonnerie, enveloppé dans un manteau et portant une casquette grise.

Les femmes sortaient toutes leurs affaires sur les balcons : de la lingerie rose, des couvertures et des housses. Une jeune fille maigre et droite se tenait sur un balcon dans la rue des Asmonéens. Elle avait retroussé les manches et portait un foulard sur la tête. Elle tapait la couverture avec violence et ne nous avait pas remarqués. Sur un mur on pouvait apercevoir une inscription rouge, à demi effacée, du temps de la résistance : « Dans le feu et le sang la Judée est tombée, elle se relèvera dans le feu et le sang. » Cette conception m'est étrangère. Mais la mélodie de cette phrase me faisait du bien. Michaël et moi, nous avons fait une longue promenade ce soir-là. Nous sommes descendus dans le quartier des Boukharim vers la rue du prophète Samuel, jusqu'à la porte Mandelbaum, de là nous avons fait un détour par un chemin entre les maisons hongroises du quartier éthiopien, vers Mousrara et puis au bout de la rue Yaffo, jusqu'à la place Notre-Dame. C'est une ville poignante. Des quartiers entiers sont accrochés comme dans le vide. Mais si l'on regarde autrement on découvre la puissante gravité sans bornes du réseau arbitraire des ruelles sinueuses. Un labyrinthe de constructions provisoires, de baraques, de hangars et de dépôts adossés dans une colère contenue aux maisons de pierre grise dont la couleur tire tantôt sur le bleu tantôt sur le rouge. Des gouttières de fer rouillé. Des vestiges de murs sans maisons. Un combat violent et muet se déroule entre la pierre et la verdure obstinée. Des terrains recouverts de détritus et de ronces. Et en particulier les jeux fous de la lumière : un petit nuage passe pour un court instant entre le crépuscule et la ville et déjà Jérusalem n'est plus la même.

Et les murailles.

Dans chaque quartier, dans chaque banlieue il y a un centre caché entouré d'une haute muraille. Des forteresses menaçantes sont fermées aux passants. Qui pourrait s'implanter, ici, à Jérusalem, je me le demande, même en habitant là depuis cent ans. C'est une ville de cours fermées, son âme est scellée derrière les tristes murailles sur lesquelles on a planté des tessons de bouteille pointus. Il n'y a pas de Jérusalem. Des déchets sont jetés avec malveillance pour tromper les naïfs. Les écorces recouvrent les écorces mais le noyau est interdit. J'écris : je suis née à Jérusalem. Jérusalem est ma ville, mais cela, je ne peux pas l'écrire. Je ne sais donc pas encore ce qui me guette dans les profondeurs de l'enceinte russe, derrière le mur de la caserne Schneller, caché entre les couvents dans le village d'Ein-Karem, dans les recoins du palais du gouverneur sur la colline du Mauvais Conseil. C'est une ville repliée sur elle-même.

Dans la rue Mélisande, quand les réverbères furent allumés, un gros juif ventru s'est précipité au-devant de Michaël, l'a pris par le bouton de son manteau comme s'il avait rencontré une vieille connaissance et lui a dit : « Que ton nom soit maudit, ennemi d'Israël, que la mort te frappe. »

Michaël resta interdit et blême car il ne connaissait pas les fous de Jérusalem. L'étranger sourit le plus amicalement du monde et ajouta calmement : « Ainsi seront perdus tous les ennemis de Dieu, amen et amen. »

Peut-être que Michaël voulait commencer à expliquer à cet homme qu'il s'était trompé sur son compte et l'avait confondu avec son pire ennemi. Mais l'homme conclut posément en fixant les chaussures de Michaël : « Tfou. Je crache sur toi et sur toute ta famille pour l'éternité, amen et amen. »

Les villages et les banlieues resserrèrent leur anneau sur Jérusalem comme des gens curieux s'attroupent autour d'une femme blessée, couchée sur la route : Nebi-Samuel, Chaafat, Cheih-Jarach, Issavia, Augusta Victoria, Vadi Djouz, Siloam, Tsour

Baher, Beit Tsafafa. S'ils fermaient les doigts de leurs mains la ville serait écrasée.

Qui l'eût cru, dans cette ville, même les professeurs délicats font un tour pour prendre l'air chaque soir. Ils tâtent de leur bâton les dalles du trottoir, comme des aveugles errant dans des steppes recouvertes de neige. Nous en avons rencontré deux, Michaël et moi, dans la rue Lountz, derrière le bâtiment administratif « Sansour ». Ils marchaient bras dessus bras dessous comme s'ils voulaient se donner du courage pour avancer parmi leurs ennemis. Je leur fis bon accueil et les saluai gaiement. Ils s'empressèrent de porter la main à leur chapeau. L'un d'entre eux l'agita fortement pour me saluer tandis que l'autre était nu-tête. Son geste fut alors symbolique ou distrait.

XXI

À l'automne Michaël fut nommé assistant dans le département de géologie. Cette fois-ci il n'invita pas ses amis à une soirée mais marqua l'événement en prenant deux jours de vacances. Nous sommes partis à Tel-Aviv avec notre fils, rendre visite à tante Léa. La ville plate et étincelante, les couleurs des autobus, la mer, l'air marin, les arbres plantés le long des trottoirs et dont les cimes sont taillées en angle droit, tout ceci éveilla en moi une nostalgie poignante mais je ne savais ni de quoi ni pourquoi je l'éprouvais. Tout était calme, on sentait une attente sourde. Nous avons visité le zoo. Nous avons rencontré trois amis d'enfance de Michaël. Nous sommes allés voir deux pièces au théâtre « Habima ». Nous nous sommes promenés en barque avec notre fils en amont du Yarkon en direction des sept moulins. Les ombres des grands eucalyptus tremblaient sur l'eau. L'heure était très calme.

Cet automne-là j'ai commencé à travailler cinq heures par jour au jardin d'enfants de Sarah Zeldine. Nous avons commencé à rembourser les sommes que nous avions empruntées après notre mariage. Nous avons rendu aussi une partie de leur argent aux tantes de Michaël. Nous n'avons pas pu commencer à économiser ce qu'il fallait pour prendre un nouvel appartement car à la veille de Pâques je suis sortie de ma propre initiative acheter dans le magasin Zozowski un divan moderne et trois fauteuils.

Nous avons fermé le balcon avec des briques après en avoir reçu l'autorisation de la municipalité. Nous avons appelé « bureau » le balcon fermé. Michaël y a installé sa table de travail et ses rayons de livres. Je lui avais acheté les volumes de l'Encyclopédie hébraïque pour les quatre ans de notre mariage. Michaël m'avait acheté un poste de radio de fabrication locale.

La nuit Michaël travaille tard. Une porte vitrée sépare le nouveau bureau de la chambre où je dors. La lampe de travail projette à travers la vitre de grandes ombres sur le mur qui se trouve en face de mon lit. La nuit l'ombre de Michaël pénètre dans mes rêves. S'il ouvre un tiroir, écarte un livre, met ses lunettes, allume sa pipe, des masses sombres lèchent le mur en face de moi. Les ombres se projettent dans un profond silence. Parfois elles prennent forme. Je ferme les yeux très fort mais les formes ne me lâchent pas. J'ouvre de nouveau les yeux et toute la chambre verse sur moi, à chaque mouvement de mon mari devant sa table de travail, la nuit.

Je regrette que Michaël soit géologue et non architecte. Car il se pencherait la nuit sur des plans de constructions, de routes, de forteresses, d'un port militaire dans lequel la vedette britannique le *Dragon* jetterait l'ancre.

Michaël a une main délicate et sûre. Les diagrammes qu'il trace sont tellement soignés. Il dessine une carte géologique sur une feuille fine et transparente, et pendant qu'il travaille ses lèvres serrées sont fines comme un fil. Il ressemble à mes yeux à un dirigeant ou à un homme politique qui prend une décision capitale avec sang-froid. Si Michaël était architecte j'aurais pu me faire à l'ombre qu'il projette sur le mur la nuit. L'idée que Michaël examine des couches de terrain cachées dans le ventre de la terre est étrange et me fait peur. C'est comme s'il profanait et contrariait la nuit un monde qui ne pardonne pas.

À la fin je me lève pour me faire une tisane de feuilles de menthe comme Mme Tarnopoler, ma propriétaire du temps où j'étais encore célibataire, m'avait appris à le faire. Ou bien j'allume et je lis jusqu'à minuit ou une heure du matin, jusqu'au moment où mon mari vient sans bruit se coucher près de moi, me souhaite une bonne nuit, m'embrasse sur les lèvres et tire la couverture sur sa tête.

Les livres que je lis la nuit n'attestent point que j'ai été une fois étudiante en littérature : Sommerset Maugham, ou Daphné du Maurier, dans la langue et sous reliure de couleur. Stefan Zweig, Romain Rolland. Mes goûts deviennent sentimentaux. J'ai pleuré en lisant *Une femme sans amour* dans une traduction populaire. J'ai pleuré comme une lycéenne. Mon professeur avait mis en moi de faux espoirs. Je n'avais pas accompli ce qu'il m'avait souhaité le lendemain de mon mariage.

Debout devant l'évier de la cuisine je peux apercevoir l'arrière-cour par la fenêtre. Notre cour est abandonnée, recouverte d'une boue épaisse en hiver, en été de chardons et de poussière. De vieux ustensiles y traînent. Yoram Kamnitzer et ses camarades ont construit des forteresses en pierre, à présent elles sont en ruine. Il y a aussi un robinet cassé au fond de la cour. Il y a une steppe russe, il y a New Found Land, il y a les îles de l'Archipel, et moi on m'a laissée là. Mais parfois je m'éveille et découvre le temps. Il ressemble à un car de police qui fait sa ronde et glisse dans la ruelle la nuit, son voyant rouge clignote à toute vitesse tandis que les pneus tournent au ralenti. Dans un bruissement avide. Ils tournent avec prudence. Lentement. À l'affût. Aux aguets.

Je voulais imaginer que les objets sont soumis à un autre rythme car ils n'ont pas la faculté de penser. Par exemple :

Sur l'une des branches du figuier qui pousse dans la cour, une cuvette rouillée est accrochée depuis toujours. Un locataire, mort depuis, l'a sans doute jetée par la fenêtre d'un étage supérieur mais elle est restée accrochée aux branches. Lorsque nous sommes venus habiter là, la cuvette que je pouvais apercevoir par la fenêtre de la cuisine était déjà rouillée. Il y a de cela quatre ou cinq ans. Même les violents vents d'hiver ne l'ont pas fait tomber. Donc le matin de la nouvelle année, debout près de l'évier, je l'ai vue de mes propres yeux se décrocher de l'arbre. Le vent ne soufflait point, pas un chat ni un oiseau ne faisait bouger les branches. Seules des lois puissantes que je ne connaissais pas avaient muri à ce moment-là. Le métal s'était désagrégé et l'ustensile était tombé à terre. C'est ainsi que je veux l'écrire : pendant toutes ces années je regardais tout à fait tranquillement un objet dans lequel œuvrait un courant intérieur et caché.

XXII

La plupart de nos voisins sont des Juifs orthodoxes et ont beaucoup d'enfants. À quatre ans Yaïr me pose parfois des questions auxquelles je ne sais répondre. Je les envoie, lui et ses questions, chez son père. Et Michaël, qui me parle parfois comme à une petite fille turbulente, a l'habitude de discuter avec son fils d'égal à égal. J'entends leurs voix de la cuisine. Ils ne se coupent jamais la parole. Michaël a appris à Yaïr qu'il fallait annoncer « terminé » quand il avait tout dit. Michaël aussi utilise parfois cette expression, lorsqu'il a fini de répondre. Il a choisi ce moyen pour habituer l'enfant à ne pas couper la parole à quelqu'un. Yaïr peut demander par exemple : « Pourquoi tout le monde ne pense pas pareil ? » Michaël répond à cela que les gens ne se ressemblent pas. Yaïr demande de nouveau : « Pourquoi n'y a-t-il pas deux enfants ou deux personnes pareils ? » Michaël avoue qu'il l'ignore. L'enfant se tait un moment, écoute avec attention et dit peut-être aussi :

« Je pense que maman sait tout, car elle ne dit jamais qu'elle ne sait pas. Elle dit qu'elle sait, mais qu'elle ne peut pas me l'expliquer. Quand on ne peut pas expliquer on ne peut pas dire qu'on sait. Terminé. »

Michaël, en réprimant peut-être un sourire,

essaye d'expliquer à son fils la différence entre la pensée et la parole.

Quand j'écoute de loin l'une de ces conversations, je ne peux m'empêcher de penser à mon pauvre père, Joseph, qui était très attentif et qui cherchait dans chaque expression, même dans celle d'un enfant, les signes d'une connaissance qui lui serait interdite. Comme s'il était condamné à rester toute sa vie au seuil de cette connaissance.

À quatre ou cinq ans Yaïr est un enfant robuste et silencieux. Parfois il manifeste une tendance surprenante à la violence. Peut-être s'est-il rendu compte que les enfants des voisins sont peureux et craintifs. Avec ses gestes lents il sait aussi terroriser des enfants plus grands que lui. Il lui arrive parfois de rentrer à la maison après avoir été giflé durement par des parents. En général il refuse de nous dire qui l'a frappé. Lorsque Michaël l'interroge, il répond souvent : « Je l'ai mérité, c'est moi qui ai commencé. J'ai frappé le premier, ils m'ont battu ensuite. Terminé. »

— Pourquoi as-tu commencé ?
— Ils m'ont agacé.
— Comment t'ont-ils agacé ?
— Avec toutes sortes d'agaceries.
— Quelle sorte d'agaceries ?
— Je ne peux pas raconter. Ils ne m'ont pas embêté avec des mots mais avec des choses.
— Quelles choses ?
— Des choses.

Il y a, chez mon fils, un orgueil farouche. Il porte beaucoup d'intérêt à la nourriture. À des objets. À des appareils électriques. À une montre. Et beaucoup de silences prolongés. Comme s'il mettait sans cesse à exécution quelque projet compliqué.

Michaël ne le frappe jamais car il a des principes ; lui aussi a été élevé avec compréhension et n'a jamais été frappé dans son enfance. Je ne peux pas en dire autant : je frappe Yaïr chaque fois qu'il manifeste cet orgueil farouche. Sans regarder ses yeux gris et calmes je le frappe jusqu'à ce que je réussisse, essoufflée, à lui arracher des pleurs. Il arrive à se retenir très longtemps, jusqu'à m'en donner la chair de poule. Et lorsque son orgueil est enfin brisé il me lance un sanglot bizarre, ridicule, comme s'il s'était déguisé en cet enfant qui pleure et qu'il n'est pas vraiment.

Au-dessus de notre appartement, au troisième étage, en face des Kamnitzer, habite un couple de vieillards sans enfants : les Glick. Un mercier pieux dont la femme est hystérique. Je suis réveillée par un hurlement sourd et prolongé semblable au gémissement d'un petit chien. Parfois on entend un cri aigu, à l'aube, puis un silence, un deuxième cri, comme étouffé sous l'eau. Je saute du lit en chemise et cours dans la chambre du petit. Je crois que c'est Yaïr qui a crié, que quelque chose lui est arrivé.

Je déteste les nuits.

Le quartier de Mekor-Barouch est construit de fer et de pierre. Des balustrades en fer forgé bordent les escaliers qui grimpent à l'extérieur des vieilles maisons. Des grilles sales sur lesquelles sont gravés l'année de construction, le nom du donateur et celui de ses parents. Des palissades écroulées semblent figées dans une grimace. Les volets rouillés sont accrochés à une seule charnière comme s'ils voulaient se précipiter dans la rue. Et près de chez nous, sur un petit mur de béton qui s'effrite, on peut lire une inscription rouge : *La Judée est tombée dans le feu et le sang, elle se relèvera dans le feu et le sang*. Ce n'est pas l'idée qui me plaît dans cette devise mais une sorte d'agencement interne. Un certain équilibre rigoureux que je ne sais déchiffrer, mais la nuit je le retrouve aussi dans le tracé des barreaux que les réverbères projettent sur les murs d'en face comme si tout se multipliait.

Lorsque le vent souffle, les constructions de zinc que les locataires ont aménagées sur les balcons et les toits de leurs maisons font du bruit. Ces bruits-là contribuent aussi à m'oppresser, sensation qui me reprend souvent. Ils parcourent tous les deux le quartier à la fin de la nuit. Le torse et les pieds nus, ils se glissent dehors. Des poings fermés frappent les cabanes de zinc car ils ont pour mission d'affoler les chiens. À l'aube leur aboiement dégénère en sanglots délirants. Les jumeaux se coulent au-dehors. Je le sens. J'entends bruisser leurs pieds nus. Ils se font des sourires en silence. L'un juché sur les épaules de l'autre ils montent jusqu'à moi dans le figuier de la cour. Ils ont pour mission de saisir une branche et de frapper au volet. Doucement. Tout doucement. Une fois, des ongles ont gratté au volet. Une autre fois, ils ont préféré lancer des pommes de pin. Ils ont été envoyés pour me réveiller. Quelqu'un doit s'imaginer que je dors. Lorsque j'étais petite j'avais la force d'aimer. Maintenant cette flamme va s'éteindre. Je ne veux pas mourir.

Au cours de toutes ces années je me suis posé plusieurs fois les mêmes questions qui m'avaient assaillie quand nous étions rentrés à pied la nuit de Tirat-Yaar, trois semaines avant notre mariage : que lui as-tu trouvé, à cet homme, et que sais-tu de lui ? Et si un autre que lui t'avait pris par le bras lorsque tu as trébuché dans l'escalier de Terra-Sancta ?... Y a-t-il des lois, même si je ne dois jamais les connaître, ou bien alors ce que m'avait dit Mme Tarnopoler deux jours avant le mariage était-il juste ?

Je n'essaye pas de deviner ce que pense mon mari. Je lis la tranquillité sur son visage. Comme si tous ses désirs avaient été exaucés et qu'il attendait, indifférent et satisfait, l'autobus qui nous ramènerait de notre intéressante visite au zoo jusque chez lui pour dîner, se déshabiller et se coucher. À l'école primaire nous écrivions nos impressions au retour d'une promenade : « fatigués mais contents ». C'est l'expression qu'emploie Michaël la plupart du temps.

Michaël prend deux autobus tous les matins pour aller à l'Université. La serviette que lui a achetée Yehezquel, son père, pour son mariage est déjà tout abîmée car c'est une serviette du temps des restrictions, fabriquée dans une matière artificielle. Michaël ne m'autorise pas à lui en acheter une neuve : il tient à cette serviette pour des raisons sentimentales.

Le temps détruit les objets avec des doigts précis et robustes. Le temps agit.

Dans sa serviette Michaël transporte ses feuilles de cours qu'il numérote avec des lettres latines et non avec des chiffres. Eté comme hiver il transporte l'écharpe de laine que ma mère lui a tricotée. Ainsi que des pastilles contre les brûlures d'estomac. Depuis quelque temps Michaël souffre de légers maux d'estomac, en particulier avant l'heure du déjeuner.

L'hiver, mon mari sort vêtu d'un imperméable bleu-gris assorti à la couleur de ses yeux et porte un chapeau recouvert d'une housse en plastique. L'été il porte une chemise aérée à carreaux, sans cravate. On peut apercevoir la forme de son corps au travers : il est maigre et poilu. Il a toujours les cheveux coupés court. Sa tête est tondue comme celle d'un sportif ou d'un officier. Aurait-il souhaité un jour devenir un sportif ou un officier ? Nous sommes en mesure de savoir si peu de chose sur l'autre. Même si l'on est attentif. Même si l'on n'oublie rien.

Nous ne parlons presque pas l'après-midi en semaine : donne-moi, s'il te plaît, tiens-moi ça, dépêche-toi, ne salis pas, où est Yaïr, le dîner est prêt, éteins, s'il te plaît, la lumière dans le couloir.

Le soir après les nouvelles de neuf heures, assis dans des fauteuils, l'un en face de l'autre, nous épluchons un fruit : Khrouchtchev écrasera Gomulka mais Eisenhower n'osera pas. Le gouvernement va-t-il vraiment tenir ses promesses. Le roi d'Irak est une marionnette entre les mains de jeunes officiers. Les prochaines élections n'apporteront pas de grands changements.

Puis Michaël s'assoit devant sa table de travail et met ses lunettes de lecture. Je baisse la radio et écoute la musique. Pas des concerts mais de la musique de danse d'une station étrangère et lointaine. À onze heures je me couche. Dans l'un des murs se cache une conduite d'eau. Le bruit de l'écoulement intérieur. La toux. Le vent.

Tous les mardis, en rentrant de l'Université, Michaël passe par le centre de la ville et retient deux places de cinéma à l'agence Kahana. À huit heures nous nous habillons et quittons la maison à huit heures et quart. Le garçon pâle, Yoram Kamnitzer, surveille Yaïr pendant son sommeil lorsque Michaël et moi, nous allons au cinéma. En échange je l'aide à préparer ses examens de littérature hébraïque. Grâce à lui je n'oublie pas tout ce que j'ai appris dans ma jeunesse. Nous lisons ensemble les articles d'Ehad Haam et comparons *Entre le Prêtre et le prophète* à *Entre la chair et l'esprit* et à *Entre l'esclavage et la liberté*. Toutes les idées sont présentées avec symétrie. Cet ordre me plaît. Yoram aussi pense que la prophétie, l'esprit et la liberté nous encouragent à sortir des liens de l'esclavage et de la chair. Lorsque je lui fais des compliments sur l'un de ses poèmes, une étincelle verte passe dans ses yeux. Il écrit ses poèmes avec émotion. Il choisit des expressions, des mots inhabituels.

Un jour je lui ai demandé ce que voulait dire l'expression : « Un amour douloureux » dans l'un de ses poèmes. Yoram m'expliqua qu'il y avait sans doute des amours qui ne rendaient pas heureux. Je répétai à cette occasion la phrase que mon mari avait dite longtemps auparavant sur le sentiment qui grossissait comme une tumeur maligne chez les gens satisfaits et livrés à eux-mêmes. Yoram me dit :

« Madame Gonen » mais soudain il s'enroua et la dernière syllabe ressembla à un cri car à son âge les garçons contrôlent difficilement leur voix.

Si Michaël entrait dans ma chambre pendant que j'étais avec Yoram celui-ci se contractait, courbait l'échine, fixait le sol comme sous l'effet de la torture, comme s'il avait taché le carrelage, renversé ou cassé un vase. Yoram Kamnitzer terminera ses études au lycée, ira à l'Université, deviendra professeur de Bible et d'hébreu à Jérusalem. Au début de chaque année il nous enverra une carte illustrée pour nous souhaiter une bonne année. Nous lui retournerons une carte portant les mots : « *Votre nom sera inscrit et scellé dans le livre de la vie.* » Le temps continuera à se manifester. Sa présence est imposante, évidente. Il ne nous aime, ni Yoram ni moi, et ne présage rien de bon.

Par un soir d'automne mil neuf cent cinquante-quatre Michaël rentra de son travail avec un chat gris-blanc dans les bras. Il l'avait trouvé dans la rue David-Yeline, au pied du mur qui longe l'école religieuse de filles. « N'est-il pas attendrissant ? » Michaël me demande de le toucher. Il me demande de regarder comment cette petite créature lève sa toute petite patte pour menacer et faire peur, comme s'il était au moins un léopard ou une panthère. « Où se trouve donc le livre des animaux de Yaïr ? Va me le chercher s'il te plaît, maman, pour que Yaïr apprenne que le chat et le tigre sont de la même famille. »

Lorsque mon mari prit la main de son fils pour la passer sur le dos du chaton, je vis le coin des lèvres de l'enfant trembler comme si le chat était fragile, comme s'il était dangereux de lui toucher le dos.

— Regarde, maman, c'est moi qu'il regarde, qu'est-ce qu'il me veut ?

— Il veut manger, mon fils. Et dormir. Va, Yaïr, va lui préparer une place sur le balcon de la cuisine. Non, gros bêta, les chats n'ont pas besoin de couverture.

— Pourquoi ?

— Parce qu'ils ne sont pas comme les gens. Ils sont différents.

— Pourquoi ils sont différents ?

— Parce qu'ils sont faits comme ça. Je ne peux pas te l'expliquer.

— Papa, pourquoi les chats ne se couvrent pas avec une couverture comme nous ?

— Parce que les chats ont une fourrure chaude, alors ils ont chaud même sans couverture.

Michaël et Yaïr s'amusèrent chaque soir avec le chat. Ils l'appelèrent : Candide. C'était un chaton de quelques semaines et par moments on était touché par ses mouvements qui manquaient de coordination. Il essayait d'attraper un papillon de nuit qui voltigeait au plafond de la cuisine. Il sautait d'une manière grotesque car il n'arrivait à évaluer ni la hauteur ni la distance : il sautait à peine en ouvrant et fermant violemment ses petites mâchoires comme s'il allait atteindre le papillon au plafond. Il nous fit éclater de rire. À ce bruit la petite créature se hérissa et nous souffla dessus comme pour nous faire mourir de peur.

« Candide grandira et sera le chat le plus fort du quartier. Nous le dresserons à surveiller la maison, à prendre les voleurs et les infiltrés. Candide sera chez nous un chat-policier. »

Michaël dit :

« Il faut le faire manger et le caresser. Aucune créature ne peut vivre sans affection. C'est pourquoi nous aimerons Candide et Candide nous aimera. Mais ce n'est pas la peine de l'embrasser, Yaïr. Maman va se fâcher après toi. »

J'offris une cuvette en plastique verte, du lait et du fromage. Michaël le força à tremper la tête dans le lait car le chaton ne savait pas encore manger dans une cuvette. Le petit être se contracta, éternua, secoua violemment sa tête mouillée et nous éclaboussa de gouttes blanches. À la fin il nous montra une tête trempée, abattue et pitoyable. Candide n'était pas blanc comme neige mais gris-blanc. Un chat ordinaire.

La nuit le petit chat avait découvert un passage étroit dans la fenêtre de la cuisine. Il s'était faufilé du balcon dans l'appartement et avait trouvé notre lit. Il avait préféré se recroqueviller justement à mes pieds bien que ce fût Michaël qui l'avait adopté et s'en était occupé toute la soirée. C'était un chat ingrat. Il négligeait son bienfaiteur pour me faire du plat, à moi qui l'avais traité avec indifférence. Quelques années auparavant Michaël m'avait dit : « Un chat ne se lie jamais avec quelqu'un qu'il n'aime pas. » Je constatai à présent qu'il avait répété un dicton inexact à ne pas prendre à la lettre. Il me l'avait dit seulement pour paraître original. Il s'était mis en boule à mes pieds, le petit chat Candide ; son doux ronronnement était calme et apaisant. À l'aube il gratta à la porte. Je me levai lui ouvrir. À peine sorti il se mit à miauler derrière la porte pour revenir. Aussitôt entré il se mit à taper à la porte du balcon. Il bâilla, s'étira, grogna, miaula et me supplia de le laisser sortir par cette porte. Candide était un chat capricieux ou peut-être très hésitant.

Cinq jours plus tard notre nouveau petit chat disparaissait. Mon mari et mon fils le cherchèrent toute la soirée dans la ruelle, dans les rues avoisinantes et même le long de l'école religieuse de filles, là où Michaël l'avait ramassé la semaine précédente. Yaïr pensait que nous avions vexé Candide. D'après Michaël le chat était retourné chez sa mère. Je n'y étais pour rien. J'écris cela car j'ai été soupçonnée de l'avoir chassé. Est-ce possible que Michaël m'ait crue capable d'avoir empoisonné un chat ?

Il aurait donc compris qu'il n'aurait pas dû prendre la décision d'élever un chat sans me consulter, comme s'il était seul à la maison. Michaël me demandait de le comprendre : il voulait faire plaisir à notre fils. Lui aussi, dans son enfance, avait désiré élever un chat mais son père ne voulait pas.

— Je ne lui ai rien fait de mal, Michaël. Il faut que

tu me croies. Je ne m'opposerai pas à ce que tu prennes un autre chat. Je ne lui ai pas fait mal.

— Eh bien, il est sans doute monté au ciel dans un coup de vent, dit Michaël en souriant avec mesure. N'en parlons plus. Je regrette pour l'enfant, il s'était beaucoup attaché à Candide. Mais laissons cela. Est-ce que ça vaut vraiment la peine de se disputer, Hanna, pour un petit chat ?

— Il n'y a pas de dispute, lui dis-je.

— Ni dispute ni chat, et Michaël reprit son même sourire mesuré.

XXIII

À la même époque il y eut un changement dans nos nuits. Après avoir déployé une attention calme et persévérante Michaël avait appris à satisfaire mon corps. Ses doigts généreux et expérimentés ne me quittaient point avant de m'entendre gémir doucement. Michaël s'évertuait à m'arracher ce gémissement avec force patience et intelligence. Il avait appris à poser ses lèvres sur un point précis de mon cou pour se concentrer intensément dessus. Il faisait grimper sa main chaude et dure le long de mon dos jusqu'à la nuque, jusqu'à la racine de mes cheveux pour redescendre par un autre chemin. La lumière faible du réverbère qui passait à travers les persiennes lui faisait entrevoir sur mon visage une expression semblable peut-être à un rictus de douleur aiguë. Je gardais toujours les yeux fermés car je devais faire un effort constant pour me concentrer. Je savais que les yeux de Michaël restaient ouverts car il était conscient et lucide. Il avait appris à me prendre avec lucidité et responsabilité. Dans chaque attouchement il recherchait la précision. Lorsque je me réveillais le matin je le désirais encore. Des visions sauvages m'assaillaient sans le vouloir. Un moine dans une houppelande me couvre de son corps dans le bois de Schneller, me mord à l'épaule et crie. Un fol ouvrier de la nouvelle usine construite à l'ouest de Mekor-Barouch m'enlève et galope vers les collines ; et je suis si légère dans ses bras tachés d'huile. Et viennent les deux sombres jumeaux. Leurs mains sont douces et fermes. Leurs jambes bronzées et poilues. Mais ils ne rient point.

Ou bien encore la guerre a éclaté à Jérusalem ; je me suis enfuie en chemise de nuit fine, et je cours comme une folle sur une route étroite et sombre. Les réverbères éblouissent brusquement l'allée des cyprès : l'enfant s'est perdu. Des étrangers austères le cherchent dans les vallées. Un rabatteur. Des officiers de police. Les volontaires des villages sont fatigués. La pitié se lit dans leur regard mais ils sont très occupés. Ils me font comprendre avec délicatesse mais avec fermeté qu'il ne faut pas trop les importuner. Il restait un espoir. Ils redoubleraient leurs efforts au lever du jour. J'errais dans les ruelles lugubres derrière la rue des Éthiopiens. J'appelais : Yaïr ! Yaïr, dans une rue aux trottoirs jonchés de cadavres de chats. Mon vieux professeur de littérature hébraïque sortit d'une cour. Il portait un costume usé. Il me sourit comme s'il était très fatigué. Il me dit poliment : « Madame étant solitaire comme moi, je me permets de l'inviter. » Quelle est cette jeune fille en vert qui a pris mon mari par la taille, au bas de la rue, comme si j'étais absente. J'étais transparente. Mon mari était gai puis triste. On allait construire un port très profond à Ashdod.

C'était la saison des feuilles mortes. Les arbres n'étaient pas bien plantés : ils oscillaient d'une manière étrange. J'apercevais le Capitaine Nemo sur un balcon élevé. Il était pâle, ses yeux crachaient le feu. Sa barbe noire était taillée d'une manière agressive. Je savais que le départ du bateau était retardé uniquement par ma faute. Le temps s'écoule, il s'écoule toujours. J'ai honte, Capitaine. Je vous en supplie, dites-moi quelque chose.

Un jour que j'avais entre six et sept ans, j'étais assise dans le magasin de mon père dans la rue Yaffo. Le poète Chaoul Tchernihowski entra acheter une lampe de travail. « La ravissante petite fille, est-elle aussi à vendre ? » demanda le poète à mon père en riant. Il me prit soudain dans ses bras robustes et sa grande moustache me chatouilla la joue. Il dégageait une forte odeur. Il souriait avec malice comme un enfant espiègle qui aurait réussi à provoquer des adultes. Lorsqu'il fut dehors mon père haletait d'émotion : « Notre grand poète nous a parlé et s'est comporté tout à fait comme un client ordinaire. Il faisait sans doute allusion à quelque chose, dit mon père songeur, lorsqu'il a pris Hanna dans ses bras avec un grand éclat de rire. » Je n'ai pas oublié. Au début de l'hiver mil neuf cent cinquante-quatre je rêvai du poète. De la ville de Danzig. D'une grande parade.

Michaël commença à collectionner des timbres. Il disait que c'était pour son fils. Jusqu'à maintenant Yaïr n'avait manifesté aucun intérêt pour les timbres. Au dîner Michaël me montra un timbre rare de la ville de Danzig. Comment l'avait-il trouvé ? Le matin même il avait acheté un livre d'occasion étranger dans la rue Hasolel : *La sismographie des lacs profonds*. Et voilà que le timbre rare se trouvait entre les pages du livre d'occasion. Michaël essaya de m'expliquer la valeur particulière des timbres émis par des pays disparus comme la Lituanie, la Lettonie, l'Estonie, Danzig, ville libre, Schleswig-Holstein, la Bohême et la Moravie. La Serbie. La Croatie. J'aimais entendre ces noms prononcés par Michaël.

Le timbre rare n'était pas particulièrement beau. Ses couleurs sombres, la croix arrondie et surmontée d'une couronne. Peut-être aussi un symbole effacé. Une inscription en caractères gothiques : *Frei Stadt*. Pas une trace de paysage. Comment pouvais-je deviner à quoi ressemblait la ville ? S'il y avait des avenues ou bien de hautes maisons fortifiées ? S'étendait-elle sur des pentes abruptes jusqu'à la mer, comme Haïfa, ou bien se trouvait-elle au cœur d'une plaine marécageuse ? Était-ce une ville de tours, entourée de forêts, ou bien encore une ville de banques et d'usines, bâtie entièrement avec des cubes ? Mais le timbre ne le montrait pas.

Je demandai à Michaël de me dire à quoi ressemblait la ville de Danzig.

Michaël me répondit par un sourire comme si je n'attendais de lui aucune autre réponse.

Cette fois-ci je répétai ma question.

Eh bien, puisque je demandai une deuxième fois, il fallait bien avouer qu'il s'étonnait de ma question : « Pourquoi avais-je besoin de savoir à quoi ressemblait la ville ? Et comment pensais-je qu'il pouvait le savoir ? » Il voulait bien chercher après dîner dans la grande Encyclopédie hébraïque. Non, il ne pourrait pas le faire car ils n'étaient pas encore arrivés à la lettre D. « D'ailleurs si tu désires tellement faire un voyage à l'étranger, je te conseille de commencer à regarder à la dépense et de ne pas jeter des robes neuves achetées seulement quelques semaines auparavant, comme tu l'as fait avec la jupe grise que nous avions achetée ensemble dans le magasin Maayan Staub pour Souccoth. »

Michaël ne put donc rien m'apprendre sur la ville de Danzig. Après dîner, pendant que nous essuyions la vaisselle je me moquai de lui. Je lui dis qu'il prétendait collectionner des timbres pour le gosse mais que l'enfant lui servait de prétexte pour réaliser ses rêves infantiles, de jouer avec des timbres comme un bébé. Je voulais triompher de mon mari au cours d'une petite querelle mais Michaël me priva de cette joie également. Il n'a pas tendance à se vexer. Il n'intervient pas dans une querelle pour la bonne raison qu'on ne doit interrompre personne. Il finit d'essuyer le plat de porcelaine qu'il tenait, se hissa sur la pointe des pieds pour le ranger dans l'armoire au-dessus de l'évier. Puis il dit, sans se tourner vers moi, que je ne lui apprenais rien de nouveau. Même en première année de psychologie on enseigne que les adultes aiment jouer un peu : il collectionnait des timbres pour Yaïr de la même manière que je lui découpais dans des journaux des images qui ne l'intéressaient pas du tout. Alors Michaël me demanda pourquoi j'avais besoin de me moquer de lui ?

Après la vaisselle Michaël s'assit dans un fauteuil et écouta les nouvelles. J'étais en face de lui sans rien dire. Nous épluchions des fruits. L'un offrait à l'autre, à tour de rôle, les fruits épluchés. Michaël dit :

— Nous avons reçu une quittance d'électricité impressionnante.

— Tout augmente à présent. Même le lait a augmenté.

La nuit je rêvai de Danzig.

J'étais une princesse. Du haut de la tour d'une forteresse je scrutais la ville. De nombreux citoyens étaient rassemblés au pied de la tour. Je tendis en avant les deux mains pour les bénir. Ce geste ressemblait à celui de la statue de bronze du collège de Terra Sancta.

J'apercevais des masses de toits sombres. Au sud-est le ciel s'assombrissait au-dessus des vieux quartiers. Les nuages noirs étaient repoussés vers le nord. Une tempête se préparait. Les immenses silhouettes des grues se dressaient en bas dans le port. Des échafaudages de fer noir. Ils se détachaient sur le ciel baigné des lumières du couchant. Des voyants rouges clignotaient à leur sommet. Le jour devenait gris. J'entendis siffler un navire qui partait et rugir les trains qui venaient du sud. Mais je ne pouvais les voir. J'aperçus un parc avec des bois touffus et enchevêtrés. Au centre s'étendait un lac au milieu duquel une petite île plate servait de socle à la statue de la princesse. Moi.

Les eaux de la baie étaient noires de l'huile que rejettent les navires. On alluma les réverbères. Ils répandaient sur ma ville une lumière glaciale qui se heurtait au plafond de brouillard, de nuages et de fumée. Elle s'étendait dans le ciel des banlieues comme une auréole orange.

J'entendais des cris de colère monter de la place. Moi, la princesse de la ville qui gouverne la forteresse, il fallait que je parle au peuple massé sur la place. Il fallait que je leur dise que je pardonnais, que je les aimais mais que j'étais seulement restée longtemps gravement malade. Je ne pouvais parler. J'étais encore malade. Le poète Chaoul que j'avais nommé mon majordome vint se placer près de moi. Il s'adressa au peuple avec des paroles apaisantes, dans une langue que je ne comprenais pas. Il fut très acclamé. Un moment j'eus l'impression d'entendre, par-delà les ovations, un cri de protestation et de colère sourde. Le poète dit quatre mots qui rimaient, une devise ou un proverbe dans une autre langue et la foule fut emportée par un grand éclat de rire. Une femme hurla. Un enfant grimpa sur un poteau et fit la grimace. Un homme emmitouflé lança une phrase avec fiel. La grande acclamation emporta tout. Puis le poète me couvrit les épaules d'une cape chaude. Je touchai ses belles boucles dorées. Ce geste souleva une violente émotion dans la foule, elle gémit, grogna puis rugit. C'était un cri d'amour ou de colère terrible.

Un avion passa au-dessus de la ville. Je lui donnai l'ordre de faire clignoter ses voyants rouges et verts. Pendant un moment il me sembla que l'avion hennissait parmi les étoiles, entraînant avec lui les plus faibles d'entre elles. Puis un bataillon de soldats passa tout à coup sur la place Sion. Ils chantaient un refrain à la gloire de la princesse. Ils me conduisirent à travers les rues dans un carrosse attelé de quatre chevaux gris-blanc. D'une main lasse je distribuais des baisers à mon peuple. Dans la rue Gueoula, à Mahané-Yehouda, dans la rue Oussichkine, et dans la rue Keren-Kayemet Le'Israël, des citoyens étaient massés par milliers. Ils avaient tous des drapeaux et des fleurs à la main. C'était une parade. Je m'appuyais sur les bras de mes deux gardes du corps, des officiers réservés, sombres et prévenants. J'étais fatiguée. Les citoyens me jetèrent des bouquets de marguerites. Ce sont mes fleurs préférées. C'était la fête. Près de Terra Sancta Michaël me proposa son bras pour m'aider à descendre du carrosse. Il était calme et renfermé comme toujours. La princesse savait que c'était le moment de prendre une décision. Elle sentait qu'il fallait qu'elle prenne des airs princiers. Un bibliothécaire trapu portant une calotte noire s'approcha. Ses gestes étaient soumis. C'était Yehezquel, le père de Michaël. Votre altesse, s'inclina le majordome avec obéissance, votre altesse daignera-t-elle dans sa miséricorde. Je m'imaginais qu'une sorte d'ironie éteinte se cachait sous cet apparent asservissement. Je n'aimais pas le rire sec de la vieille Sarah Zeldine. Elle n'avait pas le droit de se tenir dans les escaliers et de se moquer de moi. J'étais dans la cave de la bibliothèque. Des silhouettes de femmes maigres se dessinaient dans la pénombre. Elles étaient vautrées par terre, les genoux écartés, dans les passages étroits entre les rayons de livres. Le sol était couvert de moisissure. Les femmes maigres se ressemblaient à cause de leurs cheveux colorés, de leurs décolletés débraillés. Aucune d'entre elles ne m'adressa un sourire ni ne me traita avec respect. Une douleur figée se lisait sur leur visage. Elles étaient vulgaires. Ces femmes qui me détestaient m'effleuraient de leurs doigts. Ils étaient pointus et désagréables. C'étaient des prostituées du quartier du port. Elles ricanaient à haute voix. Elles avaient le hoquet. Elles étaient soûles. Leur corps dégageait une odeur repoussante. Moi, la princesse de Danzig, je voulais crier, mais je n'avais pas de voix. J'étais l'une de ces femmes. Cela me répugnait : elles étaient toutes les princesses de Danzig. Je me souvins qu'il fallait que je reçoive immédiatement la délégation des citoyens et des commerçants, pour ce qui concerne leurs privilèges. Je ne sais pas ce que sont les privilèges. Je suis fatiguée. Je suis l'une de ces femmes rudes. Du brouillard, des navires lointains, nous parvient le gémissement d'un bateau comme si un massacre s'y déroulait. J'étais emprisonnée au fond de la cave de la bibliothèque. J'étais livrée à une foule de femmes horribles sur le sol moisi. Je n'avais pas oublié qu'il y avait une vedette britannique, le *Dragon* et qu'elle me connaissait, qu'elle saurait me reconnaître entre toutes et qu'elle viendrait à mon secours. Mais c'est seulement à l'ère des nouveaux glaciers que la mer reviendra vers la ville affranchie. Jusque-là le *Dragon* est encore loin, il croise jour et nuit au large de la baie de Mozambique. Aucun bateau ne peut atteindre la ville détruite, disparue depuis longtemps. J'étais perdue.

XXIV

Mon mari, Michaël Gonen, me dédicaça son premier article publié dans un journal scientifique. En
voici le titre : *L'érosion de l'eau dans les ravins du
désert de Paran*. C'est aussi le sujet qu'il doit traiter
dans sa thèse de doctorat. Il avait fait imprimer la
dédicace en italique sous le titre :
À ma femme riche d'esprit, Hanna.
Après avoir lu le travail je lui fis des compliments,
je trouve bien qu'il n'y ait pas beaucoup d'adjectifs
mais que tu te contentes des substantifs et des
verbes. Le fait que Michaël évitait les phrases
longues me plaisait aussi. Chaque idée était énoncée
par une série de phrases courtes et énergiques.
J'aimais son style sec, énergique.
Michaël s'empara du mot « sec ». Comme les gens
étrangers à la littérature et qui utilisent les mots
comme ils feraient de l'eau ou de l'air, Michaël pensait que je disais cela de façon péjorative. Il regrettait, disait-il, de ne pas pouvoir me dédicacer un
poème au lieu d'un travail de recherche aride. On
fait ce qu'on peut. Il avouait qu'il avait dit là une
phrase tout à fait banale.
Michaël pensait-il que je ne lui étais pas
reconnaissante de m'avoir dédicacé son travail et
que je n'aimais pas celui-ci ?

Eh bien, il ne cherchait pas à se justifier à mes yeux. Son travail était destiné à des gens du métier ou à des professionnels appartenant à des domaines annexes. La géologie n'est pas comme l'histoire. On peut très bien être cultivé sans même en connaître les éléments de base.

Ses paroles me faisaient de la peine car je cherchais comment partager sa joie d'avoir publié son premier travail et je l'avais blessé sans le vouloir.

Accepterait-il de m'expliquer en termes simples en quoi consistait la géomorphologie ?

Michaël, rêveur, avança le bras et ramassa ses lunettes. Il les regarda en leur adressant un de ses sourires secrets. Puis il les reposa sur la table. Eh bien, il était prêt à me l'expliquer à condition que ce ne fût pas pour lui faire plaisir mais que je le lui demandais pour savoir.

Non, je n'avais pas besoin d'interrompre mon tricot. Il aimait s'asseoir en face de moi pour m'expliquer quelque chose pendant que je tricotais. Il aimait me voir calme. Je n'étais pas obligée de le regarder dans les yeux, il était sûr que j'écouterais. Il ne me ferait pas passer d'examen. La géomorphologie est un terrain de rencontre entre la géologie et la géographie. Elle traite des processus qui interviennent dans les différentes formes de relief sur la surface du globe. La plupart des gens pensent à tort que la Terre a été créée, il y a des millions d'années, une fois pour toutes. En fait, l'écorce terrestre est en perpétuel devenir. S'il s'agit de recourir au terme consacré de « création » on pourrait dire que la terre se crée progressivement et sans relâche. Même à l'heure où nous sommes en train de discuter des forces opposées agissent simultanément pour donner une forme au paysage et le modeler, à la fois, sur la surface apparente comme à l'intérieur. Le noyau en fusion dégage des forces géologiques même en se refroidissant lentement, régulièrement. Il y a aussi les éléments atmosphériques comme le vent, les inondations, les écarts de température qui changent constamment selon des lois cycliques. Les principes bien connus de la physique interviennent dans les processus géomorphologiques. Par ailleurs les faits les plus simples échappent parfois même aux gens de métier, peut-être précisément à cause de leur simplicité. Ces lois physiques sont si évidentes que les savants les plus perspicaces ont parfois tendance à les ignorer. Prenons, par exemple, la loi de la pesanteur ou l'action de l'énergie solaire. Par combien de théories compliquées ont-ils essayé d'expliquer les phénomènes régis par les lois les plus simples ?

En dehors des éléments physiques, géologiques et atmosphériques il faut tenir compte de certains processus chimiques. Par exemple la fonte des métaux, des neiges, des glaces. Il faut donc souligner que la géomorphologie est un point de rencontre entre plusieurs disciplines scientifiques. D'ailleurs la mythologie grecque expliquait déjà que l'écorce terrestre était le résultat d'une rencontre de forces constantes. Ce principe est admis aussi par la science moderne qui ne cherche nullement à expliquer l'origine de ces différentes forces. Dans un certain sens, nous nous contentons d'un domaine d'exploration beaucoup moins vaste que celui que voulait cerner la mythologie. « Comment » et non « pourquoi », c'est la seule question qui nous préoccupe. Mais même les savants modernes ne peuvent résister à la tentation et se perdent dans leurs tentatives d'explications générales. L'école soviétique, par exemple, pour autant qu'il est possible de se tenir au courant de ses publications, utilise parfois des concepts empruntés au domaine des Lettres.

Chaque chercheur est très tenté de recourir à des métaphores ; il se laisserait facilement bercer par l'illusion que la métaphore peut remplacer l'explication. Quant à Michaël il se gardait bien d'avoir recours à des termes employés couramment par certaines écoles et qui font beaucoup d'effet. Il faisait allusion aux termes ambigus tels que l'attraction, la répulsion, le rythme, etc. La différence n'est pas très grande entre un travail de recherche et un conte légendaire. Moins grande que l'on a coutume de le croire. Il respectait cette limite autant que possible. C'était peut-être pour cette raison que son travail donnait une impression de sécheresse.

— Michaël, il faut dissiper un malentendu. J'ai employé le mot « sec » justement dans l'intention de te faire un compliment.

Cette remarque lui fit beaucoup plaisir bien qu'il eût peine à croire que nous parlions tous deux de la même chose. Après tout nous étions tellement différents. Si je voulais, un jour, lui consacrer quelques heures, il serait content de me recevoir dans son laboratoire et à son cours, il m'y donnerait des explications plus détaillées et peut-être d'une manière moins sèche.

« Demain », lui dis-je en m'efforçant de trouver le plus beau de mes sourires.

Michaël était heureux.

Le lendemain matin j'envoyai Yaïr au jardin d'enfants après lui avoir remis un mot d'excuses pour Sarah Zeldine : « Pour une raison urgente et personnelle, j'ai pris un jour de congé. »

Nous sommes allés Michaël et moi à son laboratoire de géologie par deux autobus. En arrivant

Michaël demanda à une femme de ménage de nous préparer à chacun une tasse de café et de nous l'apporter dans son bureau :

« Aujourd'hui, ce sera deux au lieu d'une », dit Michaël gaiement, puis il s'empressa d'expliquer :

« Mathilda, je vous présente Mme Gonen, ma femme. »

Puis nous sommes montés dans son bureau, au troisième étage. C'était une petite pièce aménagée au bout du couloir. Le bureau avait été séparé du reste du couloir par une cloison de bois tapissée de feutre. En dehors de sa table qui avait échoué là après avoir séjourné dans un bureau du temps du mandat britannique, il y avait deux chaises de paille et une étagère vide ornée seulement de la douille d'un gros obus, en guise de vase. Sous le verre qui recouvrait le bureau il avait placé une photo de moi prise le jour de notre mariage, celle de Yaïr déguisé à Pourim, et deux chatons blancs découpés dans un journal.

Michaël s'installa à sa table de travail, le dos tourné à la fenêtre. Il étendit les jambes, appuya ses coudes en avant et essaya de plaisanter en faisant semblant de prendre un ton officiel :

« Asseyez-vous, madame. En quoi puis-je vous être utile ? »

Au même moment la porte s'ouvrit. Mathilda entra avec un plateau chargé de deux tasses de café. Peut-être avait-elle entendu les derniers mots de Michaël. Dans son trouble il répéta : « Je vous présente ma femme, Mme Gonen. » Mathilda sortit. Michaël s'excusa et jeta un coup d'œil sur ses papiers pendant cinq minutes. Je l'observais en dégustant le café car je devinais qu'il voulait que je le regarde en cet instant précis. Une satisfaction calme éclairait son visage. Qu'il nous faut peu de chose pour réjouir nos proches.

Michaël se leva au bout de cinq minutes. Je me levai aussi. Il me pria de l'excuser de m'avoir fait attendre un peu : il fallait qu'il dégage sa table, pour ainsi dire. Maintenant descendons au laboratoire. Il espère que j'y trouverai quelque chose d'intéressant. Il répondra volontiers à mes questions. Mon mari s'empressa gaiement de me conduire à travers le laboratoire de géologie. Je lui posais des questions pour lui donner l'occasion de me fournir des explications. Il me demanda à plusieurs reprises si je n'étais pas fatiguée, si je ne m'ennuyais pas. Cette fois-ci je fis très attention en choisissant mes mots :

« Non, Michaël, je ne suis pas fatiguée et je ne m'ennuie pas. Je veux voir encore bien d'autres choses. J'aime tes explications. Tu sais expliquer les choses les plus compliquées en termes tout à fait clairs et précis. Tout ce que tu dis est tout nouveau pour moi. »

Il prit ma main entre les siennes pendant un moment comme il avait fait une fois en sortant du café Atara, dans la rue, sous la pluie.

À l'instar des étudiants en Lettres j'avais toujours pensé que les sciences étaient un système de rapports entre des mots et des faits. J'apprenais maintenant que Michaël et ses amis ne cherchaient pas seulement à formuler des faits mais qu'ils découvraient des trésors cachés dans le ventre de la terre : des réserves d'eau, des gisements de pétrole, des sels, des minéraux, des matériaux de construction et des matières premières, même des pierres précieuses pour les bijoux des femmes.

En sortant du laboratoire je lui dis :

« Je voudrais te persuader, Michaël, que même lorsque j'ai utilisé le mot "sec" à la maison, c'était dans un sens positif. Si tu m'invitais maintenant à assister à ta conférence, je me mettrais au fond de la salle et je serais très fière de toi. »

156

Bien plus. Je désirais rentrer à la maison pour pouvoir lui caresser les cheveux. Je cherchai un compliment chaleureux qui pourrait rallumer dans ses yeux l'éclair timide de satisfaction et de joie.

Je trouvai une chaise libre à l'avant-dernier rang. Mon mari était debout, les coudes sur le pupitre des conférenciers. Son corps mince, dans une attitude décontractée. De temps en temps il montrait avec une baguette un dessin qu'il avait tracé à la craie sur le tableau avant de commencer son cours. Des traits fins et précis. Je devinais son corps sous ses vêtements. Les élèves de première année étaient penchés sur leurs cahiers. Un étudiant leva le doigt pour poser une question. Michaël le regarda pendant un moment comme pour chercher à comprendre l'origine de la question avant même de l'examiner. Lorsqu'il commença à répondre, il présenta les choses comme s'il s'agissait du point le plus important. Il était calme et retenu. S'il hésitait à chaque phrase, il ne semblait pas troublé mais plutôt soumis à son sens des responsabilités. Je me souvins tout à coup du vieux professeur de géologie, dans le bâtiment de Terra Sancta, au mois de février, cinq ans auparavant. Il avait utilisé lui aussi une baguette fine pour indiquer sur l'écran les choses les plus importantes. Sa voix éraillée était pourtant agréable. Celle de mon mari l'est aussi. Lorsqu'il se rase très tôt dans la salle de bain croyant que je dors encore, il chantonne la bouche close. En s'adressant à ses élèves il choisit chaque fois un mot sur lequel il insiste en traînant la voix doucement comme s'il voulait attirer discrètement l'attention des meilleurs d'entre eux. Avec sa baguette, son bras et ses traits éclairés par le projecteur, le vieux professeur de Terra Sancta semblait sortir d'une gravure sur bois illustrant les livres que j'aimais dans mon enfance : ceux de Jules Verne ou *Moby Dick*. Je ne peux rien oublier. Où serai-je et que serai-je quand Michaël se confondra avec l'ombre du vieux professeur de Terra Sancta ?

Après la conférence nous avons déjeuné ensemble au buffet de l'Université. « Je vous présente Mme Gonen », dit Michaël joyeux à quelques-uns de ses amis qui passaient devant nous. Il ressemblait à un enfant qui présente son père célèbre au directeur de son école.

Nous avons pris un café. Michaël a commandé pour moi du café turc. Lui-même préféra prendre un café au lait.

Puis il alluma sa pipe. Il n'arrivait pas à croire que j'avais trouvé un intérêt quelconque à son cours, quant à lui, il avait été très ému bien que les étudiants aient tout à fait ignoré ma présence. À tel point, qu'il avait failli perdre le fil de sa conférence car il pensait à moi et me regardait. C'est dans ces moments-là qu'il regrettait de ne pas être professeur de littérature ou de poésie. Il voulait de tout son cœur réussir à m'enthousiasmer au lieu de me fatiguer avec des choses arides.

Michaël vient de commencer à rédiger sa thèse. Il espère que son vieux père aura la chance d'écrire sur les enveloppes qu'il nous adressera toutes les semaines : « Dr Gonen et Madame. » C'est évidemment un peu puéril mais qui ne l'est pas au moins un peu. D'un autre côté on ne peut se hâter de rédiger une thèse. Lorsqu'il s'agit d'un sujet aussi compliqué. À ces mots il eut un léger rictus. J'entrevis un instant la direction que prendraient plus tard les petites rides qui déjà se dessinaient autour de ses lèvres.

XXV

L'été cinquante-cinq nous sommes allés avec notre fils, à Holon, passer une semaine de vacances au bord de la mer.

En route un homme effrayant monta dans l'autobus et vint s'asseoir à côté de nous. Un blessé de guerre ou un rescapé d'Europe, avec un visage écrasé et un œil vide. Une bouche horrible à voir. Sans lèvres. On lui voyait toutes les dents comme s'il riait d'une oreille à l'autre ou comme si son crâne était vide. Lorsque le regard du pauvre voyageur rencontra celui de Yaïr, l'enfant se cacha la figure contre moi. Mais comme s'il voulait aiguiser sa peur il jeta un coup d'œil furtif en direction des traits dévastés. Ses épaules tremblaient. Il était blanc de peur.

L'étranger prenant goût à ce jeu ne détourna point son visage, ne détacha pas son œil unique de notre fils. Comme pour jouer sur toutes les cordes de la peur il lui fit des grimaces et ouvrit la bouche à tel point qu'il me fit peur, à moi aussi. L'homme guettait avidement chaque regard de l'enfant. Il faisait exprès de tordre les muscles de son visage chaque fois que Yaïr levait les yeux. Prenant plaisir à ce jeu repoussant, Yaïr se redressait de temps en temps, fixait l'étranger, attendait patiemment qu'il fasse une nouvelle grimace pour cacher son visage dans mon sein. Il tremblait de tout son corps. Le jeu se déroulait en silence ; Yaïr sanglotait avec ses muscles, avec ses poumons, mais sans voix.

Nous ne pouvions rien faire : il n'y avait pas d'autre place dans l'autobus. Bien qu'assis entre eux deux Michaël ne parvenait pas à les séparer. Ils se penchaient et regardaient derrière son dos ou bien entre ses bras.

Une fois descendu de l'autobus, à la station centrale de Tel-Aviv, l'étranger s'approcha de nous et offrit à Yaïr un biscuit sec. Sa main était recouverte d'un gant alors que nous étions en été. Yaïr prit le biscuit et le mit, sans mot dire, dans sa poche. L'homme lui caressa la joue et dit à deux reprises : « Qu'il est beau, cet enfant, qu'il est mignon. »

Yaïr tremblait comme s'il avait de la fièvre. Il ne disait absolument rien.

Après avoir changé d'autobus pour aller à Holon, le petit sortit le biscuit sec, le tendit devant lui avec étonnement et prononça une seule phrase :

— Celui qui mangera de ce gâteau mourira.

— Tu ne dois pas accepter de cadeaux des étrangers, lui dis-je.

Yaïr se tut. Puis il voulut dire quelque chose. Mais se ravisa. À la fin il déclara avec assurance :

— C'est un homme très méchant. Il n'est pas juif du tout.

Michaël vit qu'il fallait intervenir :

— Cet homme a certainement reçu une grande blessure pendant la guerre. C'est peut-être un héros.

Yaïr s'entêta :

— Ce n'est pas un héros. Ce n'est pas même un juif du tout. C'est un homme méchant.

Michaël l'interrompit avec fermeté :

— Cesse de bavarder, Yaïr.

L'enfant approcha le biscuit de sa bouche. Il se

160

remit à trembler de tous ses membres. Il balbutia : « Je vais mourir. Ce sera bien fait pour vous. Je vais le manger. » Je voulais lui répondre qu'il ne mourrait jamais comme je l'avais lu dans un très beau passage de Guershon Chofman. Mais Michaël qui ne savait pas rire ni prendre les choses à la légère me devança et lui dit des mots bien pesés :

« Tu mourras dans cent vingt ans. Maintenant cesse de dire des bêtises. Terminé. »

Yaïr obéit, pinça les lèvres pendant un long moment. Puis il parla avec hésitation comme s'il avait mûri une réflexion très compliquée.

« Lorsque je serai chez grand-père Yehezquel, je ne mangerai rien. Rien du tout. »

Nous sommes restés six jours chez grand-père Yehezquel. Chaque matin nous allions à la plage de Bat-Yam avec notre fils. Les jours étaient paisibles.

Yehezquel Gonen ne travaille plus au service municipal des Eaux. Depuis le début de l'année il subsiste grâce à une modeste pension. Mais il n'a pas délaissé ses activités au siège du parti ouvrier. Il sort encore chaque soir pour aller au club son trousseau de clefs dans la poche. Sur un petit carnet il note qu'il faut donner les rideaux à laver, acheter une bouteille de jus de fruits pour le conférencier, ramasser les reçus et les classer par dates.

Le matin il étudie tout seul par correspondance quelques éléments de géologie pour pouvoir tenir une petite conversation scientifique avec son fils. Il a donc tout son temps maintenant. Il ne faut jamais dire : je suis vieux et je ne réussirai plus jamais à faire des études.

Yehezquel nous prie de nous comporter chez lui comme s'il n'y était pas. Si nous faisons trop attention à lui nous risquons de troubler notre repos. Si nous trouvons mieux de changer la place des meubles ou de laisser nos lits défaits toute la journée, il ne faut surtout pas nous contraindre à faire des politesses. Il veut que nous puissions profiter d'un vrai repos.

Nous lui paraissons si jeunes, s'il n'avait pas la joie de nous voir il serait certainement très triste.

Cette phrase, Yehezquel nous l'a répétée plusieurs fois. Une sorte de joie contenue se dégageait de chacune des paroles qu'il prononçait sur un ton oratoire comme s'il faisait un discours dans une petite réunion, choisissant des mots et des expressions employés généralement en des moments solennels. Je me souvins de la définition que Michaël avait proposée au café Atara, son père employait des expressions hébraïques comme on se sert des pièces rares d'un service fragile. Je me rendais compte à présent que Michaël avait réussi par hasard à formuler une observation très sensible.

Dès le premier jour, une très forte amitié s'établit entre le grand-père et son petit-fils. Ils se levaient tous les deux en silence à six heures du matin, sans nous réveiller. Ils s'habillaient, prenaient leur petit déjeuner en vitesse et sortaient se promener ensemble dans les rues vides. Yehezquel aimait montrer à son petit-fils comment fonctionnaient tous les services municipaux : le réseau électrique à partir du transformateur principal, les canalisations d'eau, la station des pompiers et les dispositifs pour puiser l'eau et donner l'alerte en différents points de la ville, le ramassage des ordures organisé par les services d'hygiène. Le réseau des lignes d'autobus. C'était un monde nouveau, doté d'une logique enthousiasmante. Le nom de l'enfant dans la bouche du grand-père était lui aussi amusant :

162

« Tes parents t'appellent Yaïr, mais, moi, je t'appelle Zalmann, car c'est ton vrai nom. »

L'enfant ne repoussa point le nouveau nom, mais en vertu de certains principes de justice connus de lui seul il surnomma le vieux Zalmann également. Ils rentraient tous les deux de leur balade à huit heures et demie. Yaïr annonçait :

« Zalmann et Zalmann sont rentrés à la maison. »

Je riais aux larmes. Michaël souriait aussi.

Lorsque nous nous levions, Michaël et moi, nous trouvions sur la table de la cuisine une salade de légumes, du café, des tartines de pain blanc beurrées.

« Zalmann vous a préparé lui-même un petit déjeuner car c'est un enfant intelligent », notait Yehezquel avec enthousiasme. Et pour ne pas exagérer les faits, il ajoutait : « Quant à moi, je ne lui ai donné que quelques conseils. »

Puis Yehezquel nous accompagnait tous les trois à la station d'autobus et nous mettait en garde contre les tourbillons et les coups de soleil. Un jour il osa remarquer :

« Je serais venu avec vous, mais je ne veux pas être un fardeau. »

À midi, lorsque nous rentrions de la plage, Yehezquel préparait un repas végétarien : des légumes, une omelette, du pain grillé et des fruits. Il ne mettait pas de viande selon un principe qu'il ne voulait pas expliquer pour ne pas nous fatiguer de ses propos. Pendant le repas il s'efforçait de nous divertir avec des histoires étranges, des anecdotes du temps où Michaël était petit comme par exemple ce qu'avait dit Michaël à Moché Shartok un jour qu'il était venu visiter son école primaire, et comment Moché Shartok avait proposé de publier les paroles de Michaël dans un journal d'enfants.

Pendant les repas il racontait à son petit-fils des

histoires sur les bons et les méchants Arabes, sur les gardiens des terres et les bandes diaboliques. Sur les jeunes Juifs héroïques et sur les officiers anglais qui avaient martyrisé les enfants des immigrants clandestins.

Yaïr était un élève obéissant et studieux. Il ne perdait pas un mot, n'oubliait aucun détail. Comme si à la soif des connaissances de Michaël s'était ajoutée en lui ma pénible tendance à se souvenir de tout, à tout retenir. On pouvait lui faire passer un examen sur tout ce que lui avait dit « le grand-père Zalmann » : les fils électriques sont reliés à la station Rieding. La bande de Hassan Salamé a tiré sur Holon de la colline de Tel-Arich. Une conduite d'eau a été branchée sur la source de Roch-Haayin. Bévine était un méchant Anglais, mais Wingate, un bon Anglais.

Le grand-père nous faisait plaisir avec de petits cadeaux. Il avait acheté cinq cravates pour Michaël et pour moi l'anthologie de la poésie espagnole éditée par le professeur Schirmann. Pour son petit-fils, une voiture de pompiers rouge, actionnée par un ressort, avec une sirène.

Les jours s'écoulaient, tranquilles.

Dans la cour entre les bâtiments des « logements pour travailleurs » on avait planté des ficus autour des rectangles de gazon bien tondu. Les oiseaux gazouillaient toute la journée. La ville était blanche et ensoleillée. Vers le soir un vent soufflait de la mer et Yehezquel ouvrait grands les volets ainsi que la porte de la cuisine.

« Un vent frais, disait-il, un vent qui souffle de la mer et ravive les esprits. »

À dix heures du soir, en rentrant du siège du parti le vieux se penchait sur le lit de l'enfant et embrassait son petit-fils endormi, à plusieurs reprises. Puis il nous rejoignait sur le balcon et s'asseyait sur une chaise longue. Il s'était interdit de discuter avec nous sur le parti des travailleurs car il supposait que nous n'étions pas forcément intéressés par les mêmes choses que lui. C'est pourquoi il préférait orienter la conversation vers des sujets qui lui semblaient nous tenir à cœur ; pourquoi nous infligerait-il ses tracas pendant nos courtes vacances ? Il me parlait de Joseph Haïm Brenner, assassiné non loin de là, trente-quatre ans auparavant. À son avis Brenner était un grand écrivain et un grand socialiste bien que les professeurs de Jérusalem le négligent à présent sous prétexte que c'était un militant et non un esthète. Yehezquel croyait qu'un jour viendrait à Jérusalem où ils découvriraient la grandeur de Brenner.

Je ne cherchais pas à le contredire.

Yehezquel était content de découvrir dans mon silence une preuve supplémentaire de mon bon goût. Comme Michaël il pensait que j'étais dotée d'une âme riche. Il se sentait libre d'exprimer ses sentiments en me disant qu'il m'aimait comme sa fille.

Avec son fils, Yehezquel parlait du sol du pays : bientôt on y découvrirait du pétrole, Yehezquel n'en doutait pas un seul instant. Il se souvenait encore très bien que les spécialistes ne prenaient pas au sérieux le verset du Deutéronome : « Un pays dont les pierres sont de fer et les montagnes des minerais de cuivre. » Et maintenant nous avons le mont Manara et Timna. Du fer et du cuivre. On découvrira sans nul doute très prochainement du pétrole aussi car il en est question dans les commentaires du Talmud ; les Tanaïtes et les Amoraïtes étaient des Juifs d'un réalisme sans pareil. Ils savaient bien ce qu'ils écrivaient, ce n'étaient pas des sentiments. Yehezquel pense que son fils Michaël est un géologue qui s'élèvera au rang des grands chercheurs. Quand il prononçait le mot « géologue » il avait l'habitude d'insister sur le premier O : « géOlogue ».

Mais il préférait se taire à présent car ses propos nous fatiguaient, nous étions là pour nous reposer et avec la bêtise des vieux que faisait-il donc ? Il nous parlait justement de choses qui faisaient partie de nos activités professionnelles. Comme si nous n'avions pas assez l'occasion de fournir un effort intellectuel à Jérusalem. Il était sûr qu'il nous importunait comme le font tous les vieux. Allons nous coucher pour nous lever demain matin frais et dispos. Bonne nuit, mes chers enfants, ne vous moquez pas des bavardages d'un vieil homme qui passe la plupart de son temps à se taire car il est seul.

Les jours étaient paisibles.

L'après-midi nous allions tous au jardin public rencontrer les voisins et les amis qui plusieurs années auparavant avaient prophétisé l'avenir de Michaël et qui à présent avaient leur part dans ses succès fracassants, qui serraient la main de sa femme avec fierté, pinçaient la joue de son fils et racontaient des détails amusants du temps où Michaël était petit.

Tous les jours Michaël m'achetait le journal du soir. Il m'achetait aussi des revues illustrées. Nous étions bronzés. L'odeur de la mer nous collait à la peau. La ville était petite, ses maisons blanches. « Une ville nouvelle, disait Yehezquel Gonen, on n'avait pas fait du neuf avec du vieux, une ville belle et propre était née parmi les sables. Et moi qui me souviens de sa naissance, je m'en réjouis chaque jour bien qu'elle n'ait rien de votre ville, Jérusalem. »

Le dernier soir les quatre tantes vinrent de Tel-Aviv pour nous rejoindre. Elles avaient apporté des cadeaux à Yaïr. Elles le serrèrent avec empressement et l'embrassèrent avec énergie. Elles furent agréables, cette fois, toutes les quatre. Même tante Génia ne rappela pas les anciens soucis oubliés.

Tante Léa prit la parole et annonça à tous les convives que Michaël n'avait pas déçu les espoirs de la famille. Tu dois être fière, Hanna, de son succès. Tante Léa se souvenait encore comment les amis de Michaël s'étaient moqués de lui après la guerre de l'Indépendance : il n'avait pas fait la folie de les suivre dans un kibboutz dans le Néguev. Il avait heureusement préféré aller à Jérusalem étudier à l'Université, servir son peuple et son pays avec son intellect et ses qualités et non avec ses muscles comme une bête de somme. À présent, notre Michaël était sur le point d'obtenir son doctorat et les amis qui s'étaient moqués de lui pouvaient venir maintenant lui demander de les aider à faire leurs premiers pas à l'Université. Ils ont gaspillé leurs meilleures années, ces imbéciles, ils en ont marre de ce kibboutz dans le Néguev. Notre Michaël, qui dès le début a fait preuve d'intelligence, peut se permettre maintenant de payer ces amis arrogants pour leur faire transporter ses meubles dans le nouvel appartement qu'il va certainement acheter bientôt.

Lorsque tante Léa parla du « kibboutz dans le Néguev » ses traits se contractèrent. Même le mot « Néguev » fut prononcé comme s'il s'agissait d'un virus. La dernière phrase fit éclater de rire les quatre tantes jusqu'aux larmes. Yehezquel intervint :

« Il ne faut dénigrer personne. »

Michaël réfléchit un moment puis tomba d'accord avec son père et ajouta qu'à son avis l'éducation ne changeait rien à la valeur intrinsèque de l'homme.

Cette opinion réjouit tante Génia. Elle fit remarquer que le succès de Michaël ne l'avait pas grisé ni rendu orgueilleux. La modestie est une qualité très utile dans la vie. Pour sa part elle avait toujours considéré que le rôle de la femme était d'encourager son mari à persévérer dans le chemin de la réussite. Cependant si le mari était un raté la femme devait s'engager dans une voie difficile et mener un combat d'homme dans un monde d'hommes. C'était son propre destin. Elle était contente de voir que Michaël n'avait pas réservé un tel sort à sa femme. Toi, aussi, ma chère Hanna, tu dois te considérer heureuse car il n'est de plus grande satisfaction que celle de voir un long effort récompensé et qui le sera certainement largement encore. C'était la conviction de tante Génia depuis son enfance. Les malheurs qu'elle avait traversés n'avaient pas modifié son opinion mais l'avaient renforcée, bien au contraire.

Ce que fit Yehezquel le matin de notre retour à Jérusalem je ne pourrai jamais l'oublier. Il monta au grenier par une échelle et en redescendit avec une grande caisse dont il tira un uniforme usé et froissé de gardien des terres. Il trouva aussi parmi ses trésors cachés un bonnet de gardien surnommé Koulpak. Il enfonça ce bonnet trop grand sur la tête de son petit-fils, jusqu'aux yeux. Lui-même enfila l'uniforme par-dessus son pyjama.

Toute la matinée jusqu'à notre départ, ils firent du bruit dans la maison avec leurs combats et leur entraînement. Ils se tiraient dessus avec des bâtons. Ils se retranchaient derrière des meubles. Ils s'appelaient mutuellement du nom de Zalmann. Une gaieté débordante éclaira le visage de Yaïr qui découvrait toutes les jouissances de l'autorité. Le vieux capitaine obéissait à chacun de ses ordres avec soumission. Yehezquel était un joyeux vieillard le dernier matin de notre visite à Holon. Pendant une minute j'eus un pincement au cœur ; il me sembla que j'avais déjà assisté à cette scène longtemps aupa-ravant. Comme si je regardais la copie floue d'un cli-ché dont l'original était beaucoup plus net, beau-coup plus saisissant. Je ne me souvenais plus ni où ni quand. J'avais froid dans le dos. Je désirais ardemment dire quelque chose. Peut-être leur crier qu'ils couraient le danger d'un incendie ou d'une électrocution. Mais leur jeu n'avait aucun rapport avec ces dangers-là. Quelque chose me poussait à demander à Michaël de partir sur-le-champ, tout de suite, mais je ne pouvais pas, car c'eût été bête et grossier. Quelle force avait provoqué ce malaise ? Ce matin-là quelques formations d'avions de combat avaient survolé la ville de Holon, très bas. Je ne pense pas qu'ils en étaient la cause. Je ne pense pas que le mot « cause » soit juste. Les moteurs des avions avaient rugi. Les vitres vibraient. J'avais l'impression que ce n'était absolument pas la pre-mière fois.

Avant de partir, mon beau-père Yehezquel m'embrassa sur les deux joues. Lorsqu'il m'em-brassa je m'aperçus que ses yeux étaient différents. Comme si la pupille voilée recouvrait tout le blanc de l'œil. Son visage aussi était gris. Ses joues étaient flasques et creuses. Il me toucha le front avec des lèvres froides. Me tendit une main brûlante et me serra énergiquement, avec effusion, comme s'il vou-lait me faire cadeau de ses doigts. Quatre jours après notre retour à Jérusalem tout cela me revint dans un éclair, et me porta un coup lorsque le soir tante Génia vint nous annoncer que Yehezquel s'était écroulé à la station d'autobus en face de chez lui. Hier encore, le pauvre Yehezquel lui avait rendu visite, s'excusait la tante, comme pour écarter un vilain soupçon, hier encore il était venu la voir et ne s'était plaint d'aucune douleur. Au contraire. Il lui avait parlé d'un nouveau sérum que l'on venait de découvrir en Amérique contre la poliomyélite infantile. Il était... comme d'habitude. Tout à fait comme d'habitude. Et soudain, le matin, devant les voisins Globermann, il était tombé à la station d'autobus. « Micha est orphelin », sanglota la tante tout à coup, et ses lèvres se relevaient comme celles d'un vieil enfant vexé. Elle pressa fortement la tête de Michaël contre sa maigre poitrine. Elle lui caressa le front et s'arrêta.

« Micha, comment un homme peut-il, comme ça, sans aucune raison, tomber sur le trottoir, comme un sac ou un colis vous échappe des mains, et... c'est terrible. Comment est-ce possible... Comme ça, sans raison. C'est moche. Comme si Yehezquel n'était qu'un sac ou un colis, qui tombe et se brise... C'est... de quoi ça a l'air, Micha, et quelle... quelle honte... Les voisins Globermann étaient installés sur leur balcon et regardaient tout bonnement comme au théâtre, et ce sont des étrangers qui l'ont soulevé et l'ont tiré par les bras et par les pieds pour le mettre de côté, afin de dégager la chaussée, puis ils ont ramassé tour à tour son chapeau, ses lunettes et les livres dispersés autour de lui. Et tu sais Michaël, où il allait ? La voix de la tante se faisait plus forte, sa colère était poignante : il allait tout simplement à la bibliothèque rendre quelques livres, il ne pensait pas du tout prendre cet autobus et c'est seulement par hasard qu'il est tombé justement à la station en face des Globermann. Un homme si tranquille et si gentil, et... si calme, et soudain... comme au cirque, comme je te le dis, comme au cinéma, un homme marche tranquillement dans la rue et l'on vient par-derrière lui assener un coup de matraque sur la tête, il se plie littéralement et tombe comme une poupée de chiffon ou quelque chose comme ça. La vie, c'est de la saloperie et de la grossièreté tout ensemble. C'est moi qui te le dis, Micha. Mettez l'enfant chez les voisins ou ailleurs et venez vite à Tel-Aviv. Là-bas Léalê est restée pour s'occuper des démarches officielles, maladroite comme elle est. Il y a mille et une démarches. Un homme meurt et les démarches sont aussi compliquées que s'il partait au moins à l'étranger. Prenez des manteaux ou quelque chose et partons. En attendant je vais courir à la pharmacie demander tout de suite un taxi et... oui, Micha, je t'en supplie, au moins un veston noir, sinon un costume, dépêchez-vous, vous deux. Micha, quel malheur nous est arrivé, quel malheur, Micha. »

Tante Génia sortit. J'entendis le bruit de ses pas pressés dans l'escalier et sur les dalles de la cour, sous notre fenêtre. J'étais restée à la même place que lorsque tante Génia était entrée, un fer chaud à la main, appuyée sur la planche à repasser. Michaël se retourna et sortit en vitesse sur le balcon comme pour l'appeler : « Tante Génia, tante Génia ! »

Il rentra au bout d'une minute. Il ferma en silence les volets et les fenêtres de la chambre. Il alla fermer la porte de la cuisine. En passant dans le corridor il laissa échapper un son étouffé. Peut-être s'était-il aperçu dans la glace, près du portemanteau. Il ouvrit la penderie, en sortit son costume noir, y passa la ceinture de son pantalon. « Mon papa est mort », dit Michaël tout bas sans me regarder. Comme si je n'avais pas été là quand sa tante avait parlé.

Je posai le fer sous l'armoire. Je mis la planche à repasser dans la salle de bains. J'allai dans la

171

chambre de Yaïr. J'interrompis son jeu. J'écrivis un mot, le lui mis dans la main et l'envoyai chez les voisins Kamnitzer : « Le grand-père Yehezquel est très malade », lui racontai-je avant qu'il parte. J'entendis comme l'écho déformé de ces mots venant de l'escalier, Yaïr bouleversé criait aux enfants de l'immeuble : « Mon grand-père Zalmann est très malade et ils vont vite le sauver. »

Michaël fourra son porte-monnaie dans la poche intérieure de son veston et le boutonna. Il avait mis le costume noir de mon pauvre père et que Malca, ma mère, avait ajusté à sa taille. Il se trompa deux fois de bouton. Il mit son chapeau. Prit par erreur sa vieille serviette noire usée et la remit aussitôt en place avec colère.

« Je suis déjà prêt à partir », dit-il. Certaines choses qu'elle a dites sont inutiles, mais dans le fond elle a tout à fait raison. Ça n'a aucun sens, de cette manière. Il n'y a aucune logique là-dedans. On prend un homme droit et honnête, un vieil homme faible, pas très bien portant, et soudain, on le fait tomber sur le trottoir, en plein cœur de la ville, en plein jour, comme si c'était un dangereux malfaiteur. C'est très moche, je te dis, Hanna, c'est cruel et... cruel. C'est moche. »

En prononçant les mots : « cruel et moche » Michaël se mit à trembler de tout son corps. Comme un enfant qui se réveille en hiver la nuit, et au lieu de sa mère, c'est un visage étranger qui le regarde dans l'obscurité.

XXVI

Pendant la semaine qui suivit l'enterrement, Michaël ne se rasa point. Je ne pense pas qu'il fît cela pour respecter la tradition ou les volontés de son père : Yehezquel avait l'habitude de dire qu'il était agnostique. Peut-être que Michaël avait honte d'avoir les joues glabres pendant le deuil. Les choses les plus banales peuvent nous humilier lorsque la souffrance se referme sur nous. Michaël avait toujours détesté se raser. Son visage était recouvert de poils drus et noirs, ce qui lui donnait un air brutal.

Michaël me semblait un homme nouveau avec sa barbe. Par moments je m'imaginais que son corps était plus robuste que celui que je connaissais. Son cou maigrit. Les rides qui se creusaient autour de ses lèvres exprimaient une cruelle ironie étrangère à Michaël. Il avait un regard fatigué comme s'il avait accompli un travail physique épuisant. Pendant le deuil mon mari ressembla à un ouvrier couvert de suie de l'un des petits ateliers de la rue Agrippa. Michaël assis une grande partie de la journée dans un fauteuil en pantoufles fourrées, enveloppé d'une robe de chambre gris clair à carreaux gris foncé. Lorsque je posais le journal quotidien sur ses genoux, il courbait le dos pour lire. Si le journal tombait par terre, il ne se baissait pas pour le ramasser. Je ne pouvais pas savoir si Michaël méditait ou s'il était absent. Une fois, il me demanda de lui servir un verre de Cognac. Je lui en donnai un. Mais comme s'il avait oublié, il me regarda étonné et n'y toucha point. Une autre fois, après le bulletin d'informations, il remarqua :

« Comme c'est étrange. »

Il n'ajouta rien. Je ne demandai rien. La lampe diffusait une lumière jaune.

Michaël resta très calme pendant le deuil de son père. Notre maison était paisible aussi. Parfois il nous semblait que nous étions là pour attendre une nouvelle. Quand Michaël nous adressait la parole, à moi ou à son fils, il parlait avec douceur. Comme si c'était moi qui portais le deuil. La nuit je le désirais ardemment, d'un désir douloureux. Pendant toutes nos années de mariage je n'avais pas ressenti à quel point cette dépendance pouvait être humiliante.

Un soir mon mari mit ses lunettes, appuya ses mains sur la table. La tête inclinée. Le dos fatigué. Lorsque j'entrai dans le bureau j'eus l'impression de voir Yehezquel Gonen. J'eus peur. Le dos voûté, les épaules basses, son attitude fragile me donnaient l'impression qu'il incarnait son père. Je me souvins du jour de notre mariage, de la cérémonie sur le toit des bureaux de l'ancien Rabbinat, en face de la librairie Steimatzki. Ce jour-là Michaël ressemblait aussi à son père à un point tel que je m'étais trompée deux fois. Je n'ai pas oublié.

Le matin Michaël s'installait sur le balcon. Il suivait du regard les chats qui se poursuivaient dans la cour. Tout était calme. Je n'avais jamais vu Michaël au repos. Il était toujours pressé de rattraper un retard accumulé. Des voisins pieux vinrent présenter leurs condoléances. Michaël les reçut avec une courtoisie distante. Il regarda les Kamnitzer ou M. Glick à travers ses lunettes comme un professeur autoritaire regarde un élève qui l'a déçu. À tel point qu'ils bégayèrent leurs condoléances.

Mme Sarah Zeldine entra avec hésitation. Elle vint nous proposer de prendre l'enfant chez elle jusqu'à la fin du deuil.

Un sourire triste et amer passa sur les lèvres de Michaël :

— Pourquoi faire, dit-il, est-ce moi qui suis mort ?

— Malheur de malheur, Dieu nous protège, s'étonna la visiteuse. Je pensais seulement, que peut-être...

— Peut-être quoi ? trancha Michaël dans une colère froide.

La vieille jardinière d'enfants sursauta. Elle nous salua en vitesse et sortit en s'excusant comme si elle nous avait vexés.

M. Kadischmann fit son apparition vêtu d'un costume de tweed noir, le visage radieux. Il nous annonça qu'il avait eu la chance de connaître un peu le défunt et ceci grâce à Mme Léa Gantz. Malgré les divergences politiques qui les séparaient il le respectait beaucoup. À son avis c'était l'un des plus honnêtes membres du mouvement ouvrier. Il comptait parmi les plus sincères et non parmi les hypocrites. M. Kadischmann ajouta :

— Dommage qu'il soit parti mais on ne l'oublie pas.

— C'est très dommage, Monsieur, acquiesça Michaël, d'un ton froid. Je dissimulai un sourire.

Le mari de l'amie de Michaël, du kibboutz Tirat-Yaar, vint lui aussi. Il resta à la porte. Il ne voulait pas entrer par délicatesse mais voulait seulement dire qu'il participait à notre douleur. Il voulait seulement faire savoir qu'il était venu. C'est-à-dire de sa part et de la part de Liora.

Le quatrième soir, le professeur de géologie et

deux de ses assistants vinrent nous rendre visite. Ils s'installèrent dans le salon, sur le canapé, en face du fauteuil dans lequel se reposait Michaël. Ils se tenaient droit, les genoux serrés, ils auraient trouvé indécent de s'appuyer sur le dossier. J'étais assise sur un tabouret près de la porte. Michaël me demanda de leur offrir un café et de lui faire du thé sans citron car ses aigreurs d'estomac le harcelaient de nouveau. Puis il demanda quels étaient les résultats de l'enquête faite à Nahal-Arougot dans le Néguev. Lorsque l'un des jeunes commença à lui répondre, soudain il se tourna brusquement vers la fenêtre comme mû par un ressort. Ses épaules tremblèrent. Il me fit peur car j'avais l'impression que Michaël riait sans pouvoir se contenir. Il se retourna. Son visage était calme et fatigué. Il s'excusa. Demanda de poursuivre. Il ne fallait pas résumer. Il voulait tout entendre. Le jeune qui avait commencé à parler reprit là où il s'était arrêté. Michaël me lança un regard gris comme si quelque détail de ma personne qu'il n'avait pas encore remarqué l'étonnait. Un vent nocturne rabattit le volet contre le mur. Comme si le temps avait choisi de revêtir des formes concrètes : la lumière électrique. Les photos. Les meubles. L'ombre des meubles. Les traits qui tremblent entre les taches de lumière et les zones d'ombre.

Le professeur intervint dans les propos de son assistant et remarqua avec un enthousiasme contenu :

— Les grandes lignes que tu nous avais préparées au début du mois ne nous ont pas déçus, Gonen. Les faits sont conformes à tes suppositions. C'est pourquoi nos sentiments sont ambigus : nous regrettons les résultats des forages et nous sommes satisfaits de ta prudence.

Puis le professeur ajouta une remarque compliquée sur le côté ingrat de la recherche appliquée comparée à la recherche théorique, il signala l'importance de l'intuition créatrice dans les deux catégories de recherche. Michaël remarqua timidement :

— Bientôt l'hiver sera là. Les nuits s'allongent de plus en plus. Elles s'allongent et refroidissent.

Les deux jeunes gens se regardèrent. Puis lancèrent un regard de côté au professeur. Le vieux, affolé, hocha la tête ouvertement pour signifier qu'il avait compris l'allusion. Il se leva et dit avec regret :

— Nous sommes de tout cœur avec toi dans ton deuil, Gonen, et nous attendons tous ton retour. Tâche d'être fort et... sois fort, Gonen.

Les invités prirent congé. Michaël les accompagna dans le couloir. Il s'empressa d'aider le professeur à remettre son manteau lourd. Ses mouvements étaient gauches. Michaël s'excusa avec un sourire pâle. Il m'avait fasciné depuis le début de la soirée, c'est pourquoi son sourire pâle me fit mal. Sa courtoisie était un masque qui ne devait rien à l'estime ni à l'affection. Il accompagna les invités jusqu'à la porte. Revint dans son bureau. Il se taisait. Il regardait vers la fenêtre obscure et me tournait le dos. À la fin il me dit sans se retourner :

— Encore un verre de thé, Hanna, éteins s'il te plaît, le plafonnier. Lorsque papa nous a demandé de donner un nom un peu vieillot à l'enfant nous aurions dû le faire. À l'âge de dix ans j'ai eu une angine grave. Durant toutes les nuits papa est resté près de mon lit pour me veiller. Il a changé les mouchoirs mouillés posés sur mon front. M'a chanté sans cesse la seule berceuse qu'il connaissait. D'une voix fausse et monotone : Dors, dors, cesse de bouger, le soleil s'est noyé dans la mer, il est temps de se reposer, tout est endormi autour de nous.

— T'ai-je raconté, un jour, Hanna, que tante

Génia avait essayé de remarier papa à tout prix ? Presque à chaque visite elle amenait une connaissance ou une amie. C'étaient des infirmières vieillissantes, de nouvelles immigrantes de Pologne, de maigres divorcées. Ces femmes se jetaient d'abord sur moi, m'embrassaient, me serraient dans leurs bras, me couvraient de bonbonnières et de baisers, me cajolaient avec leurs bouches en cul-de-poule. Papa faisait semblant de ne pas comprendre les intentions de tante Génia. Il était courtois. Il commençait une discussion sur les décrets du haut-commissaire, par exemple.

— Pendant mon angine, je brûlais de fièvre. Je transpirais toute la nuit. Les draps étaient trempés. Mon père me les changeait avec précaution toutes les deux heures. Il faisait bien attention de ne pas trop me secouer mais ses gestes étaient toujours excessifs. Je me réveillais en pleurant. Au petit matin papa lavait tous les draps dans la baignoire et sortait dans l'obscurité les étendre sur la corde derrière la maison. Je t'ai demandé du thé sans citron, Hanna, car les aigreurs d'estomac me tenaillent encore. Lorsque la température tomba, papa m'acheta avec une réduction un jeu de dames dans le magasin du voisin Globermann. Il s'efforçait de perdre à chaque partie. Il soupirait pour me réjouir, il se prenait la tête entre les mains, se lamentant exagérément sur ses terribles défaites, et me traitait de petit génie, « une vraie tête de professeur, tout à fait le portrait du grand-père Zalmann ». Un jour il me raconta l'histoire de la famille Mendelssohn. Il nous compara en plaisantant au père et au fils du grand compositeur. Il faisait des prophéties. Il me faisait boire beaucoup de tasses de lait au miel, dont il avait pris le soin d'enlever la peau. Lorsque je refusais de boire avec obstination papa usait de la séduction et du chantage. Il flattait mon amour-propre. C'est ainsi que j'ai guéri. Si ce n'est pas trop te demander, Hanna, va me chercher ma pipe. Non, pas celle-là, l'anglaise. La plus petite. Oui, celle-ci. Je te remercie. Quand enfin je fus guéri, ce fut papa qui attrapa mon angine et tomba gravement malade. Il resta trois semaines à l'hôpital où travaillait tante Génia. Tante Léa se chargea de moi pendant sa maladie. Deux mois plus tard j'appris que papa avait échappé à la mort par miracle et par la grâce de Dieu. Mon père lui-même plaisantait beaucoup à ce sujet. Il citait un proverbe d'après lequel les élus du peuple mourraient les premiers et pour sa chance il ne se trouvait pas parmi eux. Devant le portrait de Herzl qui se trouvait dans la grande chambre je fis le vœu de mourir à mon tour si papa venait à mourir brusquement car je ne voulais aller ni dans un orphelinat ni chez tante Léa. La semaine prochaine, Hanna, nous achèterons un train électrique pour Yaïr. Un grand train. Comme celui qu'il a vu, rue Yaffo, dans la vitrine du marchand de chaussures Freimann et fils. Car Yaïr aime beaucoup les machines. Je lui ferai cadeau d'un réveil cassé. Je lui apprendrai à le démonter et à le remonter. Peut-être Yaïr sera-t-il un ingénieur : as-tu remarqué que l'enfant est très attiré par les machines, les ressorts et les moteurs ? As-tu déjà vu qu'on peut expliquer à un enfant le principe du fonctionnement d'un appareil ? Je ne me considère pas comme un homme passionnant ni brillant, tu sais. Ni un génie, ni ce que papa croyait ou du moins ce qu'il disait qu'il croyait. Je ne suis pas un être extraordinaire, Hanna, mais il faut que tu aimes Yaïr de toutes tes forces. Tu te sentiras mieux si tu l'aimes de tout ton cœur. Non, je ne prétends pas que tu négliges l'enfant. Ce sont des bêtises. Mais il me semble que tu ne t'enthousiasmes pas pour lui. Il faut s'enthousiasmer, Hanna. Il faut savoir parfois même dépasser les limites. J'ai l'intention de te demander, de commencer... eh bien, je ne sais pas avec quels mots t'expliquer ce sentiment. Laissons cela. Un jour, il y a quelques années, lorsque nous étions toi et moi dans un café, je te regardais et me regardais en me disant que je n'étais pas destiné à être un prince charmant ou un chevalier caracolant sur sa monture, comme on dit. Et tu es belle, Hanna, très belle. T'ai-je raconté ce que m'a dit papa la semaine dernière à Holon ? Il m'a dit qu'à ses yeux tu étais une poétesse bien que tu n'écrives pas de poèmes. Regarde, Hanna. Je ne sais pas pourquoi je te raconte tout cela maintenant. Tu te tais, tu ne dis rien. L'un de nous deux écoute toujours sans rien dire. Pourquoi t'ai-je raconté tout cela maintenant ? Ni pour te vexer ni pour te blesser. Tu vois, nous n'aurions pas dû nous obstiner à l'appeler Yaïr. En fin de compte ce n'est pas le nom qui aurait changé notre attitude envers lui. Nous avons touché un point sensible. Un jour je te demanderai, Hanna, comment il se fait que c'est justement moi que tu as choisi parmi tous les hommes intéressants que tu as sans doute rencontrés. Mais maintenant il se fait tard et je pense trop, cela doit certainement t'étonner. Hanna, commence à préparer les lits, j'arrive tout de suite pour t'aider. Allons nous coucher Hanna. Papa est mort. Je suis moi-même papa. Tous les... Cet ordre des choses me semble soudain un jeu d'enfant idiot. Un jour nous jouions à l'autre bout de la cité, sur un terrain vague, à la limite des dunes : nous étions sur une longue file, le premier lançait le ballon et courait se ranger derrière les autres jusqu'à ce que le dernier soit le premier et le premier le dernier, et ainsi de suite, mais je ne me souviens plus dans quel but. Je ne me souviens plus comment l'on gagnait à ce jeu. Ni si l'on pouvait gagner ni s'il y avait une idée ou une méthode dans ce jeu idiot. Tu as oublié d'éteindre la lumière dans la cuisine.

XXVII

Les jours de deuil passèrent. Nous étions de nouveau assis, au petit déjeuner, de chaque côté de la table de la cuisine calmes et silencieux à tel point qu'un étranger s'y serait trompé et y aurait vu de la tranquillité. Je tendais la bouilloire à Michaël. Il me donnait deux tasses. J'y versais du café. Michaël coupait le pain. Je mettais du sucre dans les tasses et tournais jusqu'à ce que sa voix m'arrête :

« Assez, Hanna. C'est déjà mélangé. Tu ne creuses pas un puits. »

Je préfère le café noir. Michaël y mélange un peu de lait. Je compte : quatre, cinq, six gouttes de lait dans sa tasse.

C'est ainsi que nous nous asseyons : moi le dos appuyé contre le réfrigérateur les yeux tournés vers le rectangle baigné d'azur qu'est la fenêtre de la cuisine. Michaël, dos à la fenêtre, le regard se promenant sur les bocaux vides posés sur le frigidaire, sur la porte de la cuisine, sur une partie du corridor, sur l'entrée de la salle de bains.

Puis la radio répand ses effluves de musique matinale douce, des chants hébraïques qui me rappellent mon enfance et à Michaël que l'heure avance. Il se lève sans mot dire, se penche sur l'évier pour rincer son verre et son assiette. Il quitte la cuisine. Ôte ses pantoufles dans le couloir et met ses chaussures. Il enfile son veston gris. Décroche son chapeau de la patère. Sa vieille serviette noire sous le bras, son chapeau à la main, il revient m'embrasser sur le front et me dire au revoir. Il me prie de ne pas oublier d'acheter du pétrole à midi. Il n'y en a presque plus. Il a noté sur son carnet qu'il doit aller au Service des Eaux payer la quittance et vérifier une erreur qui s'y est peut-être glissée.

Michaël quitte la maison et les sanglots s'étranglent dans ma gorge. Je me demande d'où vient cette tristesse. De quelle maudite tanière a-t-elle surgi pour troubler une matinée bleue et languissante ? Je fouille dans un tas de souvenirs qui s'effritent comme un comptable dans un bureau commercial vérifie chaque chiffre sur de longues colonnes. Où se cache l'erreur ? Est-ce seulement une impression ? Ou bien ai-je aperçu une faute grave ? La radio cesse de chanter. Il est question d'un mécontentement qui gronde dans les villages. Je sursaute : il est huit heures. Le temps ne s'arrête pas et ne me laisse aucun répit. J'attrape mon sac. Bouscule inutilement Yaïr puisqu'il est prêt bien avant moi. Je le prends par la main et nous allons au jardin d'enfants de Sarah Zeldine.

Dans les rues de Jérusalem le matin est limpide. Les bruits sont distincts. Un vieux cocher assis à son aise sur son siège chante à tue-tête. Les élèves de l'école religieuse de garçons « Tachkemoni » portent leurs bérets sur le côté. Ils sont sur le trottoir d'en face, ils rient, taquinent le vieux cocher en se moquant de lui. Le cocher agite la main dans leur direction comme s'il voulait répondre à un salut par un autre. Il sourit et continue à chanter. Mon fils commence à m'expliquer que sur la ligne 3 B roulent des autobus des marques Ford et Fargo. Les Ford ont un moteur beaucoup plus robuste. Les Fargo beaucoup moins puissant. Soudain il lui semble que j'ai cessé d'écouter ses explications. Il me fait passer un examen. Je suis prête à le subir. J'ai tout entendu, mon fils. Tu es bon et intelligent. J'écoute.

Un matin bleu et limpide règne sur Jérusalem. Même les pierres grises des murs de la caserne Schneller évitent de sembler lourdes. Une végétation vigoureuse et luxuriante a envahi les terrains vagues : des ronces, des chardons, des liserons et d'autres plantes sauvages dont j'ignore le nom et qu'on appelle communément « herbes folles ». Soudain je m'arrête angoissée :

— Est-ce que j'ai bien fermé la porte du balcon avant de sortir, Yaïr ?

— Papa l'a fermée à clé déjà hier soir. Et tu sais bien qu'aujourd'hui personne ne l'a ouverte. Qu'est-ce que tu as aujourd'hui, maman ?

Nous passons devant la lourde grille de fer de la caserne Schneller. Je n'ai jamais pénétré dans ces murs lugubres. Lorsque j'étais petite l'armée anglaise y était installée, des mitraillettes dépassaient des meurtrières. Il y a très longtemps cette forteresse s'appelait l'orphelinat syrien. Ce nom étrange m'est destiné selon sa coutume.

Devant la grille un planton aux cheveux dorés souffle dans ses doigts pour les réchauffer. À notre passage, il baisse les yeux sur mes jambes, sur l'espace entre le bas de la jupe et les courtes socquettes blanches. Je prends la peine de lui sourire. Il fixe sur moi un regard brûlant où se mêlent la honte, la soif et le désir, les excuses. Je jette un coup d'œil à ma montre : huit heures un quart. À cette heure-là, par un matin bleu et transparent je suis déjà fatiguée. Je voudrais dormir. À la seule condition que les rêves m'oublient.

Tous les mardis, en rentrant de l'Université, Michaël s'arrête en ville, à l'agence Kahana, afin de retenir deux places de cinéma pour la deuxième séance. Pendant notre absence Yoram, le fils des Kamnitzer, nos voisins, surveille l'enfant qui dort. Un jour en rentrant du cinéma, j'ai trouvé un papier glissé entre les pages du roman posé sur ma table de chevet. Yoram y avait caché un nouveau poème pour que je lui dise mon avis. Il y décrivait un couple de jeunes gens qui se promenaient dans un verger au crépuscule, lorsque surgit soudain un sombre cavalier monté sur un cheval noir, brandissant une épée de feu noir et qui enveloppa la terre et les amoureux de son voile noir. Entre parenthèses, au bas de la page, Yoram avait noté que le cavalier noir représentait la nuit. Il ne m'avait pas fait confiance.

Le lendemain lorsque je rencontrai Yoram Kamnitzer dans l'escalier je lui dis que son poème m'avait plu et qu'il méritait peut-être d'être publié dans un journal de jeunes. Yoram s'agrippa à la rampe, me regarda un instant avec effroi puis un sourire amer passa sur ses lèvres, un sourire pâle.

— Tout n'est que mensonge, madame Gonen, dit l'adolescent d'une voix trouble.

— C'est maintenant que tu mens, rétorquai-je en souriant.

Il tourna les talons et remonta l'escalier en courant. Puis il s'arrêta, bredouilla des excuses comme s'il m'avait bousculée dans sa course.

C'est vendredi soir. La nuit est descendue sur Jérusalem. Au sommet de la colline de Romema le château d'eau baigne dans les dernières lumières. Les rayons du couchant traversent le feuillage comme si la ville était en feu. Une brume légère se déplace lentement vers l'est, caresse de ses doigts pâles les murs et les clôtures. Elle est envoyée en signe de réconciliation. Comme si tout s'évanouissait en silence. Un désir ardent se cache tout autour de la ville. Les grands rochers rejettent leur chaleur et s'abandonnent aux doigts frais de la brume. Un vent léger traverse les cours, soulève des bouts de papier, et les laisse retomber les trouvant sans intérêt. Les voisins vont à la prière du Chabbat[1] dans leurs habits de fête. La caresse d'une voiture lointaine tombe violette sur les aiguilles de pins. Arrête-toi cocher ! Tourne-toi vers moi afin que je puisse te voir, moi aussi.

J'ai mis une nappe blanche. Un bouquet de marguerites jaunes dans un vase. Une bouteille de vin rouge. Michaël coupe une Hala[2]. Yaïr chante trois chants de Chabbat qu'il a appris au jardin d'enfants. Je sers du poisson cuit au four. Nous n'allumons pas de bougies car Michaël trouve cela hypocrite quand on n'est pas pieux.

Michaël commence à raconter à Yaïr des détails sur les événements de 1926. L'enfant n'en perd pas un mot. Il pose une question intelligente en ajoutant : « Terminé. » La façon dont il est assis prouve qu'il écoute attentivement. J'entends moi aussi la voix de mon mari. Il y a également une jolie petite fille en manteau bleu qui va bientôt cogner au carreau avec ses petits poings pour m'appeler. Elle a peur. Elle est au bord du désespoir. Je vois bouger ses lèvres, elle me dit quelque chose, mais je ne peux l'entendre, bientôt elle se taira, je ne verrai plus que

---

1. Chabbat : jour de repos hebdomadaire qui commence vendredi soir avec les premières étoiles, au cours duquel on ne doit ni rouler en voiture, ni écrire.
2. Pain blanc tressé.

son visage, puis plus rien. Mon pauvre père Joseph faisait chaque vendredi la bénédiction sur le vin et sur le pain. Nous allumions aussi des bougies. Mon père ignorait le sens profond des coutumes religieuses. C'est pourquoi il les observait. C'est seulement lorsque mon frère Emmanuel entra dans un mouvement de jeunesse socialiste que tous les rites du Chabbat disparurent de chez nous. Le respect de la tradition était très fragile. Mon père était homme très hésitant.

Un train grimpe au bas de la pente, traverse la colonie allemande, au sud de Jérusalem. La locomotive gémit, essoufflée, caracolant comme si elle allait s'écrouler entre les quais déserts de la gare. Elle crache une dernière fois en sifflant amèrement. Pousse un dernier meuglement dans le silence. Mais il est plus fort qu'elle. Alors elle se réconcilie, refroidit et se calme. C'est vendredi soir. L'attente est indécise. Les oiseaux se sont tus, eux aussi. Peut-être qu'il se trouve maintenant aux portes de la ville. Il chevauche lentement dans les vergers du village de Siloé ou derrière la montagne du Mauvais Conseil. Une lumière jaune court dans les ramifications des lignes électriques jusqu'au village de Dir-Yassine et jusqu'à la banque Générali. L'eau des sources éloignées de la plaine est tirée par de grandes pompes et se précipite dans les conduits. On tourne à peine le robinet et l'eau jaillit claire et froide. Samedi soir. Le calme règne sur toute la ville. Rien ne s'est réalisé. L'attente s'aiguise jusqu'à devenir transparente comme du cristal. Tout s'obscurcit.

— Chabbat Chalom, lui dis-je de loin.

Mon mari et mon fils sont souriants. Michaël me dit :

— Que tu es bien habillée, Hanna. Que cette nouvelle robe verte te va bien !

Au début du mois de septembre, Mme Glick, notre voisine hystérique du troisième étage, a été internée dans un hôpital psychiatrique. Les crises devenaient de plus en plus fréquentes. Entre les crises elle errait dans les escaliers, dans la cour et dans la rue, le visage fermé. Elle était bien en chair, dotée de cette beauté sauvage et piquante qu'ont parfois les femmes sans enfants, vers la quarantaine. Elle était toujours débraillée, comme si elle allait se coucher. Parfois je la saluais, alors elle rougissait et me regardait dans une colère muette. Un jour elle se jeta sur Yoram, le jeune adolescent, et le gifla sur les deux joues, déchira sa chemise en l'injuriant : « Espèce de maquereau, voyeur, sale dégoûtant. »

Un vendredi soir du début du mois de septembre, Mme Glick attrapa les deux bougeoirs allumés du Chabbat et les lança à la figure de son mari. M. Glick vint se réfugier chez nous. Il s'écroula dans le fauteuil, les épaules secouées de sanglots. Michaël éteignit sa pipe, ferma la radio et s'en fut à la pharmacie téléphoner à la police. Au bout d'une heure les infirmiers arrivèrent dans leurs blouses blanches. Ils entraînèrent Mme Glick avec précaution vers l'ambulance en la soutenant de chaque côté. Comme transportée par ses soupirants elle descendit l'escalier en chantonnant gaiement en yiddish. Tous les locataires de la maison étaient sortis sans bruit sur le palier. Yoram Kamnitzer s'était placé près de moi. Il me souffla : « Madame Gonen, madame Gonen. » Il était blanc comme un linge. Je tendis la main vers lui pour lui toucher le bras mais arrêtai mon geste à mi-chemin.

— C'est vendredi aujourd'hui, Chabbat, criait Mme Glick à la porte de l'ambulance. Son mari la suppliait en pleurant :

— Ça ne fait rien, Douba, ce n'est rien. Ça passera, ce n'est qu'un accès d'humeur, Douba. Tout se passera très bien.

Le corps frêle de M. Glick portait des vêtements de fête tout froissés. Sa moustache clairsemée tremblait comme animée d'une vie propre.

Avant que l'ambulance ne se mette en marche, on pria M. Glick de signer une déclaration. Un formulaire détaillé et fastidieux. Michaël lui lut chaque article à la lumière du réverbère et signa en deux endroits pour lui éviter de profaner le Chabbat. Il le soutint ensuite par le bras jusqu'à ce que la rue se vide, et le fit rentrer chez nous pour lui faire boire un café.

C'est peut-être la raison pour laquelle M. Glick devint un habitué de la maison. Il avait appris par les voisins que le Dr Gonen collectionnait des timbres et par bonheur il en avait gardé beaucoup dans une boîte ; comme il n'en avait pas besoin il serait heureux de les lui donner, définitivement, pour toujours. Pardon, Monsieur ne porte pas encore le titre de docteur ? Tous les fils d'Israël sont égaux devant Dieu hormis ceux qu'Il n'aime pas. Les docteurs, les caporaux, les artistes, nous nous ressemblons beaucoup, les différences sont si petites. Voilà l'histoire. La pauvre Mme Douba a un frère et une sœur à Anvers et à Johannesbourg. Ils envoient beaucoup de lettres avec de jolis timbres. Dieu ne lui ayant pas donné d'enfants il n'a donc pas besoin des timbres. Il les lui offre pour toujours. En contrepartie il nous demande de lui permettre de venir nous voir de temps en temps pour consulter l'Encyclopédie hébraïque. Voilà pourquoi : il a soif de culture, il a l'intention de lire les volumes de l'encyclopédie, non pas en un seul jour, bien sûr. Mais quelques pages à chaque visite. Et lui, à son tour, il nous promet de ne pas déranger, de ne pas faire de bruit, de bien s'essuyer les pieds avant d'entrer pour ne pas apporter de boue dans la maison.

C'est ainsi que notre voisin vient souvent nous voir. En dehors des timbres il donne à Michaël le supplément du journal religieux du samedi soir, car il contient une page scientifique. Depuis ce temps-là j'ai droit à une réduction spéciale à la mercerie Glick, rue David-Yeline. Les agrafes, les tringles de cuivre pour rideaux, les boutons, les boucles et les fils à broder, il me les offre littéralement. Et moi je ne sais pas repousser ses cadeaux.

Pendant des années M. Glick avait observé les coutumes religieuses. À présent, voilà l'histoire, à la suite du malheur qui avait frappé Mme Douba, il était en proie à toutes sortes de doutes. Des doutes graves. Il voulait élargir ses connaissances et étudier l'encyclopédie. Il en était déjà à la rubrique « Atlas » et avait appris qu'il ne s'agissait pas seulement d'une soie brillante mais aussi d'un géant grec qui portait le monde entier sur l'épaule. Dernièrement M. Glick avait acquis beaucoup d'idées nouvelles. Et à qui le devait-il ? À la généreuse famille Gonen qui avait été si bonne pour lui. Il voulait la remercier à son tour mais il ne savait pas comment. À moins que nous ne voulions bien accepter un loto géant d'animaux qu'il avait acheté pour notre fils Yaïr.

Nous avons bien voulu l'accepter.

Voici les amis qui viennent d'habitude nous rendre visite :

Mon amie Hadassa et son mari Abba. C'est un employé brillant au ministère du Commerce et de l'Industrie. Hadassa travaille comme téléphoniste dans le même ministère. Ils veulent mettre de l'argent de côté pour s'acheter un appartement dans le quartier de Rehavia, c'est alors seulement qu'ils auront un enfant. Ils rapportent à Michaël des nouvelles politiques qui ne sont pas publiées dans les journaux. Hadassa et moi, nous échangeons des souvenirs de l'école et du mandat britannique.

Des assistants courtois et des maîtres-assistants du département de géologie restent un moment à plaisanter avec Michaël sur le fait que personne ne peut percer à l'Université avant qu'un vieux ne meure. Il devrait y avoir des décrets pour que les jeunes puissent également obtenir le poste qu'ils méritent.

De temps en temps, Liora, du kibboutz Tirat-Yaar, vient chez nous, seule ou avec son mari et ses filles. Ils montent à Jérusalem pour faire des achats et manger une glace, ils viennent prendre de nos nouvelles. Que les rideaux sont beaux et comme la cuisine reluit. Peuvent-ils jeter un coup d'œil sur la salle de bains. On allait construire de nouveaux logements dans leur kibboutz, ils voulaient pouvoir comparer et s'en inspirer. Ils invitent Michaël — de la part du Comité de Culture — à venir faire une conférence, vendredi soir, sur la structure géologique des montagnes de Judée. Ils admirent beaucoup l'existence des savants dont la routine ne dérange jamais le travail scientifique, du moins c'est ce que pense Liora. Elle se souvient de Michaël du temps où il était dans un mouvement de jeunesse : c'était un jeune homme renfermé qui possédait le sens des responsabilités. Bientôt Michaël sera l'orgueil de la classe. Quand il viendra faire sa conférence à Tirat-Yaar, sa famille pourra l'accompagner. L'invitation est collective. Ils ont tant de souvenirs en commun.

Tous les dix jours M. Abraham Kadischmann vient nous voir. Installé en Israël depuis longtemps ce vieil ami de tante Léa dirige une grande firme de chaussures. C'est lui qui s'était renseigné sur ma famille et avait rassuré les tantes avant qu'elles ne m'aient vue la première fois.

Lorsqu'il vient chez nous il laisse son manteau dans le corridor et nous adresse un sourire comme s'il nous apportait l'esprit du vaste monde, comme si nous étions restés à l'attendre depuis sa dernière visite. Il aime beaucoup le cacao. Il discute avec Michaël du gouvernement. M. Kadischmann compte parmi les membres actifs du siège de Jérusalem du mouvement de droite. Ils reprennent toujours la même discussion : l'assassinat du leader socialiste Arlozorov, la discorde entre les mouvements clandestins antibritanniques, et le bateau *Altalena* coulé par le gouvernement. Je ne comprends pas l'intérêt que Michaël trouve à fréquenter M. Kadischmann. Peut-être le goût pour la pipe, ou le jeu d'échecs, ou encore son refus de repousser un homme solitaire. Il compose des vers avec le nom de notre fils :

> *Qu'il nous éclaire et nous soutienne*
> *De son flambeau, Yaïr Gonen !*

ou

> *Réveille, Yaïr, les endormis de la nation*
> *Pour les conduire au mur des lamentations.*

Je sers le thé, le café ou le cacao. Je pousse la table roulante jusque dans le salon englouti dans la fumée de leurs pipes. M. Glick, mon mari, et M. Kadischmann sont autour de la table comme des jeunes gens à un anniversaire. M. Glick me lance un regard de côté, et bat des paupières comme s'il craignait que je ne le vexe profondément. Les deux autres sont penchés sur le jeu d'échecs. Je coupe le gâteau et pose une tranche sur chaque assiette. Les invités font des compliments à la maîtresse de maison. Je souris poliment mais le cœur n'y est pas. La conversation bat son plein à peu près comme ceci :

— Dans le temps nous disions : « Que les Anglais partent et tout ira bien », commence M. Glick avec hésitation. Les Anglais sont déjà partis mais rien ne s'est arrangé.

M. Kadischmann :

— C'est parce que notre État est tombé entre les mains de petites gens. Votre Altermann a écrit quelque part que Don Quichotte combattait avec courage mais que Sancho triomphait toujours.

— À quoi bon tout expliquer par la bonne ou la mauvaise volonté. La politique est menée par des forces objectives et faite de processus objectifs.

M. Glick :

— Au lieu de donner l'exemple aux nations nous sommes devenus comme elles, et qui sait si nous ne comptons pas parmi les pires.

M. Kadischmann :

— Parce que ce sont de petits bedeaux qui administrent le troisième peuple. De petits caissiers de rien du tout, comme dans les kibboutzim, au lieu du Roi, le Messie. Peut-être que nos chers enfants de la génération de Yaïr Gonen, cet enfant si doué, réussiront-ils à relever l'orgueil de notre peuple quand ils seront grands.

Et repoussant distraitement le Mascara du côté des invités j'ajoute parfois :

« Il ne faut pas se soumettre à l'esprit du moment », ou alors : « Il faut vivre avec son temps », ou encore : « C'est l'envers de la médaille. »

Je dis ces choses-là pour ne pas rester muette toute la soirée et faire croire à du mépris. La douleur est fulgurante : comment ai-je été amenée là. Le

192

Nautilus. Le *Dragon*. Les îles. Que le beau chauffeur de taxi de Boukhara, Rahamim Rahmimoff, vienne ! Qu'il klaxonne bien fort ! Mme Yvonne Azoulaï est prête à partir. Elle se lève et elle sort. Elle n'a même pas besoin de se changer. Elle est tout à fait prête. À présent.

XXVIII

Les jours se ressemblent tous. Je n'oublie rien. Je ne livrerai pas une miette aux griffes froides du temps. Je le déteste. Comme le divan, les fauteuils et les rideaux, les jours sont de la même couleur à quelques nuances près. Une petite fille intelligente, en manteau bleu, une jardinière d'enfants avec des varices, entre les deux une paroi de verre qui perd sa transparence malgré les efforts désespérés pour la nettoyer. Yvonne Azoulaï est restée en arrière. Un vil escroc l'a trompée. Un jour ma meilleure amie, Hadassa, m'a raconté l'histoire de notre directeur de lycée qui souffrait d'un cancer. Lorsque le médecin le mit au courant de son état il s'exclama avec colère : mais j'ai toujours payé mes cotisations à temps, et pendant la guerre je me suis porté volontaire dans les services sanitaires malgré mon âge. J'ai pourtant fait de la gymnastique et suivi un régime. Je n'ai jamais fumé une cigarette. Et puis mon livre sur les éléments de la grammaire hébraïque...

De pauvres arguments. Mais la tromperie est, elle aussi, bien misérable. Je ne pose pourtant pas des conditions exagérées. Je désire que la paroi de verre reste transparente. C'est tout.

Yaïr grandit de jour en jour. L'année prochaine nous l'enverrons à l'école. Il ne s'ennuie jamais. Michaël dit :

« C'est un enfant qui se suffit à lui-même. »

Dans le bac de sable de la cour, je m'amuse à construire un tunnel avec Yaïr. Ma main creuse en direction de sa petite main jusqu'à ce que nous nous touchions sous l'épaisseur de sable. Alors il lève sa tête intelligente et me dit doucement :

« Nous nous sommes rencontrés. »

Un jour Yaïr me posa une question :

« Maman, imagine que je sois Aaron et qu'Aaron, c'est moi. Comment saurais-tu lequel des deux enfants aimer ? »

Il est capable de jouer une heure ou deux sans faire de bruit. À un tel point que le silence m'effraie soudain. Je cours dans sa chambre complètement affolée. Un accident. L'électricité. Il lève vers moi un visage calme et me dit d'un air étonné mais prudent : « Qu'est-ce que tu as, maman ? »

C'est un enfant propre et réfléchi. Un enfant équilibré. Il rentre parfois giflé et battu mais refuse de donner des explications, les yeux éteints. Enfin sous les menaces et les supplications il explique :

« On s'est bagarré. Les enfants se sont mis en colère. Moi aussi. Je m'en fiche et je n'ai pas mal. On se met parfois en colère. C'est tout. »

Extérieurement mon fils ressemble à Emmanuel, mon frère, avec ses épaules robustes, sa tête massive, ses mouvements endormis. Mais il n'a rien de sa gaieté franche et débordante. Lorsque je l'embrasse, il se recroqueville comme s'il s'entraînait à souffrir en silence. Lorsque je lui raconte quelque chose pour le faire rire, il m'écoute en m'examinant. De côté. Avec compréhension et sérieux. Comme s'il se demandait pour quels motifs j'avais choisi justement cette histoire. Les objets l'intéressent beaucoup plus que les mots ou les gens : un ressort. Un robinet. Des boulons. Des bouchons. Des clés.

    Les jours se ressemblent tous. Michaël va travailler et rentre à trois heures de l'après-midi. Tante Génia lui a déjà offert une serviette neuve car celle que lui avait offerte son père pour son mariage était partie en miettes. Des rides se creusent dans la partie inférieure de son visage. Ce qui lui donne une expression d'ironie froide et amère étrangère à Michaël. La rédaction de sa thèse progresse tout doucement, non pas par négligence. Tous les soirs Michaël consacre deux heures à ses recherches, entre le bulletin d'informations de neuf heures et celui de onze heures. Les soirs où nous n'avons pas de visites et où il n'y a pas d'émission intéressante à la radio, je demande à Michaël de m'en lire quelques pages. Le calme de sa voix égale. La lumière de sa lampe de travail. Ses lunettes. Le repos de son corps dans le fauteuil lorsqu'il parle de l'irruption des forces volcaniques, ou du refroidissement des couches cristallines. Mon mari est retenu et calme. Je me souviens parfois d'un petit chat, gris-blanc, que nous avions appelé Candide. Le saut boiteux du petit chaton essayant d'attraper un papillon au plafond.

    Nous avons eu quelques petits ennuis de santé. Évidemment, depuis l'âge de quatorze ans, Michaël n'est jamais tombé malade. Moi non plus, je me suis cantonnée dans les petits rhumes. Mais Michaël a souvent des aigreurs d'estomac. Le Dr Aurbach lui a défendu les grillades. Je souffre de contractions douloureuses à la gorge. Plusieurs fois je suis restée aphone pendant quelques heures.

Parfois nous avons une petite dispute. Suivie d'une calme réconciliation. D'abord nous nous accusons, puis, nous nous repentons et nous accusons nous-mêmes. Nous sourions comme deux étrangers qui se sont bousculés par hasard dans un escalier obscur : confus mais très courtois.

Nous avons acheté un réchaud à gaz. L'été prochain nous aurons aussi une machine à laver électrique. Nous nous sommes déjà inscrits aux bureaux de la firme et avons versé un premier acompte. Grâce à l'intervention de M. Kadischmann nous avons eu droit à une réduction importante. Nous avons peint les murs de la chambre de Yaïr en bleu. Michaël a ajouté une étagère à la bibliothèque de son bureau, autrefois le balcon. Par la même occasion nous avons installé deux étagères de livres dans la chambre du petit.

Tante Génia est venue passer les fêtes du nouvel an avec nous. Elle est restée quatre jours à cause du pont entre la fête et le samedi. Elle a vieilli et s'est durcie. Une terrible expression de douleur s'est figée sur ses traits, comme un vilain sanglot. Elle fume beaucoup malgré de fortes crises cardiaques. Dans un pays chaud et agité les médecins mènent une vie dure.

Michaël et moi, nous sommes allés nous promener avec tante Génia au mont Herzl et au mont Sion. Nous avons visité aussi le nouveau campus universitaire qui se construit sur une colline. La tante avait apporté un roman polonais sous une reliure marron et lisait dans son lit jusqu'au matin.

— Pourquoi ne dors-tu pas, tante Génia ? Tu devrais profiter de tes vacances pour bien te reposer.

— Toi non plus, tu ne dors pas, Han'ka. À mon âge, c'est permis. Pas à ton âge.

— Je vais te faire du thé à la menthe. Ça fait dormir et tranquillise.

— Mais le sommeil, Han'ka, ne me calme pas. Je te remercie.

À la fin de la fête, tante Génia nous a demandé :

— Si vous avez décidé de ne pas quitter cet appartement affreux, pourquoi ne faites-vous pas un autre enfant ?

Michaël réfléchit un peu. Puis il dit en souriant :

— Nous y avons pensé, peut-être lorsque j'aurai terminé ma thèse de doctorat...

Et moi :

— Non. Nous n'avons pas encore renoncé à changer d'appartement. Nous aurons un bel appartement. Et nous irons à l'étranger.

Tante Génia dans un accès de tristesse et de colère :

— Eh bien, le temps passe, le temps passe et vous vivez comme si les années s'étaient arrêtées pour vous attendre, mais elles n'attendent personne.

Deux semaines plus tard, à la fête de Souccoth, je fêtai mes vingt-cinq ans. J'ai quatre ans de moins que mon mari. Lorsque Michaël aura soixante-dix ans, je serai une femme de soixante-six ans. Pour mon anniversaire mon mari m'a acheté un électrophone et trois disques de musique classique : Bach, Beethoven et Schubert. C'était le début de notre phonothèque. Si tu collectionnais des disques, me dit Michaël, tu irais mieux. Il avait lu dans un livre que la musique apaisait. Collectionner aussi apaisait. Lui aussi collectionnait des pipes, et des timbres pour Yaïr. Je voulus lui demander si lui aussi cherchait à se calmer. Mais je ne voulais pas de son sourire. C'est pourquoi je ne demandai point.

Yoram Kamnitzer avait appris par Yaïr que c'était mon anniversaire. Sa mère l'avait envoyé chez nous emprunter la planche à repasser. Soudain, il tendit le bras en avant, avec brusquerie, pour me donner un paquet enveloppé dans du papier marron. En ouvrant j'aperçus un recueil de poésies de Jacob Fichmann. Sans me donner le temps de le remercier le jeune garçon remonta l'escalier. C'est sa petite sœur qui le lendemain me rendit la planche à repasser.

La veille des fêtes de Souccoth, je suis allée chez le coiffeur me faire couper les cheveux très courts. Je me suis fait faire une coupe à la garçon.

Michaël me dit :

« Qu'est-ce qui te prend, Hanna, je n'arrive pas à comprendre ce qui te prend. »

Ma mère m'a envoyé, du kibboutz Nof-Harim, un colis pour mon anniversaire contenant deux nappes vertes, brodée chacune d'une guirlande de cyclamens violets. Une broderie fine et délicate.

Puis, pendant la semaine de Souccoth, nous sommes allés visiter le zoo biblique perché au sommet d'une colline rocailleuse. Le zoo se trouve à dix minutes de chez nous mais on s'y croirait sur une autre planète. Au pied du bois s'étale un pays vide. Des oueds serpentent avec une régularité grossière. Le vent caresse les cimes des pins. J'ai vu des oiseaux sombres foncer dans un désert d'azur. Je les ai accompagnés du regard et pour un instant les dimensions ont cessé d'exister : ce n'étaient plus les oiseaux qui volaient dans les airs mais moi qui tombais, tombais toujours. Un vieux gardien me toucha l'épaule en m'implorant : « Par ici, madame, par ici ! »

Michaël expliqua à son fils les différences qui existaient entre les animaux diurnes et les animaux nocturnes. Il utilisait des mots simples et très peu d'adjectifs. Yaïr posa une question. Michaël répondit. Je n'entendis pas les propos mais les voix et le bruit du vent, le cri des singes dans leur cage. La lumière les soûlait, ils s'étaient livrés à des jeux pervers. Je ne pouvais pas rester indifférente à ce spectacle. Cela provoquait en moi cette joie mauvaise qui me saisit quand je rêve que des étrangers m'humilient. Un vieux en manteau gris, le col relevé, se tenait près de la cage aux singes. Il s'appuyait des deux mains sur un bâton sculpté. Jeune et svelte, dans ma robe d'été, je passai exprès entre la cage et l'homme. Mais il ne cessa de regarder la cage comme si j'étais transparente, comme si l'accouplement des singes se prolongeait à travers ma chair :

— Où regardez-vous, monsieur ?

— Pourquoi le demandez-vous, madame ?

— Vous me vexez, monsieur.

— Madame serait donc sensible. Madame est très sensible.

— Monsieur va-t-il partir ?

— Je rentre chez moi, madame.

— Où habitez-vous, monsieur ?

— Pourquoi le demandez-vous ? Vous n'avez pas le droit. Moi, je reste à ma place, vous à la vôtre.

— Qu'avez-vous ?

— Que suis-je pour vous ?

— Que monsieur veuille bien me pardonner si je lui ai prêté de mauvaises intentions.

— Madame est fatiguée, elle parle toute seule ; je ne comprends pas ce qu'elle dit, comme si elle ne se sentait pas bien.

— On entend une musique lointaine, monsieur, est-ce un orchestre qui joue dans le lointain ?

— Ce qu'il y a derrière les arbres, je ne saurais le dire, madame, je ne peux me fier à une femme étrangère et malade.

— J'entends une musique, monsieur.

— Des illusions, ma fille, ce sont les singes qui hurlent de plaisir. Ce sont des cris pervers.

— Non, je ne veux pas vous croire, monsieur, vous me trompez. Il y a maintenant un défilé de l'autre côté du bois et des maisons, dans la rue des Rois d'Israël. La jeunesse défile et chante, là-bas. De robustes policiers trottent à cheval et les musiciens de l'orchestre militaire ont des uniformes blancs à galons dorés. Monsieur, vous me trompez, vous voulez m'isoler jusqu'à ce que je sois vide. Je ne vous appartiens pas encore, mais je ne me ressemble déjà plus, je ne vous laisserai pas me berner avec des mots, monsieur. Si les loups maigres et gris tapotent tout doucement avec leurs pattes molles les barreaux, leurs cages s'évanouissent autour d'eux, leurs mâchoires tombent, leur museau est humide, leur fourrure sale, dégouttante de bave, c'est nous qu'ils veulent toucher, c'est à nous qu'ils en veulent dans leur colère, maintenant, avidement.

XXIX

Les jours se ressemblent tous. L'automne viendra.
L'après-midi le soleil darde ses rayons par la fenêtre.
Il grave des rais de lumière sur le tapis et la housse
des fauteuils. À chaque frémissement du feuillage
dans la cour les rayons de lumière projettent un halo
d'ombre légère. Dans un mouvement nerveux et
compliqué. Chaque soir l'incendie se ranime dans le
figuier. Les voix des enfants qui jouent sont comme
l'écho d'une sauvagerie lointaine. Viendra l'automne. Je me souviens qu'étant petite papa me disait
qu'à l'automne les gens semblaient plus calmes, plus
intelligents.

Être calme et intelligent : quel ennui.

Un soir, vint nous voir Yardena, l'amie de Michaël
du temps où il était encore étudiant. Elle avait
apporté avec elle un torrent de gaieté communica-
tive. Ils avaient commencé, elle et mon mari, leurs
études ensemble, mais voilà, Michaël avait atteint
les sommets de la gloire alors qu'elle, elle avait vraiment honte de le dire, elle pataugeait encore dans un
maudit mémoire de fin d'études.

Elle a de grosses cuisses, elle est grande, porte une
jupe étroite et courte. Ses yeux aussi sont verts. Une
abondante chevelure blonde lui coule dans le dos.
Elle est venue demander à Michaël de l'aider à rédi-

ger son mémoire. Dès le premier jour elle avait remarqué sa grande intelligence. Il fallait qu'il la sauve.

Yardena traita affectueusement Yaïr de « petit polisson », et moi m'appela « ma douce ».

— Ma douce, ça ne te fait rien si je te souffle ton homme pour une p'tite heure ? S'il n' m'explique pas maintenant c' foutu « Davis », je m' jette du haut du toit. C'est à devenir dingue !

Elle lui toucha les cheveux en disant cela comme s'il lui appartenait. Elle lui caressa les cheveux de sa large main pâle, de ses doigts effilés ornés de deux grosses bagues. Je lui montrai un visage fermé. J'en eus honte aussitôt. J'essayai de lui répondre sur le même ton :

— Prends-le. Gratis. Je te l'offre. Y compris votre Davis.

— Ma douce, me dit-elle en riant amèrement, ne dis pas ça, tu t'en repentirais trop ensuite. Tu n'as pas l'air d'être aussi forte que ça.

Michaël trouva moyen de sourire. Les commissures de ses lèvres tremblaient. Il alluma sa pipe et invita Yardena à passer dans son bureau. Ils restèrent ensemble, à sa table, une demi-heure ou une heure. La voix de Michaël était grave et sévère, Yardena réprimait sans cesse des gloussements. En entrant dans le bureau avec la table roulante qui portait le café et les biscuits, je vis leurs deux têtes émerger de la fumée de la pipe, l'une blonde, l'autre grise.

« Ma douce, à te voir, tu n'as pas du tout l'air bouleversée d'avoir mis la main sur un p'tit génie. À ta place je l'avalerais vivant. Mais toi, ma douce, tu ne m'as pas l'air très gourmande. Non, tu n'as rien à craindre. J'aboie beaucoup mais ne mords que très peu. Maintenant tu vas nous excuser, nous terminons la leçon, que je puisse te restituer ton agneau innocent et son intelligence. C'est un petit polisson, votre gosse : il est là tranquillement dans un coin à me regarder comme son père, timide mais intelligent. Enlève-moi ce gosse ou je vais faire un malheur ! »

J'allai dans la cuisine. Des rideaux bleus à fleurs ornaient la fenêtre. Accrochée au balcon, une grande cuvette. J'y lave mon linge en attendant la machine électrique que nous aurons l'été prochain. Sur le rebord du balcon une plante morte et une lampe à pétrole couverte de suie. Les pannes de courant sont fréquentes à Jérusalem. Pourquoi me suis-je coupé les cheveux, murmurai-je entre mes dents. Yardena est grande, splendide, elle a un rire chaud et puissant. Je vais préparer le dîner.

Je descendis en vitesse chez Eliahou Mochia, le marchand de légumes persan. Il allait déjà fermer. Deux minutes plus tard je ne l'aurais pas trouvé, me dit-il gaiement. J'ai acheté des tomates. Des concombres. Du persil. Des poivrons, des verts et des rouges. Le marchand de légumes riait de me voir troublée, empotée. J'ai pris le panier à deux mains et j'ai couru à la maison. Je me suis arrêtée un moment, affolée : je n'avais pas la clé. J'avais oublié de la prendre avec moi.

Mais qu'importe, Michaël et l'invitée se trouvaient à la maison. La porte n'était pas fermée. D'ailleurs nous en avions confié un double aux Kamnitzer, nos voisins, en cas d'imprévu.

Je m'étais dépêchée pour rien. Yardena était déjà dans l'escalier en train de dire au revoir à mon mari, n'en finissant pas de lui dire au revoir. Elle avait appuyé sa jambe bien galbée contre les barreaux de la rampe. Une odeur de sueur et de parfum avait envahi la cage de l'escalier, agréable et brûlante. J'étais essoufflée d'avoir couru et d'avoir eu peur pour la clé.

« En une demi-heure, ton timide de mari a résolu un problème que j'aurais mis six mois à élucider. Je ne sais pas comment vous remercier. Tous les deux. »

Elle lâcha ces mots et soudain tendit vers moi deux doigts soignés pour m'ôter du menton une pellicule ou un cil.

Michaël ôta ses lunettes et arbora un sourire tranquille. Je l'attrapai soudain par le bras et m'appuyai contre lui. Yardena se mit à rire. Puis elle partit. Nous sommes rentrés à la maison. Michaël a allumé la radio. J'ai préparé une salade de légumes.

La pluie s'est fait attendre. Un froid vif traverse la ville. Le poêle électrique est resté allumé toute la journée dans l'appartement. Les vitres se sont de nouveau couvertes de buée. Avec son doigt, mon fils trace des signes sur le carreau. Je me tiens parfois derrière lui mais je n'arrive pas à les déchiffrer.

Vendredi soir Michaël a grimpé sur l'échelle pour monter la valise des vêtements d'été et descendre celle des vêtements d'hiver. J'ai détesté tous mes habits de l'année dernière. La robe à la taille haute me semblait maintenant celle d'une vieille femme.

Après le Chabbat je suis allée en ville faire des achats. Comme mue par une impulsion je n'ai pas cessé d'acheter. En une matinée j'ai dépensé le salaire de tout un mois. Un manteau vert, des chaussures fourrées très élégantes, une paire de chaussures de daim, trois robes à manches longues, une veste sport orange à fermeture Éclair, pour Yaïr, un costume de marin en laine anglaise, pour l'hiver.

Puis, j'ai marché vers l'ouest le long de la rue Yaffo et suis passée devant le magasin d'appareils électriques que tenait mon pauvre père il y a bien des années. J'ai posé mes paquets à l'entrée. Je suis restée plantée devant un étranger. L'homme m'a demandé ce que je voulais. Sa voix était patiente, je lui en sus gré. Même lorsqu'il répéta sa question, il n'éleva pas la voix. Dans la pénombre, au fond du magasin, on apercevait l'entrée de l'arrière-boutique, en contrebas, à laquelle on accédait par deux marches. C'est là que papa exécutait ses petits travaux de réparation. C'est là que je lisais les livres d'aventures destinés aux garçons, quand je venais voir mon père au magasin. C'est encore là que deux fois par jour, mon père se faisait un verre de thé, le matin à dix heures, l'après-midi à cinq heures. Pendant dix-neuf ans papa s'était fait infuser du thé deux fois par jour, à dix heures et à cinq heures, été comme hiver.

Une fille laide, une poupée chauve à la main, est sortie de l'arrière-boutique. Elle avait les yeux rouges d'avoir pleuré.

« En quoi puis-je vous être utile ? » demanda l'étranger pour la troisième fois. Sa voix ne trahissait aucun étonnement. Je voudrais un rasoir électrique, qui puisse épargner la corvée du rasage à mon mari. Il se rase comme un adolescent. En s'éraflant la peau avec son rasoir de barbier, jusqu'au sang. Il oublie des poils sous le menton. Le rasoir le plus cher et le meilleur que vous ayez. Je voudrais lui faire une surprise.

Je comptai ce qui me restait dans le porte-monnaie ; soudain le visage de la petite fille laide s'éclaira : il lui semblait me reconnaître. N'étais-je par le Dr Koupermann du dispensaire de la caisse de maladie à Katamon ? Non, mon petit. Tu me confonds avec une autre. Je m'appelle Mme Azoulaï et je suis dans l'équipe de tennis. Merci et au revoir, à vous deux. Vous devriez allumer un poêle. Il fait froid ici. Ce magasin est humide.

Michaël fut sidéré de voir les paquets que j'avais rapportés de la ville :

— Qu'est-ce qui te prend, Hanna. Je n'arrive pas à comprendre.

— Tu te souviens sans doute de l'histoire de Cendrillon ? Le prince l'a choisie car elle a le plus petit pied du royaume, quant à elle, elle veut épouser le prince pour faire râler sa belle-mère et ses méchantes sœurs. Ne crois-tu pas comme moi que le prince et Cendrillon ont pris la décision de fonder un foyer pour des raisons futiles et enfantines ? Un petit pied ! Michaël, ce prince est bête et Cendrillon une imbécile. C'est pourquoi ils sont faits l'un pour l'autre et vont vivre heureux jusqu'à leur dernier jour.

— Ça me dépasse, se plaignit Michaël avec un rire sec, c'est trop fort pour moi, ton allégorie. La littérature et ses symboles ne sont pas de mon domaine. Je t'en prie, Hanna, dis-moi ce que tu voulais dire. Mais simplement si ça en vaut la peine.

— Non, Michaël, ce n'est vraiment pas important. Je ne sais pas au juste ce que je voulais te dire. Je ne sais plus. J'ai acheté tous ces vêtements pour mon plaisir, et le rasoir pour ton plaisir.

— Ne suis-je pas assez gai, Hanna, demanda Michaël avec calme. Et toi, n'es-tu pas assez heureuse ? Qu'est-ce qui t'a pris, Hanna, je n'arrive pas à comprendre, qu'est-ce qui te poursuit toujours.

— Il y a une chanson d'enfant dans laquelle une petite fille demande : Mon petit clown, veux-tu danser avec moi ? Et quelqu'un lui répond : le petit clown est gentil, il danse avec n'importe qui. Michaël est-ce vraiment une réponse suffisante à la question de la petite fille ?

Michaël veut répondre quelque chose. Il se ravise. Se tait. Il a déballé les paquets. Posé chaque chose à sa place. Il est allé dans son bureau. Au bout de quelque temps, il est revenu, hésitant. Il m'a dit que je l'obligeais à emprunter à un ami pour finir le mois, peut-être à M. Kadischmann. Et pourquoi ? Pourquoi, il voulait comprendre. Il devait bien y avoir une raison quelque part dans le ciel ou sur terre.

— On devrait utiliser le mot « raison » avec prudence, c'est toi-même qui me l'as appris, Michaël, il y a à peine six ans.

XXX

C'est l'automne à Jérusalem. La pluie se fait attendre. Le ciel est d'un bleu profond, comme celui d'une mer calme. Un froid sec vous transperce. Quelques nuages sont entraînés vers l'est. Tôt le matin ils se glissent entre les maisons comme un convoi silencieux. Ils jettent un voile sur les coupoles de pierre glacée. Dès les premières heures de l'après-midi, le brouillard descend sur la ville. À cinq heures, cinq heures et quart, il fait déjà nuit. Les réverbères ne sont pas nombreux à Jérusalem. Ils diffusent une lumière jaune et fatiguée. Dans les cours et les ruelles traînent les feuilles mortes. Un avis de décès rédigé dans un style concis a été apposé dans notre rue : *Nahoum Hanoun, l'un des pères de la communauté de Boukhara, nous a quittés, rassasié de jours*. J'aime le nom de Nahoum Hanoun. Rassasié de jours. Et la mort.

M. Kadischmann est venu, sombre, ému, emmitouflé dans sa pelisse russe :

— Bientôt la guerre va éclater. Cette fois-ci nous prendrons Jérusalem, Hebron, Beit-Lehem et Naplouse. Dieu s'est montré charitable envers nous : s'il a privé nos dirigeants de bon sens, il a rendu nos ennemis stupides. Comme s'il prenait d'une main et rendait de l'autre. Ce que n'a pas fait l'intelligence des Juifs, la bêtise des Arabes le fera. Bientôt une grande guerre va éclater, bientôt les lieux saints seront de nouveau à l'intérieur de nos frontières.

— Depuis la destruction du temple, répéta Michaël comme son père Yehezquel aimait le dire, depuis la destruction du temple, la prophétie t'a été confiée, à toi ou bien à moi. Si vous me demandez ce que j'en pense, on ne se battra ni pour Hebron, ni pour Naplouse, mais pour Gaza et pour Rafi'ah.

Je lui dis en riant :

— Vous êtes fous tous les deux, messieurs.

Les cours dallées sont recouvertes d'un tapis d'aiguilles mortes. C'est l'automne, épais et dur. Le vent balaye des cadavres de feuilles dans les cours désertes. À l'aube on entend grincer les vérandas de tôle du quartier Mekor-Barouch. Le rythme abstrait du temps ressemble à l'ébullition des cristaux, au fond d'une éprouvette : limpide, merveilleuse et toxique. La nuit du dix octobre, au petit matin, j'entendis au loin vrombir les moteurs lourds. Un roulement de tonnerre étouffé comme pour réprimer une énergie débordante. On faisait démarrer des tanks entre les murs de la caserne Schneller. Ils rugissaient sourdement sur leurs chenilles. Je les comparai à de méchants chiens en colère tirant violemment sur leur chaîne.

Le vent aussi se met de la partie. Il retourne les ordures dans les rues, soulève des tourbillons de poussière et les projette contre le vieux volet. Il promène les morceaux déchirés d'un journal jaune et crée des fantômes dans la nuit. Il secoue les réverbères et fait danser des ombres maladives. Les passants marchent courbés sous la violence des rafales qui parfois s'emparent d'une porte abandonnée, elle se fracasse et l'on entend des débris de verre dans le

210

lointain. Le poêle reste allumé toute la journée. Nous ne l'éteignons pas la nuit non plus. Les speakers à la radio ont des voix gaies ou graves. Une certaine tension amère et prolongée est prête à éclater en une colère folle.

À la mi-octobre Eliahou Mochia, le marchand de légumes persan, fut mobilisé. Sa fille Levana tient le magasin à sa place. Elle a un visage pâle, une voix très douce. C'est une jeune fille timide. J'aime ses modestes tentatives pour plaire. Dans sa confusion elle mord sa natte blonde. Elle est touchante. La nuit j'ai rêvé de Mikhaël Strogoff. Il se tenait devant de nobles tartares, au crâne rasé, au visage abruti et cruel. Il supportait son supplice en silence sans livrer son secret. Il avait de merveilleuses lèvres sensuelles. Un acier bleuté coulait dans ses yeux.

À midi Michaël commenta les informations à la radio : il existe, si ma mémoire est bonne, un principe bien établi, fixé par Bismarck, le Chancelier de Fer, selon lequel en présence d'une alliance d'ennemis, on doit s'attaquer au plus fort. Il en sera ainsi cette fois également, pensait mon mari avec calme. Nous terrifierons d'abord la Jordanie et l'Irak, puis nous nous retournerons d'un seul coup pour frapper l'Égypte.

Je regardai mon mari comme s'il m'avait soudain parlé en sanscrit.

XXXI

C'est l'automne à Jérusalem.

Chaque matin je ramasse les feuilles mortes sur le balcon de la cuisine. D'autres feuilles tombent à leur place. Elle s'effritent entre mes doigts. Dans un bruissement sec.

La pluie se fait attendre. Plusieurs fois j'ai cru voir tomber les premières gouttes. Je suis vite descendue dans la cour retirer le linge des cordes. Mais la pluie n'était toujours pas là. Seul un vent humide me donnait la chair de poule. J'étais enrouée, enrhumée. J'avais très mal à la gorge le matin. On sentait une certaine tension en ville. Un silence nouveau avait touché les choses.

Chez l'épicier, les voisines racontaient que la légion arabe installait ses canons autour de Jérusalem. Les rayons furent vidés de leurs bougies, de leurs boîtes de conserve et de leurs lampes à pétrole. J'ai acheté, moi aussi, un paquet de pain azyme.

La nuit, des gardes ont tiré dans le quartier de Sanhedria. Dans le bois de Tell-Arza on a posté des troupes d'artillerie. J'ai vu des réservistes étaler des filets de camouflage sur le champ qui se trouve derrière le zoo biblique. Ma meilleure amie Hadassa est venue nous dire ce que lui avait raconté son mari : la séance du gouvernement s'était prolongée jusqu'au petit matin et les ministres en étaient sortis très agités. La nuit, des trains pleins de soldats montent à Jérusalem. Dans le café Allenby, rue King-George, j'ai vu quatre beaux officiers français. Ils portaient des képis, des épaulettes d'un pourpre éclatant comme je n'en avais vu qu'au cinéma.

Et dans la rue David-Yeline, en rentrant de la coopérative, chargée de filets à provisions, j'ai croisé trois parachutistes en tenue léopard. Ils portaient leurs mitraillettes en bandoulière. Ils attendaient à l'arrêt de l'autobus nº 15. L'un d'entre eux, brun et fort me lança : « ma poupée ». Ses amis rirent. J'ai bien aimé leur rire.

Mercredi matin, une vague de froid s'est engouffrée dans la maison. Il n'avait pas encore fait aussi froid cet hiver. Je me suis levée nu-pieds pour aller recouvrir Yaïr. Le froid vif sous mes pieds me fut agréable. Michaël soupira profondément dans son sommeil. La table et les fauteuils faisaient des masses d'ombre. Je me suis mise à la fenêtre. J'avais gardé un bon souvenir de ma diphtérie, quand j'avais neuf ans. Le pouvoir de donner des ordres aux rêves afin qu'ils continuent à me transporter au-delà du réveil. La domination froide. Le jeu des masses gris pâle et gris sombre flottant dans l'espace.

Je me suis mise à la fenêtre toute frémissante de joie et d'espoir. À travers les fentes du volet, j'apercevais le soleil enveloppé de nuages rougeâtres qui essayaient de percer le voile fragile de la brume matinale. Quelques instants plus tard, il trouait les nuages. Il éclaira les cimes et incendia les cuvettes de zinc sur les balcons arrière. Envahie de désir. Pieds nus en chemise je collai mon front au carreau.

Des fleurs de givre s'étaient épanouies sur la vitre. Une femme matinale, en peignoir, sortait sa poubelle. Elle avait comme moi les cheveux en désordre.

Le réveil hurla.

Michaël rabattit la couverture. Les paupières collées, le visage bouffi, il marmonna d'une voix brisée :

— Qu'est-ce qu'il fait froid. Sale journée.

Puis il ouvrit les yeux et fut surpris de me voir.

— Tu es devenue folle, Hanna ?

Je me retournai vers lui, muette. J'étais de nouveau aphone. J'essayai de parler mais une douleur intense me monta à la gorge. Michaël me saisit par le bras et m'entraîna vers le lit.

— Tu es complètement folle, Hanna, répéta-t-il avec crainte. Tu es malade.

Il m'effleura le front de ses lèvres molles :

— Tu as le front chaud et les mains froides. Tu es malade, Hanna.

Je continuai à grelotter très fort même entre les couvertures. Mais j'étais envahie d'une sorte de joie, comme je n'en avais pas éprouvé depuis mon enfance. Je brûlais de bonheur. Je riais, riais sans voix.

Michaël s'habilla, mit sa cravate à carreaux et la fixa avec une petite épingle. Il alla dans la cuisine me préparer une tasse de thé au lait qu'il sucra avec deux cuillerées de miel. Je ne pouvais pas avaler. Je me brûlai la gorge. C'était une nouvelle douleur. Plus elle était forte plus je l'aimais.

Michaël posa la tasse sur le tabouret près de mon lit. Je lui souris du bout des lèvres. J'étais comme un écureuil qui lancerait de petites pommes de pin sur un vilain ours. Cette douleur était mienne et je la savourais.

Michaël se rasait. Il avait augmenté le volume de la radio pour écouter les informations à travers le bourdonnement du rasoir électrique. Puis il le net-

214

toya en soufflant dessus et ferma le poste. Il descendit à la pharmacie téléphoner à notre médecin, le Dr Aurbach de la rue Alphendari. À son retour il se dépêcha d'habiller Yaïr pour l'envoyer au jardin d'enfants. Ses gestes étaient précis comme ceux d'un soldat bien entraîné.

— Il fait un froid terrible dehors. Surtout ne te lève pas. J'ai téléphoné aussi à Hadassa. Elle a promis de nous envoyer sa bonne pour s'occuper de toi et faire la cuisine. Le médecin a dit qu'il viendrait à neuf heures ou à neuf heures et demie. Hanna, je voudrais que tu fasses un dernier effort pour boire le lait chaud.

Mon mari se tenait droit devant moi, comme un jeune garçon, la tasse bien calée dans sa main. Je repoussai la tasse et lui pris l'autre main. J'embrassai ses doigts. Je ne voulais pas encore réprimer mon rire. Michaël me proposa d'avaler un cachet d'aspirine. Je refusai d'un hochement de tête. Il haussa les épaules, d'une manière très étudiée. Il s'était enroulé un cache-nez autour du cou et avait mis son chapeau. Il me dit en sortant :

— Rappelle-toi, Hanna. Il ne faut pas que tu te lèves avant l'arrivée du Dr Aurbach. J'essayerai de rentrer tôt. Tu dois rester calme. Tu as pris froid, Hanna, c'est tout. Ce n'est pas plus grave que ça. Il fait froid dans cette maison. Je vais approcher le poêle.

Dès que la porte fut refermée derrière mon mari, je sautai hors de mon lit, pieds nus, pour me remettre à la fenêtre. J'étais une enfant sauvage et désobéissante. Je forçais ma voix pour crier et chanter comme si j'étais saoule. La douleur et le plaisir ne faisaient que s'attiser l'un l'autre. Une douleur bouillante et douce. Je gonflai mes poumons. Je rugis. Je gémis et poussai des cris de bêtes et d'oiseaux comme nous faisions, Emmanuel et moi, dans notre enfance. Mais aucun son ne sortait. Un véritable enchantement. La souffrance et le plaisir m'avaient inondée tout entière. J'étais froide, mon front brûlait. Nue dans la baignoire j'avais l'air d'une petite fille par un jour de Khamsin. J'ouvris tous les robinets à fond. Je barbotai dans l'eau glacée. J'éclaboussai tout autour de moi. Le carrelage, le plafond, les serviettes et le peignoir de bain de Michaël accroché au-dessus de la porte. La bouche pleine d'eau j'aspergeai encore mon visage reflété dans la glace. J'étais bleue de froid. Une douleur tiède me coulait sur la nuque, puis le long de la colonne vertébrale. La pointe de mes seins s'était durcie. J'avais les orteils durs comme la pierre. Seule ma tête brûlait, sans voix, je ne cessais de chanter. Un désir ardent pénétra les faisceaux les plus frêles et les cavités les plus profondes de mon corps que je ne verrai jamais. Ce corps m'appartenait, il écumait, désirait, palpitait. Je traversai comme une folle les chambres, la cuisine, le couloir en faisant dégouliner l'eau partout. Nue et mouillée je me laissai tomber sur le lit et enserrai les coussins et la couverture. Tous les amis me touchaient de leurs mains douces. Au contact de leurs doigts sur ma peau j'étais submergée d'une vague brûlante. Les jumeaux m'attachèrent les mains derrière le dos. Le poète Chaoul se baissa pour me griser de sa moustache et de son haleine chaude. Rahamin Rahmimoff, le beau chauffeur de taxi, me prit par la taille comme un sauvage. Dans une danse effrénée il me souleva de terre. Une musique se déchaînait au loin. Un rugissement. Les mains pesaient sur moi. Me pétrissaient, me labouraient. Me trituraient. Je riais et criais jusqu'à épuisement. Sans un son. Des soldats en tenue de camouflage s'étaient attroupés autour de moi. Écumant de sueur virile. J'appartenais à tous. J'étais Yvonne Azoulaï. Le contraire de

Hanna Gonen. J'étais froide. Fondante. Les hommes sont nés pour l'eau froide et violente des profondeurs, la steppe, les vastes plaines blanches, et les étoiles. Nés pour la neige. Rester sans repos. Crier sans souffle. Toucher sans voir. Couler sans désir. Je suis de glace, ma ville est de glace et ses habitants seront tous de glace. Ainsi l'a voulu la princesse. La grêle s'abattra sur la ville de Danzig. Mon glaçon est transparent et fort. Couchez-vous citoyens rebelles, prosternez-vous dans la neige, vous serez tous blancs désormais, blancs car votre princesse est candide. Si nous pouvions tous être transparents et froids nous ne pourrions pas nous effriter. Toute la ville ne sera que glaçons. Nulle feuille ne tombera, nul oiseau ne criera, nulle femme ne tremblera. J'ai dit.

Il faisait nuit sur Danzig. La neige avait recouvert Tell Arza et ses bois. Le quartier de Mahane-Yehouda était une vaste steppe s'étendant sur Agrippa, Cheih-Bader, Rehavia, Beit-Hakerem, Kiriat-Chmouel, Talpiot, Giv'at-Chaoul, jusqu'aux pentes du village de Lifta. La steppe, le brouillard et la nuit. C'était mon Danzig. Une île émergea au milieu du lac au bas de la rue Mamilla. Sur cette île la statue de la princesse. C'était moi dans la pierre.

Mais entre les murs de la caserne Schneller des mouvements de troupes se préparent en secret. La révolte a éclaté. Les deux vedettes noires, le *Dragon* et le *Tigre*, ont levé l'ancre. L'immense lame de leur proue a fendu l'épaisseur de la glace. Un marin emmitouflé est monté en haut du mât qui oscille pour faire le guet. Son corps est de neige comme celui du Haut-commissaire que nous avions sculpté dans la neige, Halil, Hanna et Aziz, l'hiver où il avait tant neigé en mil neuf cent quarante et un.

217

D'énormes tanks évoluent dans les rues de la ville endormie avec une précision d'enfer. Je suis toute seule. C'est l'heure où les jumeaux se faufilent derrière l'église russe. Ils arrivent sans bruit. Pieds nus. Ils ont parcouru la dernière étape en rampant, en silence. Pour venir égorger, par-derrière, les gardiens que j'ai postés sur la prison. Toute la pègre de la ville est mise en liberté, une clameur retentit. La foule agitée bouillonne dans les ruelles. De mauvais présages halètent, s'étouffent.

Entre-temps les derniers nids de résistance ont été anéantis. Les positions stratégiques prises d'assaut. Le fidèle Strogoff fait prisonnier. Mais dans les quartiers éloignés, la discipline de la révolte a faibli. Des soldats échevelés et saouls, les fidèles comme les traîtres ont envahi les demeures et les magasins. Les yeux injectés de sang. Les mains gantées de cuir ils s'emparent des femmes et du butin. La ville est tombée aux mains de forces obscures. Dans les souterrains de la station-radio de la rue Mélisande on a emprisonné le poète Chaoul. De vils individus le torturent. Je ne peux pas le supporter. Je pleure.

Des canons remorqués glissent sur leurs pneus en silence vers les hauts quartiers. J'aperçois un rebelle nu-tête qui grimpe sans bruit changer le drapeau sur le toit du monastère de Terra Sancta. Les boucles en désordre. Un beau rebelle en colère.

Les prisonniers libérés rient avec férocité. Ils se dispersent à travers la ville dans leurs vêtements rayés. De temps en temps ils brandissent leurs couteaux. Ils envahissent les banlieues pour régler un triste compte. D'éminents savants sont jetés en prison à leur place.

Encore endormis, vexés, abasourdis, ils tentent de protester en mon nom. Ils font valoir leurs relations. Défendent leurs droits. Il y en a qui déjà s'abaissent en faisant des courbettes et en clamant leur haine envers moi. On les bouscule, on les fait taire à coups de crosse. Une autre force règne sur la cité.

Les tanks ont cerné la forteresse de la princesse selon un plan bien détaillé, étudié en secret. Ils creusent de profondes cicatrices dans la neige. La princesse est à la fenêtre, elle appelle Strogoff et le capitaine Nemo en criant de toutes ses forces mais elle n'a plus de voix, seules ses lèvres se tordent dans une grimace comme pour amuser les soldats qui l'acclament. Je ne peux pas deviner ce que trament les officiers de ma garde. Peut-être trempent-ils aussi dans le complot. Ils ne cessent de jeter des coups d'œil à leur montre. Attendraient-ils le moment convenu ?

Le *Dragon* et le *Tigre* sont aux abords de la forteresse. Les canons géants des vedettes noires pivotent doucement. Ils sont braqués sur ma fenêtre comme les doigts d'un monstre. Ils sont braqués sur moi. Je ne me sens pas bien, essaye de murmurer la princesse. Elle aperçoit des lueurs rougeâtres, derrière le mont Sion, en direction du désert de Judée. Les premiers feux d'artifice d'une fête qui n'est pas donnée en son honneur. Les deux assassins se penchent par la fenêtre au-dessus d'elle. La pitié, la convoitise et le mépris se lisent dans leurs yeux. Ils sont si jeunes. Bronzés et dangereusement beaux. Je voudrais me présenter devant eux fière et muette, mais mon corps m'a trahie, lui aussi. Dans sa chemise de nuit fine la princesse se traîne sur les dalles de glace. Exposée à leurs regards perçants. Les jumeaux pouffent de rire. Leurs dents sont d'une blancheur éclatante. Ils sont secoués d'un tremblement qui ne présage rien de bon. Ils ont un sourire pervers comme celui de voyous apercevant dans la rue une femme dont le vent a soudain soulevé la jupe.

Une voiture blindée avec un haut-parleur passe dans les rues de la ville. Une voix claire et mesurée annonce les principaux ordres du nouveau gouvernement. Elle met en garde contre les procès éclair et les exécutions. Les rebelles seront tous abattus comme des chiens, sans pitié. Le règne de la princesse de glace, de la démente est révolu. La baleine blanche ne pourra pas s'enfuir non plus. La ville est entrée dans une ère nouvelle.

J'écoute à moitié, car les bras des assassins sont toujours tendus vers moi. Ils poussent des cris rauques comme une bête ligotée. Leurs yeux pétillent de ruse. Les plaisirs de la douleur me font frémir, m'inondent, m'allument jusqu'au bout des orteils, m'aspergent d'étincelles brûlantes, de doux frissons me parcourent le dos, les épaules, la nuque, tout le corps. Un cri jaillit du fond de moi, sans voix. Les doigts de mon mari m'effleurent le visage. Il voudrait me voir ouvrir les yeux. Ne voit-il pas qu'ils sont ouverts ! Il voudrait que je l'écoute. Qui pourrait mieux l'entendre que moi. Il me secoue, me secoue l'épaule. Il pose ses lèvres sur mon front. J'appartiens encore à la neige et déjà d'autres forces m'entraînent.

XXXII

Notre médecin le Dr Aurbach, de la rue Alphen-dari, est fluet et modelé comme une toute petite poupée de porcelaine. Il a des pommettes saillantes. Le regard triste et amical. Au cours de sa visite il fait un petit discours, à sa manière :

« Nous serons guérie dans une semaine. Tout à fait guérie. Nous avons tout simplement pris froid et nous nous sommes comportée comme une dévoyée. Le corps s'efforce à guérir, mais l'esprit veut peut-être retarder la guérison. L'âme et le corps ne sont pas comme le chauffeur et l'automobile mais comme les vitamines dans la nourriture, ou quelque chose du genre. Madame Gonen, madame Gonen, vous êtes déjà une maman, madame. Je vous prie de tenir compte du petit. M. Gonen, le corps a besoin de repos total, les nerfs et l'esprit aussi. Ça d'abord. Nous pouvons prendre aussi un cachet d'aspirine trois fois par jour. Le miel est bon pour la gorge. Il est bon de chauffer la chambre où nous sommes couchée. Il ne faut pas discuter du tout avec Madame. Il faut dire oui à tout, toujours oui. Nous avons besoin de nous reposer. De rester calme. Chaque parole peut causer des complications ou des souffrances morales. Il faut parler très peu. Le strict nécessaire, utiliser des mots neutres. Nous sommes agitée, très agitée. On peut lui téléphoner tout de suite s'il y a une complication. Mais si l'hystérie se manifeste il faut se taire et attendre patiemment. Ne pas aider au drame. Le public passif tue le drame comme les antibiotiques tuent les virus. Il faut un silence parfait, un silence intérieur. Bonne santé. Je vous en prie. »

Le soir j'allai mieux. Michaël fit entrer Yaïr dans ma chambre pour me dire de loin :

— Bonne nuit.

Moi aussi je fis l'effort de souffler :

— Bonne nuit, à vous deux.

Michaël mit un doigt sur sa bouche : il ne faut pas parler. Ne pas te fatiguer les cordes vocales

Il avait fait manger l'enfant, il le mit au lit. Puis il revint dans notre chambre. Alluma la radio. La speakerine bouleversée annonçait que le président des États-Unis avait envoyé un ultimatum. Il demandait aux deux côtés de faire des concessions, d'éviter tout incident. Selon des nouvelles non confirmées, les troupes irakiennes seraient entrées en Jordanie. Un commentateur politique faisait certaines réserves. Le gouvernement faisait appel à la vigilance et au sang-froid. Les experts militaires hésitaient. En France le cabinet de Guy Mollet s'était réuni deux fois. Une actrice célèbre s'était suicidée. Il allait probablement encore geler cette nuit à Jérusalem.

Michaël me dit :

— Simha, la bonne d'Hadassa, viendra demain aussi. Je prendrai un jour de congé. Je te parlerai, Hanna, mais toi tu ne me répondras pas car tu ne dois pas parler.

— ... pas difficile, Michaël... pas mal, soufflai-je.

Michaël quitta son fauteuil et vint s'asseoir au

pied du lit. Il releva les bords de la couverture avec précaution, roula aussi un peu le drap, s'assit sur le matelas, hocha la tête plusieurs fois comme s'il avait enfin réussi à résoudre une équation difficile et la vérifiait de nouveau à présent. Il me regarda un moment. Puis se cacha la figure dans la main. Enfin comme se parlant à lui-même :

— J'ai eu très peur, Hanna, quand je t'ai trouvée dans cet état en rentrant à la maison.

Il avait plissé les yeux comme s'il s'était fait mal en disant cela. Il se leva, tira le drap, arrangea la couverture, alluma la lampe de chevet et éteignit le plafonnier. Il prit ma main dans la sienne. Il remit ma montre à l'heure, elle s'était arrêtée le matin. Il la remonta. Ses doigts étaient chauds, ses ongles plats. Ses doigts étaient faits de poils, de chair, de nerfs, de muscles, d'os et d'artères. Lorsque j'étudiais la littérature j'avais dû apprendre par cœur un poème d'Ibn Gabirol qui disait que nous étions constitués d'humeurs putrides. Alors que le poison chimique était pur : des cristaux blancs et transparents. La terre est aussi une écorce verdoyante recouvrant un volcan endormi. Je pris les doigts de mon mari entre les miens. Cela le fit sourire comme s'il m'avait demandé pardon et que je le lui avais accordé. Je me mis à pleurer. Michaël me caressa les joues. Se mordit les lèvres. Préféra se taire. Il me caressa exactement comme il caressait son fils. Cette comparaison m'attrista pour une raison que j'ignore peut-être sans raison.

« Quand tu seras guérie nous partirons loin d'ici, dit Michaël, peut-être au kibboutz Nof-Harim. Nous laisserons peut-être l'enfant chez ta mère et ton frère et nous irons dans une maison de repos. Peut-être à Eilat ou à Naharia. Bonne nuit, Hanna. Je vais éteindre la lumière et mettre le poêle dans le couloir. J'ai dû commettre une erreur. Je ne sais pas laquelle.

Que fallait-il faire pour éviter cela ou ne pas faire pour t'empêcher de te mettre dans cet état. À Holon, à l'école primaire, j'avais un professeur de gymnastique, Yehiam Peled. Il m'appelait toujours « Golem-Gantz » car j'avais des réflexes un peu lents. J'étais très fort en calcul et en anglais mais Golem-Gantz en gymnastique. Chacun de nous a des qualités et des défauts. C'est banal, ce que je te dis là. Ça n'a même aucun rapport. Je voulais te dire, Hanna, que pour ma part, je suis content que nous soyons mariés l'un avec l'autre et pas autrement. J'essaye aussi d'aller vers toi autant que possible. Je t'en supplie, ne me fais plus jamais peur comme tu l'as fait aujourd'hui. Je t'en prie, Hanna. Après tout, moi non plus je ne suis pas de fer. Je viens de dire encore une chose banale. Bonne nuit. Demain je donnerai un paquet de linge au pressing « Kechet ». Si tu as besoin de quelque chose cette nuit, n'élève pas la voix pour ne pas te faire mal à la gorge. Tu n'auras qu'à taper au mur, je serai dans mon bureau, je t'entendrai. Je viendrai tout de suite. Je t'ai préparé un thermos de thé chaud et l'ai posé sur le tabouret. Et là je t'ai mis un cachet pour dormir. Prends-le seulement si tu n'arrives absolument pas à t'endormir. Tu ferais bien mieux de dormir sans le prendre. Je te le demande. Je te demande rarement quelque chose. Et maintenant, pour la troisième fois, voilà que je commence à t'embêter tout d'un coup, bonne nuit, Hanna. »

Le lendemain matin Yaïr demanda :

— Maman, si papa était roi, je serais duc, pas vrai ?

— Si ma grand-mère avait des ailes, soufflai-je en souriant, enrouée, elle serait un aigle dans le ciel.

L'enfant se tut. Peut-être essayait-il de se représenter le contenu de ces vers. De se le figurer. Puis rejetant l'image il déclara enfin calmement :

— Non, une grand-mère avec des ailes, c'est toujours une grand-mère, pas un aigle. Tu inventes n'importe quoi, sans réfléchir. C'est comme lorsque tu m'as raconté qu'on avait ressorti le petit chaperon rouge du ventre du loup. Le ventre d'un loup n'est pas un entrepôt. Les loups mastiquent lorsqu'ils dévorent. Pour toi tout est possible. Papa fait attention à ce qu'il dit et ne parle pas avec son imagination. Mais avec sa tête.

Michaël par-delà le sifflement de la bouilloire sur le gaz :

— Va-t'en, s'il te plaît, dans la cuisine. Assieds-toi et mange. Maman est malade. Ne la tracasse pas, s'il te plaît, tu devrais avoir honte. Je te l'avais pourtant bien dit.

Simha, la bonne d'Hadassa, a mis les draps et les couvertures sur le rebord de la fenêtre pour les aérer. En attendant, je me suis assise dans le fauteuil. J'avais les cheveux ébouriffés. Michaël est descendu chez l'épicier acheter du pain, du fromage, des olives et de la crème avec une petite liste que je lui ai faite. Il a pris un jour de congé aujourd'hui. Yaïr est debout dans le couloir, devant la glace, il s'ébouriffe le toupet, se peigne et s'ébouriffe de nouveau. À la fin il éprouve la glace en lui adressant des grimaces.

Simha tape le matelas. J'observe les petits grains dorés qui grimpent le long d'un rayon de soleil vers le coin de la fenêtre. Une mollesse délicieuse s'est emparée de moi. Plus de souffrance ni de désir. Une pensée vague et paresseuse : acheter bientôt un grand tapis persan.

On sonne à la porte. Yaïr va ouvrir. Le facteur refuse de donner la lettre recommandée à l'enfant car il faut signer. Entre-temps Michaël monte l'escalier avec les filets à provisions. Il prend son ordre de mobilisation et signe avec un crayon. En entrant il m'offre un visage mi-sévère mi-gai.

Quand cet homme perdra-t-il le contrôle de lui-même ? Que je puisse le voir s'affoler une fois seulement. Crier de joie. Se déchaîner.

Michaël m'expliqua en peu de mots qu'aucune guerre ne pouvait durer plus de trois semaines. Il voulait parler d'une guerre locale, évidemment. Les temps ont changé. Il n'y aura plus de mil neuf cent quarante-huit. L'équilibre entre les deux blocs est très fragile. Les Américains préparent leurs élections et les Russes se sont embourbés en Hongrie. L'instant est propice. Non cette guerre ne durerait sûrement pas. D'ailleurs il était dans les transmissions. Il n'était ni pilote ni parachutiste. Alors, ce n'était pas la peine de pleurer. Dans quelques jours il me rapporterait une cafetière arabe originale. Il disait cela en plaisantant, alors pourquoi pleurais-je ? Quand il reviendrait nous partirions en voyage, comme il l'avait promis. Nous irions en Haute-Galilée ou à Eilat. Allais-je déjà le pleurer ? Voyons ! Il partirait tout simplement et reviendrait. Peut-être se trompait-il dans ses conjectures. Peut-être n'était-ce qu'un exercice de grandes manœuvres et non une guerre. Dans ce cas, il m'écrirait en route. Nous n'avons jamais eu l'occasion de nous écrire, Hanna. Voilà, il allait s'habiller tout de suite, faire son baluchon. Devait-il téléphoner à Nof-Harim pour demander à ma mère de venir en attendant son retour ?

Qu'il se sentait drôle dans ses vêtements kaki. Il n'avait pas du tout grossi au cours des ans. Hanna, te souviens-tu de mon père dans son uniforme de gardien enfilé par-dessus son pyjama pour jouer avec Yaïr ? Oh, pardon suis-je bête. Je n'aurais pas dû bien sûr t'en parler justement maintenant. Voilà que je t'ai fait de la peine. Il ne faut pas chercher un symbole dans chaque mot, Hanna. Les paroles ne sont que des mots. Des mots. Rien de plus. Ici, dans le tiroir, je te laisse cent livres. Et là sous le vase j'ai placé un papier avec mon numéro matricule et le numéro de mon régiment. Les quittances d'eau, d'électricité et de gaz, je les ai déjà payées au début du mois. La guerre ne durera pas longtemps. C'est la logique politique qui le forçait à le croire. Puisque les Américains... mais ça n'a pas d'importance maintenant. Ne me regarde pas comme ça, Hanna. Tu te fais mal. À moi aussi. Simha restera chez nous jusqu'à mon retour. Je vais téléphoner à Hadassa. Je téléphonerai aussi à Sarah Zeldine. Tu continues à me regarder comme ça. Ce n'est pourtant pas ma faute, Hanna. Je ne suis d'ailleurs ni pilote ni parachutiste. Sais-tu où se trouve mon pull-over militaire ? Merci. Oui. Je vais prendre aussi mon cache-nez. Les nuits sont froides. Dis-moi la vérité, Hanna, à quoi je ressemble dans cette tenue ? N'ai-je pas l'air d'un professeur déguisé ? Caporal Golem-Gantz, du régiment des transmissions. Je plaisantais, voyons, Hanna. Tu pleures au lieu de rire. Ne pleure pas sans arrêt. Je ne pars pas pour m'amuser. Ne pleure pas. Tu te fais mal inutilement. Je... je penserai à vous. Je vous écrirai si les services postaux fonctionnent. Je serai prudent. Et toi aussi... Non, Hanna. Il ne faut pas parler sentiments juste à présent. À quoi bon faire des aveux. Les sentiments ne peuvent que nous faire souffrir. Et moi... Je ne suis ni pilote ni parachutiste. Je te l'ai déjà dit plusieurs fois. J'aimerais te trouver gaie et bien portante à mon retour. J'espère que tu ne m'en voudras pas pendant que je serai loin. Moi aussi je penserai à toi avec tendresse.

Ainsi, nous ne serons pas séparés tout à fait. Et...
oui.

Comme si je n'étais qu'une de ses pensées.
Comment peut-on espérer être plus qu'une pensée
chez quelqu'un. J'existe, Michaël. Je ne suis pas seulement une de tes pensées.

XXXIII

Simha fait la vaisselle dans la cuisine. Elle chantonne des refrains de Chochana Damari : *Je suis une biche aux abois. Une étoile s'allume dans la nuit, un chacal pleure dans l'oued, reviens, Heftsiba t'attend.*

Je suis dans mon lit avec un roman de John Steinbeck que m'a apporté ma meilleure amie Hadassa quand elle est venue me voir hier soir. Je lis. Mes pieds gelés serrés contre la bouillotte en caoutchouc remplie d'eau chaude. Je suis calme et éveillée. Yaïr est allé au jardin d'enfants. Je n'ai aucune nouvelle de Michaël, aucune nouvelle n'aurait pu parvenir. Le marchand de pétrole passe dans notre rue avec sa voiture, il agite, agite sa clochette. Jérusalem s'éveille. Une mouche se cogne contre la vitre. Une mouche et non un signe, ni un signal. Rien qu'une mouche. Je n'ai pas soif. Je regarde le livre que j'ai à la main, il est abîmé. Sa couverture a été recollée avec du scotch. Le vase est à sa place. Dessous, il y a un petit papier sur lequel Michaël a inscrit son numéro matricule à l'armée et le nom de son régiment. Le *Nautilus* est posé, tranquille, au fond de l'océan sous l'épaisseur de glace du détroit de Béring. M. Glick est dans son magasin, en train de lire un quotidien religieux. Un vent froid d'automne souffle sur la ville.

Je suis calme.

À neuf heures la radio a annoncé :

Hier soir les Forces israéliennes de défense ont pénétré dans le désert du Sinaï et se sont emparés de Kountila, Ras En-Naqueb, elles ont pris position aux environs de Nahel, à soixante kilomètres à l'ouest du canal de Suez. L'observateur militaire explique. Alors que du point de vue politique... Les agressions répétées... Une violation grave de la liberté de navigation. La justification morale... Terrorisme et sabotage... Des femmes et des enfants sans défense. Une tension accumulée. Des civils innocents. L'opinion publique en éveil dans le pays et dans le monde. Une action de défense à la base. Garder son sang-froid. Ne pas sortir. Black-out. Ne pas stocker. Suivre les instructions. Pas de panique. Garder son calme. Tout le pays n'est qu'un seul front. Le peuple entier est une armée. Au cas où l'on entendrait les hurlements saccadés de la sirène. Pour le moment tout se déroule comme prévu.

À neuf heures et quart :

Le cessez-le-feu est mort et enterré pour toujours. Nos troupes foncent. La résistance ennemie faiblit et se brise.

Jusqu'à dix heures et demie la radio a diffusé des chansons de marche du temps où j'étais petite : De Dan jusqu'à Beer-Sheva, Nous ne t'oublierons jamais, crois-moi un jour viendra.

Pourquoi croirais-je. Et même si vous ne m'oubliez pas, qu'est-ce que ça peut bien me faire.

À dix heures et demie :

Le désert du Sinaï, berceau de la nation israélienne.

Face à Jérusalem. Je fais de mon mieux pour me sentir fière. Intéressée. Michaël a-t-il pensé à emporter les cachets pour calmer ses aigreurs d'estomac. Ordonné et toujours propre. Eh bien, ils ont dansé pendant cinq ans, et la sixième année : Au revoir, ma douce colombe.

À l'autre bout de Jérusalem, il y a une ruelle isolée, dans le nouveau quartier de Beit-Israël, on y respire un autre air. Une ruelle dallée. Les pierres sont fendues mais reluisent comme si on les avait polies. De lourdes coupoles protègent la ruelle des nuages bas. C'est une ruelle couverte. Une attente figée s'est ramassée dans les creux de la pierre. Un garde paresseux, un vieux citoyen mobilisé pour la défense passive est adossé au mur. Les volets sont fermés. Au loin, une cloche renvoie l'écho de harpes douces. Un vent descendu des montagnes s'engouffre dans la ruelle. Il fouette les volets et les portes de fer renforcés de barres rouillées. Un enfant juif orthodoxe se tient à la fenêtre. Ses deux papillotes coulent le long de ses joues pâles. Il tient une pomme. Il regarde les oiseaux sur la cime de l'arbre dans la cour. L'enfant est immobile. Le vieux gardien essaye d'attirer son attention à travers la vitre. Il lui adresse des sourires tant lui pèse sa solitude. Rien ne fond. Cet enfant est à moi. Une lueur gris-bleu est emprisonnée dans les boucles du bouleau. Au loin les montagnes, ici rien ne bouge, seules les harpes qui flottent. Le silence règne parmi les oiseaux et les chats de la rue. De grands wagons arriveront, passeront et partiront plus loin. Si je pouvais être de pierre. Dure et calme. Froide et présente, cependant.

Le Haut-commissaire britannique s'est trompé lui aussi. Dans le palais du gouverneur, au sud-est de Jérusalem, sur la colline du « Mauvais Conseil » la réunion secrète se prolonge jusqu'à l'aube. Un jour pâle entre par la fenêtre, mais la lampe est toujours allumée. Les sténodactylos se relaient toutes les deux heures. Les gardes sont fatigués et nerveux.

Mikhaël Strogoff porte un message secret qu'il a appris par cœur. Seul, téméraire, il se fraye un chemin dans la nuit, au service du Haut-commissaire. Mikhaël Strogoff, fort et froid, est entouré de sauvages enflammés. Les couteaux étincellent, éblouissent. Un rire se déchaîne. Sans mots. Comme si Aziz se battait avec Yehouda Gottlieb de la rue Oussichkine sur le terrain vague. C'est moi qui suis l'arbitre. Et l'enjeu. Ils tordent tous les deux leur visage. Leurs yeux troubles sont baignés de haine. Ils visent le ventre car il est mou. Ils s'échauffent. S'envoient des coups de pied. Donnent des coups de dents. L'un se met à courir. Puis se retourne soudain. Il tient une lourde pierre, la lance et manque à peine son but. Son adversaire lui crache à la figure dans une colère terrible. Ils se roulent tous les deux, se débattent en grinçant des dents, sur un rouleau de fils barbelés rouillés et piquants. Ils saignent. Ils cherchent à tâtons la gorge ou les parties. Ils se lancent des injures entre les dents. Ils tombent soudain d'inanition comme un seul homme. Comme deux amoureux, les ennemis se reposent un moment dans les bras l'un de l'autre. Enlacés tendrement Aziz et Yehouda Gottlieb reprennent leur souffle. Une minute plus tard, des forces noires les fouettent de nouveau. Les têtes se cognent l'une contre l'autre. Les griffes cherchent les yeux. Le poing au menton. Le genou s'enfonce entre les jambes. Les dos se déchirent sur les pointes du fil barbelé. Ils serrent les dents. Pas un bruit. Ni une plainte ni un soupir. Ils sont calmes et muets. Mais ils pleurent tous les deux en silence. Ils pleurent ensemble. Les joues inondées. Je suis l'arbitre et l'enjeu. Je ris méchamment dans mon désir de voir le sang, d'entendre un cri sauvage. Un train de marchandises siffle dans la vallée de Refaïm. La colère et la lave se déversent en silence. Et les larmes.

La pluie viendra beaucoup plus tard. Une pluie qui ne fouettera pas les blindés britanniques avec des mots. Au bas de la ruelle la nuit les terroristes se glissent en plein cœur du quartier de Mousrara. Ils courent en rasant les murailles de pierre dans le noir, ils aveuglent le seul réverbère, ils branchent la mèche du détonateur. Mais le percuteur n'est encore qu'un bout de fer glacé, une étincelle électrique vacille et le « volcan » est enfoui profondément sous des couches de terre, d'ardoise et de granit. Il fait froid.

Des brumes légères se promèneront dans la vallée de la crucifixion. Un oiseau criera sur le mont Scopus. Un vent rageur courbera les cimes des arbres. La terre ne pourra plus se contenir. À l'Est, le désert. Au bout de Talpiot on aperçoit des endroits interdits à la pluie, les monts Moab, la mer Morte en bas. Une pluie battante emportera tout sur son passage en dévalant la pente vers Arnona en face du village gris de Tsour-Baher. Les minarets des mosquées seront fouettés avec violence. À Beit-Lehem les joueurs s'enfermeront dans le café, après avoir déplié les damiers de jacquet et la musique lancinante diffusée par la radio d'Amman se répandra dans tous les coins. Les joueurs seront repliés sur eux-mêmes et silencieux. Longues robes et lourdes moustaches. Du café bouillant. De la fumée. Des jumeaux en tenue de combat, armés de mitraillettes.

Après la pluie une grêle transparente. De beaux grêlons pointus. Les marchands ambulants du quartier de Mahane-Yehouda s'abritent en se serrant sous les balcons, grelottants. Dans les montagnes d'Abou-Goch, à Kiriat-Yearim à Neve-Ilan à Tirat-Yaar les bois épais enchevêtrés sont enveloppés d'une brume blanche. Des nomades s'y sont réfugiés pour échapper à la loi. Des déserteurs aigris errent sous la pluie, s'enfoncent en silence dans les sentiers boueux.

Le ciel est lourd ; sur la mer du Nord le *Dragon* et

le *Tigre* patrouillent côte à côte entre les blocs d'ice-bergs qui flottent, à la recherche du monstre marin Moby Dick ou du *Nautilus* sur les écrans du radar. Ahoï, ahoï, crie le marin emmitouflé et noir du haut du mât d'observation. Ahoï capitaine, un corps étranger dans le brouillard, à six lieues à l'est, à quatre nœuds marins, à deux degrés à gauche de l'étoile polaire, annonce l'opérateur radio d'une voix métallique au quartier des pays alliés avec un émet-teur sous-marin dans le lointain. La Palestine aussi s'obscurcit car les pluies et le brouillard recouvrent les montagnes de Naplouse jusqu'à Talpiot jusqu'au mont Augusta-Victoria jusqu'à la limite du désert que la pluie ne pourra jamais franchir, jusqu'au palais du haut-gouverneur.

Le haut-commissaire, grand et fragile, est seul à la fenêtre, dans le noir, maigre, les mains derrière le dos, la pipe entre les dents, les yeux bleus et troubles. Il verse un liquide transparent et brûlant dans des gobelets, un verre pour lui, un verre pour le robuste Mikhaël Strogoff qui a pour mission de se frayer un chemin, la nuit, à travers un pays ennemi, de se faufiler parmi les hordes sauvages jusqu'au rivage à travers l'océan et jusqu'à l'île des mystères où l'ingénieur Koresch Smith scrute l'horizon sur la mer attendant sans relâche avec sa longue lorgnette. Nous pensions que nous étions seuls sur cette île perdue. Nous avons été trompés par nos sens. Nous ne sommes pas seuls sur cette île. Un homme qui trame quelque chose se cache dans la montagne. Nous avons pourtant fouillé à deux reprises tous les coins de l'île selon un plan minutieux, mais nous n'avons pu capturer l'homme qui nous guette dans le noir avec un sourire pâle. Il est là derrière nous en silence, présent sans qu'on le sente, seules les traces de ses pas apparaissent sur le sentier marécageux au matin. Tapi dans le noir, dans le brouillard, sous la pluie, dans le vent, dans les forêts sombres, caché sous la terre, dissimulé derrière les murailles des couvents dans le village d'Ein-Karem, un étranger nous épie sans relâche. Qu'il vienne vivant, me renverser au sol, me briser le corps, rugir, et je crierai de peur, subjuguée, je hurlerai d'effroi et de bonheur, je brûlerai, je sucerai comme un vampire, je serai comme un navire fou qui tourne en rond dans le noir quand il viendra à moi, je chanterai, je rugirai, flotterai, je serai inondée, un cheval écumant flottant dans la nuit et une pluie torrentielle s'abattra sur Jérusalem pour l'inonder, le ciel sera lourd les nuages toucheront la terre et le vent se déchaînera sur la ville.

XXXIV

— Bonjour madame Gonen.

— Bonjour, docteur Aurbach.

— Nous sommes encore en colère, madame Gonen ?

— La température a déjà baissé, docteur Aurbach. Dans deux ou trois jours j'espère recouvrer mon état normal.

— Normal, madame Gonen, c'est une expression abstraite dans un certain sens. M. Gonen n'est pas à la maison ?

— Mon mari a été mobilisé, docteur Aurbach. Il se trouve sans doute dans le désert du Sinaï. Je n'ai encore rien reçu de lui.

— Ce sont des jours importants, madame Gonen, des jours fatals, on ne peut s'empêcher d'avoir des pensées bibliques en des jours comme ceux-ci. Avons-nous toujours la gorge allumée ? Voyons voir. Ma chère madame vous avez mal agi en vous trempant dans l'eau froide, en plein hiver comme si l'on pouvait contrarier le corps afin d'apaiser l'âme. Pardon, de quoi s'occupe le Dr Gonen ? De biologie ? De géologie. Bien sûr. Pardon. Nous nous sommes trompés. Eh bien, de bonnes nouvelles nous parviennent du champ de bataille : les Anglais et les Français se battront avec nous contre les musulmans. La radio a même parlé d'« alliés » aujourd'hui. Presque comme en Europe. Et malgré tout, madame Gonen, il y a aussi quelque chose de faustien dans cette guerre. Celle qui était le plus près de la vérité c'était justement la petite Gretchen. Qu'elle pouvait être fidèle, et pas du tout naïve avec ça, comme on a l'habitude de le dire. Je vous en prie, madame Gonen, donnez-moi votre bras il faut que je prenne votre tension. Un simple examen. Ça ne fait pas mal du tout. Un grave défaut mental se révèle chez quelques Juifs, nous ne sommes pas capables de haïr nos ennemis. Quel désordre mental. Voilà, l'armée israélienne a pris le mont Sinaï avec ses tanks. Presque une apocalypse, si je puis dire, mais pas tout à fait. Je vous demande bien pardon maintenant, si je vous pose une question très intime. Pardon, est-ce que vous avez souffert, Madame, d'un désordre quelconque dans votre cycle menstruel ces derniers temps ? Non ? C'est bon signe. C'est très bien. C'est le signe que le corps n'accepte pas de partager le drame. Ah, votre mari est géologue et non anthropologue. Nous avons fait une petite erreur. Nous devons continuer à nous reposer encore quelques jours. Se reposer beaucoup. Ne pas faire trop d'efforts de l'esprit ; dormir est le meilleur remède. Dans un certain sens, le sommeil est la condition la plus naturelle chez l'homme. Les maux de la tête ne doivent pas nous faire peur. Face à la migraine il faut nous armer d'aspirine. La migraine n'est pas une maladie indépendante. D'ailleurs, l'homme ne meurt pas aussi vite que l'on veut bien le croire dans un accès d'humeur. Bonne santé.

Le Dr Aurbach sortit, Simha entra. Elle ôta son manteau et se réchauffa les mains près du poêle. Elle demanda des nouvelles de Madame. Je lui demandai des nouvelles de mon amie Hadassa. Simha avait lu ce matin dans le journal de droite que les Arabes avaient déjà perdu la guerre, et que nous étions les vainqueurs. Ils ont eu ce qu'ils méritaient : jusqu'à quand pouvions-nous souffrir en silence.

Simha est partie dans la cuisine. Elle a fait bouillir le lait. Puis elle a ouvert la fenêtre du bureau pour aérer l'appartement. Un air froid et vif s'est engouffré à l'intérieur. Simha a fait briller les vitres en les frottant avec de vieux journaux. Elle a passé un chiffon sur les meubles. Elle est descendue chez l'épicier. En rentrant elle avait des nouvelles : un bateau de guerre arabe brûlait vif dans la baie de Haïfa. Devait-elle commencer maintenant à repasser ?

Je baigne dans une douce mollesse. Je suis malade. Je suis obligée de me concentrer. Il brûle en pleine mer, tout cela s'est déjà produit dans un passé lointain et ce n'est pas la première fois.

— Madame est très pâle aujourd'hui, remarque Simha inquiète, Monsieur m'a recommandé avant de partir de ne pas trop fatiguer Madame, pour sa santé.

— Parle-moi, toi, Simha, lui demandai-je. Parle-moi de toi. Parle tout le temps. Ne te tais pas.

Simha est encore célibataire, mais fiancée. Lorsque son fiancé, Behor, reviendra de la guerre, ils achèteront un appartement dans le nouveau quartier de Beit-Mazmil. Ils se marieront au printemps. Behor a fait quelques économies. Il travaille comme chauffeur de taxi dans la compagnie « Kescher ». Il est un peu timide, mais bien élevé. Simha a remarqué que la plupart de ses amies s'étaient mariées avec des jeunes gens ressemblant à leurs pères. Behor, lui aussi, ressemblait à son père. Il y a une loi, Simha en avait lu un jour les explications dans le journal *Elle* : l'époux ressemble toujours au père car si l'on aime quelqu'un, on veut qu'il ressemble au moins à celui que l'on a aimé en premier. C'est drôle, elle attend encore et encore que le fer chauffe et a complètement oublié que le courant est coupé à Jérusalem.

Je pensais en moi-même.

Un homme jeune dans un conte de Somerset Maugham ou de Stefan Zweig. Un homme jeune est arrivé d'une petite ville pour jouer à la roulette dans un casino international. Il perd dès le début du jeu les deux tiers de son argent. La somme qui lui reste après avoir bien compté suffirait tout juste à régler la note de l'hôtel et à prendre un billet de train pour partir d'ici sans se couvrir de honte. Il est deux heures du matin. Le jeune homme sera-t-il capable de se lever et de partir à présent ? Les roues illuminées tournent encore sous les lustres étincelants. Le gros lot l'attend peut-être justement au prochain tour ? En face de lui le fils du Cheik de l'empire de Hadramout vient de ratisser dix mille en un tournemain. Non, non, il ne pourra pas se lever et partir à présent. Surtout que la vieille lady anglaise l'observe de ses yeux de chouette depuis le début de la soirée, à travers son face-à-main, elle est encore capable de lui décocher un regard glacial et méprisant. Et puis dehors il neige jusqu'au bout de la nuit. Dehors, la mer gronde sourdement. Non, le jeune homme ne peut pas se lever pour partir. Avec son dernier argent, il achète encore quelques jetons. Il ferme bien les yeux, les rouvre. À peine les a-t-il rouverts qu'il clignote comme aveuglé par la lumière. Dehors la mer s'agite dans la nuit avec un grondement étouffé et la neige tombe, tombe, sans bruit.

Nous sommes déjà mariés depuis plus de six ans. Si tu dois te rendre à Tel-Aviv pour ton travail tu rentres le soir même. Nous ne nous sommes jamais séparés pour plus de deux nuits. Depuis six ans que nous sommes mariés et que nous habitons cet appartement je n'ai pas encore appris à ouvrir ni à fermer le volet du balcon car c'est toi qui t'en charges. Maintenant que tu es mobilisé le volet reste ouvert jour et nuit. J'ai pensé à toi. Tu savais d'avance que tu serais mobilisé pour une guerre et non pas pour des manœuvres. Une guerre avec l'Égypte et non à l'est. Une guerre qui ne durerait pas longtemps. Tu calculais tout cela à l'aide d'un dispositif intérieur très régulier avec lequel tu fabriquais sans cesse un travail minutieux de réflexion. Il faut que je te montre une équation car je dépends de sa solution comme un homme au bord d'un précipice dépend de la stabilité du garde-fou.

Ce matin, assise dans mon fauteuil, j'ai changé de place les boutons de ton costume noir pour le mettre à la mode. En même temps je me suis demandé quelle était cette cloche de verre étanche descendue sur nous pour nous séparer des choses, des lieux, des gens et des opinions. Bien sûr, Michaël, nous avons des visites, des amis qui viennent nous voir, des collègues, des voisins, des parents. Mais quand ils sont là dans le salon leurs paroles sont assourdies par cette cloche de verre, qui n'est même pas transparente. Je n'arrive à deviner qu'une partie de ce qu'ils veulent dire grâce à l'expression de leurs visages. Parfois leurs silhouettes s'évanouissent, deviennent des masses informes. Il me faut des choses, des lieux, des gens et des opinions pour tenir le coup. Et toi, Michaël, en as-tu assez ou non ? Comment pourrais-je le savoir. Tu es bien triste, parfois. En as-tu assez ou non. Et si je venais à mourir. Et si toi, tu mourais. Je bafouille encore la pré-face, l'introduction et répète le rôle compliqué que j'aurai à remplir dans les jours à venir. Je plie bagage. Je me prépare. Je m'entraîne. Quand commencera le voyage, Michaël, je suis lasse, lasse d'attendre, d'attendre encore. Tu reposes tes coudes sur le volant. Est-ce que tu somnoles, est-ce que tu médites ? Je ne peux le savoir, tu es toujours aussi calme et égal à toi-même. Démarre, Michaël, pars donc, je suis prête depuis si longtemps.

XXXV

Simha a ramené Yaïr du jardin d'enfants. Les doigts du petit étaient bleus de froid. Dans la rue ils avaient rencontré le facteur qui leur avait donné une carte postale militaire provenant du Sinaï : mon frère Emmanuel m'annonçait qu'il allait bien et qu'il voyait et faisait des choses merveilleuses. Il enverrait une autre carte du Caire, la capitale de l'Égypte. Il espérait que nous nous portions bien à Jérusalem. Il n'avait pas rencontré Michaël : le désert était grand, le Néguev à côté était un petit carré de sable. Te souviens-tu, Hanna, de notre voyage à Jéricho, avec papa, lorsque nous étions enfants ? La prochaine fois nous attaquerons la Jordanie. Nous pourrons de nouveau descendre à Jéricho acheter des nattes. Emmanuel me demandait d'embrasser Yaïr pour lui. Qu'il grandisse et devienne un soldat. Affectueusement. L'oncle Emmanuel.

Aucune nouvelle de Michaël.

Une vision :

À la lumière du voyant de l'émetteur-récepteur, sa figure burinée exprime la fatigue et le poids des responsabilités qu'il assume. Les épaules arrondies. Les lèvres serrées. Courbé sur l'appareil. Replié sur lui-même, le dos tourné sans doute au croissant de lune altéré et pâle qui se lève derrière lui.

Deux amis sont venus demander de mes nouvelles en fin d'après-midi :

M. Kadischmann avait rencontré à midi M. Glick dans la rue des Tourim. Il avait appris par M. Glick que Mme Gonen était malade et que M. Gonen avait été mobilisé. Ils s'étaient mis d'accord tous les deux pour venir le soir même proposer leurs services. Ils étaient venus me voir ensemble. Si l'un d'eux était venu seul, cela aurait fait jaser.

— Madame Gonen, me dit M. Glick, cela doit être dur pour vous. Nous traversons une période difficile. Il fait très froid et vous êtes seule.

Pendant ce temps M. Kadischmann tâtait de ses longs doigts frêles le verre de thé posé près de mon lit.

— Il est froid, remarqua M. Kadischmann avec regret, glacé. Madame Gonen me permettra-t-elle d'envahir la cuisine, envahir entre guillemets, bien sûr, pour lui faire un autre verre de thé ?

— Certainement pas, lui dis-je, je suis autorisée à me lever. Je vais tout de suite enfiler une robe de chambre et vous faire du café et du cacao.

— Surtout pas, madame Gonen, que Dieu vous préserve, surtout pas, s'affola M. Glick en clignant des yeux comme si j'avais offensé sa pudeur. Un frémissement rapide, nerveux, passa sur ses lèvres : celui d'un petit lapin qui se dresse au moindre bruit.

M. Kadischmann manifesta son intérêt :

— Et qu'est-ce que notre ami écrit du front ?

— Je n'ai rien reçu, lui dis-je en souriant.

— Les combats sont déjà terminés, dit précipitamment M. Kadischmann en essayant de détourner la conversation, le visage radieux, les combats sont terminés, plus un seul ennemi dans le désert de Horeb.

— Monsieur Kadischmann, auriez-vous l'obligeance d'allumer le plafonnier, lui demandai-je, à votre gauche, pourquoi resterions-nous tous assis dans le noir ?

M. Glick se pinçait la lèvre inférieure entre le pouce et l'index. Comme s'il suivait des yeux le courant électrique jusqu'au plafond. Peut-être s'était-il soudain rendu compte qu'il n'était pas utile :

— Pourrais-je moi aussi vous aider, Madame ?

— Merci, mon cher monsieur Glick. Je n'ai besoin de rien.

Soudain j'ajoutai :

— C'est sans doute dur aussi pour vous, monsieur Glick, sans votre femme... tout seul ?

M. Kadischmann s'arrêta un moment près de l'interrupteur, comme doutant des résultats de son geste, ne pouvant se résoudre à croire à son plein succès. Puis il se rassit aussitôt. Assis, M. Kadischmann semblait aussi lourd qu'une créature préhistorique, massif mais avec un petit crâne. Je remarquai soudain quelque chose de mongolien dans la structure de son visage : les os plats et larges de ses pommettes, du marbre dans lequel on aurait tracé des traits grossiers et d'autres, par contre, extrêmement fins. Une tête de tartare. Celle du tortionnaire rusé de Mikhaël Strogoff. Je lui souris.

— Madame Gonen, me dit M. Kadischmann en s'asseyant lourdement, madame Gonen, en ces jours historiques, alors que les élèves de Zeev Jabotinski sont bien oubliés, sa doctrine fête aujourd'hui une grande victoire. Une très grande victoire.

Il donnait enfin libre cours à une joie réprimée depuis longtemps. J'aimais les paroles qu'il prononça : Après une longue détresse venait la récompense. C'est ainsi que je traduisais dans ma propre langue les mots prononcés dans une langue tartare. Pour ne pas le vexer en gardant le silence je lui dis :

— L'avenir le dira.

— Les événements parlent déjà et disent les choses tout à fait clairement, plaisanta M. Kadischmann et son visage étrange s'épanouit.

Entre-temps M. Glick avait réussi à formuler une réponse tardive à ma question déjà oubliée.

— Ma petite femme, ma pauvre Douba, ils lui font un traitement électrique. Des électrochocs. Ils disent qu'il reste encore un espoir. Qu'il ne faut pas désespérer, si Dieu veut...

Ses grosses mains écrasaient et pétrissaient un chapeau déformé. Sa fine moustache vibrait comme les ailes d'un petit insecte. Sa voix tremblait comme s'il implorait une grâce imméritée : le désespoir n'est-il pas un péché terrible ?

Je lui dis :

— Tout ira bien.

M. Glick :

— C'est ce que je souhaite, amen. Pourvu que ce soit vrai. Quel malheur. Et pourquoi, je vous le demande.

M. Kadischmann :

— L'État d'Israël va désormais changer de face. Cette fois-ci nous sommes du côté du manche. C'est au tour de l'ennemi d'implorer la justice. Nous ne sommes plus le troupeau dispersé, ni la brebis égarée parmi les soixante-dix loups, ni les moutons conduits à l'abattoir. Maintenant c'est fini. Sois loup parmi les loups. Tout se réalise comme Jabotinski l'avait prédit dans son roman prophétique *Prélude à Dalila*. Madame a-t-elle lu *Prélude à Dalila* que Kroupnik a si bien traduit ? Il vaut vraiment la peine d'être lu, madame Gonen. Justement en ce moment, alors que nos troupes poursuivent l'armée du Pharaon en déroute et que la mer ne s'ouvre pas devant les méchants Égyptiens.

— Mais pourquoi gardez-vous vos manteaux, vous deux ? Je vais me lever et allumer le poêle.

Je vais faire à boire. Débarrassez-vous, je vous en prie.

M. Glick se dépêcha de se lever comme s'il avait été réprimandé :

— Non, non, madame Gonen. Surtout pas. Ce n'est pas la peine. Nous allons... nous voulions juste nous acquitter du devoir de rendre visite à une malade. Nous partons tout de suite. Inutile de vous lever. N'allumez pas le poêle.

M. Kadischmann :

— Eh bien, je vais dire au revoir, moi aussi. Je suis passé par là en allant à une réunion du Comité, pour vous demander si je pouvais me rendre utile, Madame.

— Vous rendre utile, monsieur Kadischmann ?

— Peut-être avez-vous besoin de quelque chose. Une démarche dans un bureau, ou bien...

— Je vous remercie de votre attention, monsieur Kadischmann. Vous êtes un gentleman comme on n'en fait plus.

Le visage du dinosaure s'épanouit.

— Je reviendrai vous voir demain ou après-demain pour prendre des nouvelles de notre ami.

— Venez donc me revoir, M. Kadischmann, lui dis-je en le taquinant. Le choix que fait mon Michaël de ses amis m'étonne.

M. Kadischmann insista en hochant la tête :

— Puisque madame daigne m'inviter ouvertement, je viendrai sans faute.

M. Glick :

— Bonne santé et prompte guérison, madame. Je pourrai peut-être aussi me rendre utile en allant chez l'épicier ou à la coopérative. Madame a peut-être besoin de quelque chose ?

— C'est très gentil de votre part, cher monsieur Glick, lui dis-je. Il fixa son chapeau écrasé comme pour l'interroger encore. Il y eut un silence. Les deux

246

vieux se tenaient maintenant au fond de la chambre, se poussant vers la sortie, s'éloignant le plus possible de mon lit. M. Glick aperçut un fil blanc sur le manteau de M. Kadischmann et l'enleva. Dehors le vent s'était calmé. On entendit le ronronnement du réfrigérateur dans la cuisine, comme si le moteur avait repris des forces. Je fus envahie de nouveau par une sensation lucide et vide, celle de ma mort prochaine. Combien vide aussi était cette sensation ! Une femme équilibrée ne saurait être indifférente à sa propre mort. La mort et moi, nous sommes indifférentes. Proches et pourtant étrangères. Des parents éloignés détachés l'un de l'autre. Je sentis que je devais formuler quelque chose immédiatement, que je n'avais pas le droit de quitter mes amis maintenant, de les laisser partir. Les premières pluies viendraient peut-être cette nuit. Après tout je ne suis pas encore vieille. Je sais encore être belle. Il faut que je me lève tout de suite. Mettre une robe de chambre. Préparer du café et du cacao, offrir des gâteaux, discuter, paraître intéressée, intéresser, je suis, moi aussi, cultivée, j'ai des opinions et des idées, quelque chose se serre au fond de ma gorge.

— Êtes-vous si pressés ?

M. Kadischmann répondit :

— Malheureusement je dois partir. M. Glick peut rester s'il le veut.

M. Glick s'enveloppa le cou dans un épais cache-nez.

Ne partez pas maintenant, vieux frères, il ne faut pas qu'elle reste seule. Installez-vous dans des fauteuils. Enlevez vos manteaux. Calmez-vous. Discutons politique. De nos opinions sur la foi et la justice. Secouons-nous et entretenons-nous amicalement. Buvons ensemble. Ne partez pas. Elle a peur de rester seule à la maison. Restez. Ne partez pas.

— Bonne guérison, madame Gonen, bonne nuit.

— Vous partez déjà. Vous vous ennuyez avec moi ?

— Juste ciel ! Jamais de la vie, s'empressèrent-ils de dire en chœur, affolés.

Ils avaient tous les deux des gestes gauches car ils étaient solitaires, ils n'étaient plus jeunes, ils n'avaient pas l'habitude de rendre visite à une malade.

— Il n'y a personne dehors, leur dis-je.

— Bonne santé, me répondit M. Kadischmann. Il rabattit son chapeau sur son front plat comme s'il fermait la fenêtre d'un seul coup.

M. Glick me dit en souriant :

— Ne vous agitez pas, madame. Il n'y a pas lieu de s'inquiéter. Tout s'arrangera, comme on dit. Oui, madame sourit, qu'il est bon de la voir sourire.

Les invités s'en allèrent.

J'allumai aussitôt la radio. J'arrangeai la couverture. Avais-je donc une maladie contagieuse, pour que les vieux amis aient oublié de me serrer la main en entrant comme en sortant ?

La radio annonçait que la conquête de la presqu'île du Sinaï était achevée. Le ministre de la Défense déclara que l'île de Yotvat, communément appelée Tiran, avait réintégré le troisième royaume d'Israël. Hanna Gonen redeviendra Yvonne Azoulaï. Mais nous voulons la paix, déclara le ministre avec son intonation habituelle. Si seulement dans le camp arabe, la raison pouvait l'emporter sur les noirs instincts de vengeance, la paix tant espérée pourrait enfin régner.

Mes jumeaux, par exemple.

Les cyprès secoués par le vent se couchent et se redressent, dans le quartier de Sanhedria, se redressent et se couchent. Toute souplesse n'est-elle pas magique ? Elle coule, elle est froide et pourtant immobile. Il y a quelques années, par un jour d'hiver, dans le monastère de Terra-Sancta, j'ai noté les propos mélancoliques de mon professeur de littérature hébraïque : depuis Abraham Mapou jusqu'à Peretz Smolenskine, de rudes secousses intérieures ont ébranlé le « mouvement des lumières » hébraïque. Une crise de déception, de désillusion. Les rêves s'effritent toujours, les gens fragiles s'effondrent mais ne plient pas. Les éléments destructeurs et dévastateurs sont en nous : il voulait dire que le « mouvement des lumières » avait donné lui-même naissance aux idées qui l'ont conduit à sa perte. Quelque temps plus tard nombreux furent ceux, et des meilleurs, qui partirent s'abreuver à des sources étrangères. Ouri Kobner fut un critique tragique, tel un scorpion s'injectant son venin lorsque le cercle de feu se referme sur lui. À considérer les années soixante-dix et quatre-vingt du siècle dernier on éprouve une pénible sensation de cercle vicieux. Sans quelques rêveurs ni quelques combattants, certains réalistes qui se sont révoltés contre la réalité, nous n'aurions pu nous en relever. Mais les grands exploits ce sont justement les rêveurs qui les accomplissent, avait conclu le professeur. Je n'ai pas oublié. Qu'il est long le travail de traduction qui m'attend. Cela aussi je voudrais le rendre dans ma propre langue. Je ne veux pas mourir. Mme Hanna Greenbaum-Gonen, H.G., initiales qui en hébreu veulent dire la fête. Mon ami bibliothécaire à Terra-Sancta, qui portait une calotte noire et faisait des jeux de mots, me l'avait dit, mais il est mort depuis longtemps. Seuls les mots sont restés. Je suis lasse des mots. Quel appât grossier.

XXXVI

Le lendemain matin la radio annonça que la neuvième brigade s'était emparée des canons sur la côte de la baie de Salomon. Le long blocus marin était anéanti. De nouveaux horizons s'ouvraient devant nous.

Le Dr Aurbach apporta lui aussi ce matin-là une bonne nouvelle. Il arborait un sourire triste et affectueux. Il haussa deux fois ses toutes petites épaules comme si ce qu'il disait était sans importance.

« Nous avons déjà le droit de nous lever, de travailler un peu. À condition de ne pas faire de gros efforts intellectuels, de ne pas fatiguer la gorge. À condition de vivre en paix avec les éléments extérieurs. Bonne santé. »

Pour la première fois depuis que Michaël avait été mobilisé je me levai et sortis dans la rue. Quel changement. J'avais l'impression qu'un son aigu et perçant s'était tu soudain. Comme si l'on avait arrêté vers le soir un moteur qui avait hurlé toute la journée dans la cour. Toute la journée je n'y aurais pas prêté attention. C'est seulement après que je m'en serais rendu compte. Soudain le silence. Il avait existé et s'était arrêté. Il s'était arrêté, donc il avait existé.

J'ai libéré la bonne. J'ai écrit une lettre à ma mère

et à ma belle-sœur au kibboutz Nof-Harim pour les rassurer. J'ai fait un gâteau au fromage. À midi j'ai téléphoné au bureau d'information militaire à Jérusalem. Je voulais savoir où stationnait le bataillon de Michaël. On s'est excusé poliment : la plupart des forces sont encore en mouvement. Les liaisons postales sont mauvaises. Il n'y a pas de raison de s'inquiéter. Le nom de Michaël Gonen ne figure sur aucune liste.

C'était une démarche inutile. En rentrant de la pharmacie j'ai trouvé une lettre de Michaël dans la boîte. D'après la date j'ai compris que la lettre avait traîné en route. Au début de la lettre Michaël me demandait avec inquiétude des nouvelles de ma santé, de l'enfant et de la maison. Puis il m'annonçait qu'il se portait bien à part les aigreurs d'estomac qui le tourmentaient à cause de la mauvaise cuisine et le fait qu'il avait cassé ses lunettes le jour de son départ. Michaël s'était conformé aux instructions de la censure militaire et ne m'avait pas révélé où stationnait son bataillon. Mais il avait trouvé un moyen de me faire comprendre indirectement que son bataillon n'avait pas pris part aux combats mais avait été chargé de couvrir le territoire du pays. À la fin il me rappelait qu'il fallait que je conduise Yaïr chez le dentiste le jeudi suivant.

C'est-à-dire demain.

Le lendemain, je conduisis Yaïr au dispensaire Strauss, où se trouve un cabinet dentaire régional. Yoram Kamnitzer, le fils des voisins, nous accompagna car le siège du mouvement « Bnei Akiba » se trouve à côté du dispensaire. Yoram arrivait difficilement à m'expliquer combien il avait été affecté par ma maladie et combien il était content de me savoir guérie.

Nous nous sommes attardés près d'un marchand de maïs chaud. J'en offris à mon fils et au jeune homme. Yoram crut nécessaire de refuser. Il refusa faiblement, il me parlait d'une voix lasse. Je le torturai. Je lui demandai :

— Pourquoi es-tu rêveur et distrait, aujourd'hui, es-tu tombé amoureux d'une de tes camarades de classe ?

Ma question fit perler sur son front des gouttes de sueur. Il voulut s'essuyer la figure mais il ne pouvait pas car il avait les mains sales et gluantes à cause du maïs que je lui avais acheté. Je ne cessai de le fixer pour renforcer son embarras. L'humiliation et le désespoir soulevèrent en lui une violence inquiète. Il tourna vers moi un visage sombre, torturé, et bégaya :

— Madame Gonen, je n'ai rien à faire avec une élève de ma classe, ni avec personne. Je regrette, je n'avais pas l'intention de vous vexer, mais vous n'auriez pas dû me poser une question pareille. Moi non plus je ne pose pas de question. L'amour et les choses de ce genre sont toujours... personnelles.

À Jérusalem l'automne s'attardait. Le ciel n'était pas nuageux, mais il n'était pas clair non plus. Il était d'une couleur automnale : bleu-gris, comme l'asphalte et les vieux bâtiments de pierre. C'était la teinte juste. J'avais de nouveau l'impression que ce n'était absolument pas la première fois. J'étais déjà venue ici auparavant.

Je dis :

— Pardonne-moi, Yoram. J'ai oublié un moment que tu recevais une éducation religieuse. J'étais curieuse. Tu n'es pas obligé de partager tes secrets avec moi. Tu as dix-sept ans, j'en ai vingt-sept, je te semble bien sûr une vieille femme.

Cette fois je le plongeai dans une nouvelle détresse, plus profonde encore que la première. Méchamment. Il tourna les yeux. Dans son trouble il bouscula Yaïr et faillit le faire tomber. Il voulut dire quelque chose, ne réussit pas à trouver le mot et désespéra de le trouver.

— Vieille ? Vous... Au contraire, madame Gonen, bien au contraire. Je voulais dire que... Vous vous intéressez à mon problème, et... avec vous je veux parfois... non. Lorsqu'on dit certaines choses elles prennent parfois un autre sens. Je voulais dire seulement que...

— Calme-toi, Yoram. Tu n'es pas obligé de le dire.

Je le tenais. Je le dominais. Tout entier. Je pouvais tracer sur son visage toutes les expressions que je voulais. Comme sur un bout de papier. La dernière fois que je m'étais amusée à ce jeu cruel, c'était il y a très longtemps. C'est pourquoi je le poussai plus avant, en me délectant tout doucement d'un rire intérieur qui m'emportait :

— Non. Yoram. Tu ne pourras rien dire. Tu m'écriras une lettre. De toute façon tu as presque tout dit. D'ailleurs, est-ce qu'une fille t'a déjà dit que tu avais de très beaux yeux ? Si tu étais sûr de toi, mon jeune ami, tu briserais bien des cœurs. Et moi, si j'étais jeune, si j'avais ton âge, si je n'étais pas une très vieille femme, je ne sais pas comment j'aurais pu m'empêcher de tomber amoureuse de toi. Tu es un gentil garçon.

Je ne cessai pas de le fixer froidement. Je récoltai la stupéfaction, le désir, la souffrance, un fol espoir. J'étais euphorique.

Yoram bégaya :

— Je vous en prie, madame Gonen...

— Hanna. Tu peux m'appeler Hanna.

— Moi... Je vous respecte, et... respecter n'est pas le mot, c'est plutôt un sentiment de respect et... d'attention.

— Pourquoi t'excuser, Yoram. Tu me plais. Ce n'est pas un péché que de plaire.

— Vous me faites regretter, madame Gonen...

Hanna... Je ne dirai plus rien maintenant pour ne pas avoir à le regretter plus tard. Pardon, madame Gonen.

— Parle, Yoram. Je ne suis pas sûre que tu le regretteras.

À ce moment-là Yaïr intervint soudain. Il marmonna entre ses dents qui broyaient les grains de maïs :

— Ceux qui regretteront, ce sont les Anglais. Pendant la guerre de l'Indépendance ils étaient du côté des Arabes, maintenant ils le regrettent et se mettent avec nous.

Yoram dit :

— Madame Gonen, ici je dois tourner à droite. Je retire tout ce que j'ai dit et vous demande pardon.

— Attends, Yoram. Attends un peu. Je veux te demander quelque chose.

Yaïr :

— Quand nous étions à Holon, quand grand-père Zalmann était encore vivant, il m'a expliqué que le sang des Anglais était froid comme celui des serpents.

— Oui, madame Gonen. Que voulez-vous. Je le ferai volontiers.

— Maman, qu'est-ce ça veut dire que le sang du serpent est froid ?

— Cela veut dire que son réseau sanguin n'est pas chaud. Froid. Yoram, tu es si gentil. Je voulais te demander...

— Mais pourquoi ça, pourquoi le sang du serpent n'est pas chaud ? Et pourquoi le sang des gens est chaud et pas celui des Anglais ?

— Dites-moi que vous n'êtes pas fâchée contre moi, madame Gonen. J'ai peut-être dit des bêtises.

— Le cœur fait circuler le sang et le réchauffe chez certains êtres. Je ne peux pas te l'expliquer exactement. Ne te torture pas, Yoram. Lorsque j'étais jeune comme toi, j'avais la force d'aimer. Je voudrais discuter avec toi dès aujourd'hui ou demain. Yaïr, tais-toi une minute, cesse de nous embêter, combien de fois ton père t'a expliqué qu'il ne fallait pas couper la parole. Dès aujourd'hui ou demain, c'est ce que je voulais te demander. Il faut que je te parle. Je voudrais te donner un conseil.

— Je n'ai pas coupé la parole. Peut-être seulement après Yoram ; c'est lui qui m'a coupé la parole.

— En attendant ne te tourmente pas inutilement. Au revoir, Yoram. Je ne suis pas fâchée contre toi, ne te reproche rien. Je t'ai déjà répondu, Yaïr. C'est comme ça. On ne peut pas tout expliquer. Et si.... pourquoi ? Où ? Et comment ? Si ma grand-mère avait des ailes, elle serait un aigle dans le ciel. Lorsque ton père rentrera à la maison tu auras des explications à tout, car ton père est plus intelligent que moi, il sait tout.

— Papa ne sait pas tout, mais quand il ne sait pas il me dit qu'il ne sait pas, il ne me dit pas qu'il sait et qu'il ne peut pas expliquer. C'est impossible. Tout ce qu'on sait on peut l'expliquer. Terminé.

— Dieu merci, Yaïr.

L'enfant jeta le trognon de maïs qu'il avait grignoté. Il essuya ses deux petites mains avec un mouchoir. Il avala ma vexation. Se tut. Même lorsque je lui demandai tout à coup affolée si nous avions éteint le gaz avant de partir, il continua à garder le silence. Je détestai son orgueil obstiné. En arrivant au dispensaire, je le poussai et l'installai brusquement dans le fauteuil du dentiste bien que l'enfant n'eût pas refusé le moindrement de s'y asseoir.

Depuis que Michaël lui avait expliqué comment la carie attaquait les racines des dents, Yaïr manifestait une compréhension et une entière collaboration. Les médecins étaient chaque fois en admiration. Bien mieux : la roulette et les autres appareils éveillaient chez l'enfant une curiosité qui m'exaspérait : un enfant de cinq ans pour lequel les caries dentaires sont un plaisir fera un adulte détestable. Cette idée me répugnait. Je ne pouvais m'en défaire.

Pendant que le dentiste soignait les dents de Yaïr, j'étais assise dans le couloir sur un petit tabouret, et je préparais les propos que j'avais l'intention de tenir à Yoram Kamnitzer.

Au début je songeais à lui arracher l'aveu qui lui pesait. Je savais que j'y arriverais facilement et qu'ainsi je jouirais de nouveau des forces dont je n'étais pas encore privée tout à fait, même si le temps s'apprêtait à les grignoter, si tout devait s'effriter et se désagréger entre ses doigts précis et pâles.

Puis, quand je l'aurai entièrement sous ma coupe comme je le désirais je lui demanderais de s'engager sur une pente raide. Par exemple de devenir poète et non professeur de Bible. Je voulais le projeter sur l'autre rive. Soumettre une dernière fois un dernier Mikhaël Strogoff à ma domination et lui confier la mission d'une princesse déchue.

Je n'avais pas l'intention de lui donner autre chose que quelques mots affectueux dans un langage assez plat parce qu'il était gentil garçon et que je n'avais trouvé en lui ni le don de la souplesse magique ni le flot d'énergie débordante envahissant les profondeurs.

Ce dessein avait été tramé en vain. Le jeune homme ne remplit pas sa folle promesse et ne vint pas me voir. Je lui avais peut-être communiqué une peur difficile à surmonter.

À la fin de ce mois-là, un poème d'amour composé par Yoram fut imprimé dans un journal inconnu. Contrairement à ce qu'il avait fait dans ses poèmes précédents, il avait osé nommer les parties du corps de la femme. La femme de Putiphar se dévoilait pour conquérir Joseph le Juste.

M. et Mme Kamnitzer furent aussitôt convoqués pour un entretien avec le directeur du lycée religieux. Il fut convenu qu'il renoncerait à faire un scandale à condition qu'il termine sa dernière année d'études à l'école d'un kibboutz religieux dans le sud du pays. Je n'appris ces détails que quelque temps après. Le poème audacieux sur la détresse de Joseph le Juste me parvint plus tard. Je le reçus par la poste, dans une enveloppe sur laquelle on avait marqué mon nom en lettres imprimées, carrées. C'était un poème imagé et rythmé : le cri d'un corps torturé lancé à travers le voile d'une âme faible.

J'avouai mon échec : Yoram allait donc étudier à l'Université. Il prendrait un poste de professeur de Bible et d'Hébreu. Il ne serait pas poète. Il excellerait peut-être à trouver des rimes pour les besoins de son enseignement. Pour rédiger, par exemple, la carte de vœux illustrée qu'il nous enverrait pour la nouvelle année. Nous aussi, les Gonen, nous lui enverrons une carte pour souhaiter à Yoram et à sa famille « d'être inscrits sur le livre de la vie ». Le temps continuera à se manifester : glacé, hautain et transparent car il ne nous aime, ni Yoram, ni moi, et ne présage rien de bon.

En somme c'est Mme Glick, la voisine hystérique, qui en avait jeté le sort, lorsqu'elle s'était précipitée sur Yoram dans la cour quelque temps avant d'être hospitalisée. Elle avait déchiré sa chemise, l'avait giflé et traité de maquereau, de voyeur et de sale dégoûtant.

Mais c'est moi qui avais perdu. Pour ma dernière tentative. L'orientation froide avait été plus forte que moi. Dorénavant je me laisserai porter par le courant. Je surnagerai, sans couler. Immobile.

XXXVII

Le lendemain soir, pendant que je baignais Yaïr et lui lavais la tête, un homme maigre et couvert de poussière passa la tête dans l'encadrement de la porte. Je ne l'avais pas entendu entrer à cause de l'eau qui coulait et de Yaïr qui bavardait. Il se tenait en chaussettes à l'entrée de la salle de bains. Peut-être avait-il eu le temps de nous observer pendant quelques minutes, en silence, avant que je ne m'aperçoive de sa présence : je poussai un petit cri de surprise et de peur. Il s'était déchaussé dans le couloir pour ne pas transporter de la boue dans l'appartement.

— Michaël, essayai-je de prononcer en souriant avec douceur, mais le mot resta au fond de ma gorge, étouffé par un sanglot.

— Yaïr, Hanna. Bonsoir, vous deux. Je suis content de vous retrouver en bonne santé. Salut, mes chéris. Me voilà de retour.

— Papa, tu as tué des Arabes ?

— Non, mon fils. Bien au contraire. C'est plutôt l'armée juive qui a failli me tuer. Plus tard je vous raconterai des histoires. Hanna, essuie le petit et habille-le. Il va prendre froid. L'eau est déjà glacée.

Le bataillon de réserve de Michaël n'avait pas encore été dispersé : quant à Michaël il avait été libéré plus tôt car on avait mobilisé deux transmetteurs de trop, parce que ayant cassé ses lunettes il n'était plus d'aucune utilité près de l'émetteur, que de toute façon tous les soldats de son unité allaient être libérés deux jours plus tard et qu'il était pour sa part un peu malade.

— Tu es malade, lui dis-je en élevant la voix comme pour le réprimander.

— J'ai dit : un peu. Inutile de crier, Hanna. Tu vois bien que je marche, que je respire, que je parle. Je suis juste un peu malade. Sans doute une intoxication.

— C'est seulement l'émotion, Michaël. Je vais cesser tout de suite. Ça y est, c'est fini. Assez. Je ne pleure pas. Ça va mieux. J'ai langui après toi. Tu m'as manqué. Lorsque tu es parti j'étais malade et méchante. Maintenant je ne suis plus malade. Je serai gentille. J'ai envie de toi. Tu vas te laver pendant que je vais coucher Yaïr. Je vais te faire un dîner royal. Je vais mettre une nappe blanche. Déboucher une bouteille de vin. C'est ainsi que nous allons commencer la soirée. Que je suis bête, je viens de gâcher l'effet de la surprise.

— Je ne pense pas que je pourrai boire du vin ce soir, s'excusa Michaël en souriant calmement. Je ne me sens pas bien.

*

Après avoir pris un bain Michaël défit son baluchon, fourra ses vêtements imprégnés de sueur dans le panier de linge sale, rangea chaque chose à sa place. Puis il s'emmitoufla dans la couverture de laine. Il claquait des dents. Il me demanda de lui pardonner d'avoir gâché nos retrouvailles avec ses petits ennuis.

Il avait une expression étrange. Il lisait difficilement le journal car il avait cassé ses lunettes. Il éteignit la lumière, se tourna vers le mur. Je me réveillai plusieurs fois au milieu de la nuit. Je me demandai s'il gémissait ou s'il avait simplement le hoquet. Je lui proposai un verre de thé. Il refusa en me remerciant. Je me levai cependant faire du thé. Je lui ordonnai de boire. Il m'obéit et avala avec difficulté. Puis de nouveau un bruit monta du fond de sa gorge, mais ce n'était ni une plainte ni le hoquet. On aurait dit qu'il était pris d'une violente nausée.

— Tu as mal, Michaël.

Il nia :

— Non. Pas mal. Dors, Hanna. Nous en parlerons demain.

Le lendemain matin j'envoyai Yaïr au jardin d'enfants et appelai le Dr Aurbach. Le médecin entra sur la pointe des pieds, sourit tristement et déclara qu'il fallait faire d'urgence un examen à l'hôpital. À la fin il employa sa formule consacrée pour nous tranquilliser :

« On ne meurt pas si vite, comme on pourrait le croire quand on est à bout. Bonne santé. »

En chemin, dans le taxi qui nous conduisait à l'hôpital « Chearei-Tsedek », Michaël essaya de plaisanter pour m'ôter toute inquiétude :

« Je me sens un peu comme un héros militaire dans un film russe. Un peu. »

Puis il réfléchit un instant et me demanda de téléphoner à tante Génia à Tel-Aviv pour lui dire qu'il était malade au cas où son état s'aggraverait.

Je me souviens que lorsque j'avais treize ans, mon père, Joseph Greenbaum, tomba malade pour la dernière fois. Il est mort d'un cancer. Pendant les dernières semaines avant sa mort ses traits se creusèrent de plus en plus. Sa peau se ratatina et jaunit, ses joues tombèrent, il perdit ses cheveux, et très vite ses dents s'abîmèrent, il semblait se recroqueviller d'heure en heure. Mais c'est surtout le renfoncement des lèvres qui m'effrayait. On avait l'impression qu'il souriait constamment avec ruse. Comme si sa maladie était un stratagème satanique qui avait bien réussi. Mon père aussi avait eu recours, durant ses derniers jours, à une sorte de plaisanterie forcée : il nous raconta que la question de la vie de l'âme après la mort l'avait intéressé déjà dans sa jeunesse, quand il était encore à Cracovie. Il avait même écrit un jour une lettre en allemand, au professeur Martin Buber, pour l'interroger à ce sujet. Une autre fois il avait publié une réponse à cette question dans la rubrique des lecteurs du journal *L'Observateur*. Et maintenant, dans peu de temps, il obtiendrait enfin une réponse de source sûre au mystère de la survie de l'âme. De plus, il détenait une réponse en allemand de la main du Professeur Buber, dans laquelle il disait que notre vie se perpétuait en nos descendants et en nos œuvres.

« Je ne pourrai pas me glorifier avec des œuvres, dit-il en souriant, les lèvres rentrées, mais j'ai des descendants, moi aussi. Est-ce que tu sens, Hanna, que tu es le prolongement de mon âme et de mon corps ?

Puis il ajouta aussitôt :

« Je plaisantais. Ce que tu ressens te regarde. Nos ancêtres ont déjà dit que ces choses-là sont indéfinissables. »

Papa est mort à la maison. Les médecins n'avaient pas jugé utile de le transporter à l'hôpital car il n'y avait plus d'espoir, or il le savait et les médecins le savaient conscient de son état. Ils lui prescrivirent des médicaments pour soulager ses douleurs et s'étonnèrent de sa sérénité durant les derniers jours. Il s'était préparé à la mort pendant toute sa vie. Il passa sa dernière matinée dans un fauteuil, vêtu d'une robe de chambre marron, il faisait les mots croisés d'un journal anglais, le *Palestine-Post*, dans l'espoir de gagner un prix. À midi il sortit poster ses mots croisés. En rentrant il alla dans sa chambre, ferma la porte derrière lui sans la verrouiller. Il tourna le dos à la chambre, s'appuya à la fenêtre et mourut. Il voulait épargner à ses amis un spectacle pénible. Mon frère Emmanuel était déjà parti faire sa préparation militaire dans un kibboutz loin de Jérusalem. Maman et moi, nous étions chez le coiffeur. Selon des nouvelles non confirmées parvenues du front, un changement important était survenu dans la bataille de Stalingrad. Papa avait inscrit sur son testament qu'il me léguait trois mille livres pour mon mariage. La moitié de cette somme devait revenir à mon frère au cas où il choisirait de quitter le kibboutz. Mon père était économe. Il nous avait laissé une chemise en carton contenant une douzaine de lettres écrites par des personnalités célèbres qui avaient bien voulu répondre à ses doléances sur des sujets divers. Deux ou trois lettres autographes émanaient de personnalités mondialement connues. Il avait laissé aussi un carnet de notes. Au début je croyais que papa y avait inscrit en secret ses pensées et ses réflexions. Il s'avéra ensuite qu'il s'agissait de phrases prononcées par des gens célèbres durant sa vie. Par exemple, dans le train, de Jérusalem à Tel-Aviv, il avait lié conversation avec Menahem Oussischkine

et avait entendu la phrase suivante : « Il faut évidemment remettre en question chacun de nos actes mais
il faut aussi savoir agir comme si le doute n'existait
pas. » Il avait noté entre parenthèses l'origine, la
date et les circonstances de ces paroles. Mon père
était un homme attentif, il cherchait des signes et
des symboles. Il ne se sentait nullement humilié
d'obéir à des forces dont il avait ignoré la nature
durant toute sa vie. C'est la personne que j'ai le plus
aimée au monde.

Michaël resta alité pendant trois jours à l'hôpital
« Chearei-Tsedek ». Il montrait les premiers signes
d'une maladie d'estomac. Grâce au Dr Aurbach, sa
maladie fut diagnostiquée précocement. Désormais
certains plats lui étaient interdits. La semaine
prochaine il pourra retourner normalement à son
travail.

Au cours d'une de nos visites à l'hôpital, Michaël
trouva l'occasion de tenir sa promesse en racontant
à son fils des anecdotes sur la guerre. Il nous narra
des patrouilles, des embuscades et des alertes. Non,
il ne pouvait répondre aux questions qui concer-
naient le front lui-même : malheureusement papa
n'avait pas participé à la capture du bateau égyptien
dans la baie de Haïfa ni visité Gaza. Il n'avait pas
sauté en parachute près du Canal de Suez non plus.
Papa n'était ni pilote ni parachutiste.

Yaïr se montra compréhensif.

— Tu n'étais pas bon pour la guerre. C'est pour ça
qu'on t'a laissé.

— À ton avis, Yaïr, qui est bon pour la guerre ?

— Moi.

— Toi ?

— Quand je serai grand, je serai un soldat fort. Je
suis plus fort que beaucoup de grands dans la cour.

Ce n'est pas bien d'être faible. C'est exactement comme dans notre cour. Terminé.

Michaël dit :

— Il faut être raisonnable, mon fils.

Yaïr examina les choses en silence. Les compara, les combina et fit des rapprochements. Avec sérieux. En se concentrant. Puis il décréta :

— Raisonnable, ce n'est pas le contraire de fort.

J'intervins :

— J'aime beaucoup les gens forts et raisonnables. Je voudrais rencontrer un jour un homme fort et raisonnable.

Michaël me répondit évidemment par un sourire. Et se tut.

Les amis prirent la peine de venir souvent le voir. M. Glick. M. Kadischmann. Les géologues. Ma meilleure amie Hadassa et son mari qui s'appelle Abba. Et puis dernièrement, Yardena, la blonde amie de Michaël. Elle arriva en compagnie d'un officier des Nations-Unies. Un géant canadien dont je ne pouvais pas détacher les yeux bien que Yardena s'en soit rendu compte et m'ait même souri par deux fois. Elle se pencha sur le lit de Michaël, embrassa sa main maigre comme s'il était à l'agonie et dit :

— Arrête, Micha. Ça ne te ressemble pas, toutes ces maladies. Tu m'étonnes. Tu me croiras si tu veux, j'ai déjà présenté mon mémoire et je me suis même inscrite aux examens de fin d'études. Tout doucement. Et toi, mon mignon, tu m'aideras un peu à préparer mes examens ?

— Bien sûr, lui répondit Michaël en riant, je t'aiderai. Je suis content pour toi, Yardena.

— Micha, tu es magnifique. Je n'ai jamais rencontré personne d'aussi gentil et intelligent que toi. Porte-toi bien.

Une fois guéri Michaël retourna à son travail. Il se remit aussi à rédiger sa thèse après cette longue interruption. Sa silhouette bouge de nouveau la nuit à travers la vitre de verre dépolie qui sépare son bureau de la chambre où je dors. À dix heures je lui sers un verre de thé au citron. À onze heures il s'arrête pour écouter le dernier bulletin d'informations. Puis les ombres du mur changent de forme à chacun de ses mouvements : il ouvre un tiroir, tourne une page. S'accoude à la table en prenant sa tête entre les mains. Il tend le bras pour prendre un livre. Ses lunettes ont été réparées. Sa tante Léa lui a envoyé une nouvelle pipe. Mon frère Emmanuel nous a expédié une caisse de pommes de Nof-Harim. Ma mère m'a tricoté une écharpe rouge. Notre marchand de légumes persan, Eliahou Mochia, a été lui aussi démobilisé.

Enfin au milieu du mois de novembre, la pluie tant attendue s'est mise à tomber. La pluie avait tardé à venir à cause de la guerre. Elle est venue avec colère et fracas. La ville est close. On sent la terre boire autour d'elle. Le gémissement mélancolique des gouttières. Notre cour est mouillée et déserte. Les rafales font trembler les volets chaque nuit. En face du balcon de la cuisine le figuier est dénudé et triste. Mais les pins ont verdi comme s'ils s'étaient enrichis. Leur bruissement est un chuchotement de désir qui ne me lâche point. Chaque voiture qui passe dans la rue tire de l'asphalte mouillé un long chuintement.

Deux fois par semaine, je prends des cours d'anglais du deuxième degré, organisés par l'Association des mères au travail. Entre les averses, Yaïr fait voguer des voiliers et des bateaux de guerre sur la mare d'eau devant chez nous. Il manifeste mainte-

nant un engouement étrange pour la mer. Lorsque
la pluie nous confine à la maison, il se contente du
tapis et du fauteuil pour figurer l'océan et le port.
Les éléments du jeu de dominos deviennent les
navires de la flotte. De grands combats navals se
déroulent dans le salon. Un bâtiment égyptien brûle
en pleine mer. Les canons crachent le feu. Le capitaine prend une décision.

Parfois je termine plus tôt de préparer le dîner, je
joue avec lui. Mon poudrier tient le rôle d'un sous-
marin. Moi, celui de l'ennemi. Un jour je me suis
jetée sur mon fils pour le serrer très fort dans mes
bras. Je lui ai couvert la tête de baisers violents car à
ce moment-là Yaïr ressemblait à un vrai capitaine.
Je fus chassée aussitôt de la pièce. Mon fils manifesta un orgueil farouche : il m'accordait le droit de
jouer avec lui à condition que je reste étrangère et
indifférente pendant la bataille.

Je me suis peut-être trompée. Une force domina-
trice et froide se révélait chez Yaïr. Ce n'est pas de
Michaël qu'il tient cette tendance. De moi non plus.
Son excellente mémoire ne cesse de m'étonner. Il se
souvient encore de l'attaque de la bande de Hassan
Salamé sur Holon à partir de Tell Arich, comme la
lui a racontée son pauvre grand-père, il y a plus d'un
an et demi.

Dans quelques mois Yaïr quittera le jardin
d'enfants pour aller à l'école. Michaël et moi nous
avons décidé de l'envoyer à Beit-Hakerem et non à
l'école religieuse de garçons, « Tachkemoni », qui se
trouve près de chez nous : nous nous sommes mis
d'accord pour faire de notre fils un homme évolué.
Les voisins du troisième étage, les Kamnitzer, me
témoignent une haine polie. Ils daignent encore me
saluer mais ils n'envoient plus leur petite fille
m'emprunter un fer à repasser ou un moule à
gâteaux.

M. Glick vient nous rendre visite comme d'habitude tous les cinq jours. Il a bien avancé dans ses lectures de l'Encyclopédie Hébraïque et en est à la rubrique « Belgique ». À Anvers habite le frère de sa femme, la pauvre Mme Douba. Elle fait de bons progrès. Les médecins promettent de la laisser sortir en avril ou en mai. La reconnaissance de notre voisin n'a plus de limites : en plus du supplément du samedi, du journal *Hatsofé*, il nous offre régulièrement des boîtes d'épingles, de trombones, d'étiquettes et des timbres de différents pays.

Dernièrement Michaël a réussi à susciter chez Yaïr un vif intérêt pour les timbres. Tous les samedis matin ils s'occupent de la collection. Yaïr met les timbres à tremper, il les décolle délicatement des enveloppes, les pose retournés pour les faire sécher sur un grand buvard que lui a donné « définitivement » M. Glick. Michaël trie les timbres lavés et les colle dans l'album. Pendant ce temps je pose un disque sur l'électrophone, et me vautre dans le fauteuil mes pieds nus repliés sous moi, je tricote en écoutant la musique. Je suis calme. Par la fenêtre je suis du regard la silhouette de la voisine d'à côté qui s'évertue à suspendre les couvertures sur le rebord du balcon pour les aérer. Je ne pense ni ne sens rien. Le temps est là, il opère. Je l'ignore pour l'humilier. Je me comporte envers lui exactement comme je le faisais, jeune fille, sous les regards effrontés des hommes vulgaires : je ne baisse pas les yeux ni ne tourne la tête. J'arbore un sourire moqueur et froid. Je ne m'affole pas, ne me trouble pas. C'est comme si je disais : « Eh bien quoi ? »

Eh bien, je le sais et je le reconnais : c'est une piètre défense. Mais la tromperie, elle aussi, est bien médiocre et laide. Je ne posais pourtant pas trop de conditions : il fallait que la cloison de verre reste transparente. Une jolie petite fille dans un manteau bleu. Une jardinière d'enfants desséchés avec des varices sur les jambes. Yvonne Azoulaï évolue sur une mer infinie. Que la cloison de verre demeure transparente. Rien de plus.

XXXVIII

En hiver, Jérusalem connaît des Chabbats clairs et ensoleillés. Le ciel prend une nuance qui n'est pas un bleu pâle mais un bleu intense et très profond comme si la mer était montée se poser à l'envers au-dessus de la ville. C'est une limpidité radieuse, transparente, brodée de vols d'oiseaux fous, éclairée de toutes parts. Les choses, les collines, les maisons, les bois semblent soudain trembler sans cesse dans le lointain. L'humidité qui s'évapore est à l'origine de ce phénomène, c'est ce que m'a expliqué Michaël.

Ces samedis-là nous déjeunons plus tôt et partons faire une longue promenade. Nous quittons les quartiers religieux et allons jusqu'à Talpiot, Ein Karem ou Malha, ou encore jusqu'à Giv'at-Chaoul. À midi nous nous reposons dans un bois et déjeunons avec ce que nous avons emporté. En fin d'après-midi nous rentrons à Jérusalem par le premier autobus de la fin du Chabbat. Que les jours sont calmes ! Parfois je m'imagine que Jérusalem se déploie sous mes yeux et que toutes ses cachettes sont soudain éclairées. Je n'oublie pas que la lumière bleue n'est qu'une illusion passagère. Les oiseaux migreront. Mais déjà j'ai appris à ignorer tout cela. À flotter. À ne pas m'opposer.

Au cours de l'une de nos promenades du samedi,

nous avons rencontré mon vieux et ancien professeur de littérature hébraïque. Après avoir fait des efforts touchants pour me reconnaître il réussit à mettre un nom sur mon visage. Il demanda :

« Quelle surprise, Madame, nous préparez-vous en secret ? Un recueil de poèmes ? »

Je niai.

Le professeur réfléchit un instant, sourit poliment et avança :

« Que notre Jérusalem est splendide ! Ce n'est pas pour rien que les nombreuses générations ont désiré y venir des profondeurs de l'exil. »

J'acquiesçai. Nous nous sommes quittés sur une poignée de main. Michaël souhaita une bonne santé au vénérable vieillard. Le professeur fit une petite révérence et agita son chapeau. J'étais heureuse d'avoir fait cette rencontre.

Nous ramassons des bouquets de fleurs sauvages. Des renoncules d'Asie. Des narcisses. Des cyclamens. Des immortelles. Nous traversons des terrains vagues. Nous nous reposons à l'ombre d'un rocher gris et humide. Nous regardons la plaine au loin, vers les montagnes de Hébron, vers le désert de Judée. Parfois nous jouons à cache-cache ou à chat-perché. Trébuchons et rions. Michaël est gai et léger. Il peut de temps en temps lancer avec enthousiasme :

— Jérusalem est la plus grande ville du monde. Il suffit de traverser deux ou trois ruelles pour découvrir un autre continent, une autre génération et même un autre climat.

Ou bien :

— Que c'est beau, tout autour, Hanna. Que tu es belle ici, ma triste et petite habitante de Jérusalem.

Yaïr s'intéresse en particulier à deux sujets : les

combats de la guerre de l'Indépendance et le réseau des autobus de la compagnie « Hamekasher ».

En ce qui concerne le premier sujet, Michaël ne le prive pas d'explications. Il tend le bras, désigne des points dans le paysage, trace des schémas sur le sol, fait des démonstrations à l'aide de petites pierres blanches et de tiges de plantes : les Arabes étaient là, nous, ici. Ils voulaient attaquer par là. Nous les avons surpris par-derrière.

Michaël éprouve le besoin de raconter aussi à l'enfant, en détail, les erreurs, les considérations militaires erronées et les échecs. Moi aussi j'écoute et je m'instruis. Que je connaissais peu sur la bataille de Jérusalem ! La villa qui avait appartenu à Raschid Chahada, le père des jumeaux, avait été confiée à l'Organisation mondiale de la Santé qui l'avait transformée en station de soin aux femmes enceintes et à celles qui allaitent. Sur le terrain vague on construit une H.L.M. Les Allemands et les Grecs avaient quitté leurs colonies. D'autres gens s'étaient installés à leur place. Des hommes, des femmes et des enfants étaient venus s'ajouter à Jérusalem. Ce n'était pas la dernière guerre sur Jérusalem. C'est ce que notre ami M. Kadischmann nous disait :

— Je sens, moi aussi, un complot se tramer en secret, enfler et crever. J'admire le don qu'a Michaël pour expliquer les choses les plus compliquées avec des mots simples, pratiquement sans adjectifs. Je suis étonnée aussi des questions judicieuses et précises que lui pose Yaïr.

Il imagine la guerre comme un jeu construit à merveille, dans lequel se manifestent l'ordre et la logique d'une manière passionnante. Mon mari et mon fils considèrent tous les deux le temps comme une série de carrés uniformes d'un cahier de calcul : de simples cases limitées par des traits.

On n'a jamais éprouvé le besoin d'expliquer à Yaïr l'origine des désirs qui s'opposent. Pour lui, conquérir et dominer sont des choses naturelles. Les questions de l'enfant portent uniquement sur l'ordre interne qui est dans le courant des choses : les Arabes. Les Juifs. Une colline. Une vallée. Des ruines. Une route. Une tranchée. Des blindés. Un mouvement de troupes. Une surprise. Une considération.

Le réseau des communications passionne aussi mon fils à cause des rapports complexes qui existent entre les différentes directions. Le principe de la ramification lié au calcul des distances entre les stations lui procure une jouissance intellectuelle. La concordance dans le fonctionnement des nombreuses lignes. La convergence vers le centre de la ville. Sur ce sujet Yaïr est capable de nous en apprendre à tous les deux. Michaël lui a prédit qu'il programmerait la circulation pour la compagnie « Hamekasher » quand il sera grand. Il n'oublia pas de souligner qu'il ne parlait pas sérieusement, bien sûr.

Yaïr connaît très bien la marque d'autobus qui correspond à chaque ligne. Il aime expliquer aussi les différentes sortes de parcours : ici une pente raide, ici un virage serré, là une route défoncée. La manière dont il s'exprime ressemble beaucoup à celle de son père : un style de conférencier. Ils emploient souvent les mots : alors, bien que, conclusion, ainsi que l'expression : c'est une possibilité à envisager.

Je m'efforce d'être une élève sage et attentive. Avec tous les deux.

Une vision :

Mon fils et mon mari sont penchés sur une immense carte déployée sur une vaste table. Différents signes sont dispersés dessus. Des épingles à têtes de couleur sont plantées selon un ordre convenu entre eux, mais qui me semble un fouillis complet. Ils discutent poliment en allemand. Ils portent tous les deux des complets gris et des cravates claires fixées avec des épingles en argent. Je suis là, fatiguée, en tenue de nuit débraillée et sale. Ils sont plongés dans leur travail. Baignés d'une lumière blanche, sans ombres. À leur silhouette on a l'impression qu'ils sont concentrés, prudents, conscients de leurs responsabilités. Je les interromps en faisant une remarque ou en leur demandant quelque chose. Ils se montrent tous deux affectueux et accueillants. Ils ne manifestent pas d'impatience bien que je les aie dérangés. Ils sont prêts à m'aider. Ils feront volontiers ce que je demande. Mais pourrai-je attendre environ cinq minutes ?

Une promenade le samedi, mais celle-ci d'un autre genre :

Nous traversons les quartiers les plus riches de la ville, Rehavia, ou Beit-Hakerem. Nous choisissons une maison où nous aimerions habiter. Nous visitons des constructions inachevées. Nous discutons des avantages et des inconvénients des différents appartements. Nous nous répartissons les pièces. Choisissons une place pour chaque meuble : ici les jouets de Yaïr. Là le bureau. Là-bas le divan. La bibliothèque. Les fauteuils. Le tapis.

Michaël dit :

— Il faudrait commencer à faire des économies, Hanna. Nous ne pourrons pas continuer tout le temps à vivre au jour le jour.

Yaïr propose :

— On pourrait vendre, pour de l'argent, l'électrophone et les disques. La radio donne assez de musique. Et puis y'en a marre d'écouter.

Moi :

— Je voudrais aller en Europe. Faire installer le téléphone. Une petite voiture pour aller au bord de la mer, le samedi. Lorsque j'étais petite nous avions un voisin arabe qui s'appelait Rashid Chahada. Il était très riche. Maintenant il habite sans doute dans un camp de réfugiés. Ils avaient une maison dans le quartier de Katamon. C'était une villa construite autour d'une cour intérieure. La maison encerclait la cour. On pouvait se mettre dehors tout en restant caché chez soi. Je voudrais habiter une maison exactement comme celle-là. Entre les pins et les rochers. Attends un peu, Michaël. Je n'ai pas fini ma liste. Je voudrais aussi une femme de ménage. Et un grand jardin autour.

— Et un chauffeur en uniforme, dit Michaël en souriant.

— Et un sous-marin privé. Yaïr tape avec ses pieds, petits mais fidèles.

— Et que mon mari soit un prince-poète, boxeur et pilote, ajoute Michaël.

Yaïr plisse le front comme son père a l'habitude de le faire quand il réfléchit à un problème compliqué, se tait deux secondes et s'écrie :

— J'ai besoin d'un petit frère. Aharon a exactement le même âge que moi et il a déjà deux frères. Moi aussi, je mérite un frère.

Michaël dit :

— À Rehavia ou à Beit-Hakerem, un appartement coûte aujourd'hui une fortune. Mais si nous avions commencé à économiser régulièrement nous aurions pu emprunter un peu d'argent à tante Génia, un peu à la caisse d'assistance de l'Université, quelque chose à M. Kadischmann. Je ne parle pas en l'air.

— Non, lui dis-je. Ce n'est pas un rêve. C'est nous qui sommes dans les nuages.

— Comment, nous ?

— Oui, dans les nuages, Michaël. Pas moi seulement. Toi aussi. Tu es même derrière les nuages, du côté bleu. Sans parler du petit, Yaïr le réaliste.

— Tu es pessimiste, Hanna.

— Je suis fatiguée, Michaël. Rentrons. Je viens de me souvenir que j'ai beaucoup de repassage à faire. Demain les peintres vont venir.

— Papa, qu'est-ce que c'est « réaliste » ?

— C'est un mot qui a plusieurs significations, mon fils. Maman voulait parler de quelqu'un qui agit toujours avec bon sens et n'est pas plongé dans les rêves.

— Mais moi aussi j'ai des rêves la nuit.

Je demande avec un rire moqueur :

— Des rêves.

— Quelle sorte de rêves, as-tu, la nuit, Yaïr ?

— Lesquels ?

— Toutes sortes.

— Par exemple ?

— Des rêves. C'est tout.

Le soir je repassai. Le lendemain nous avons entièrement chaulé les murs de notre appartement. Ma meilleure amie Hadassa m'a de nouveau prêté sa bonne, Simha, pour deux jours. Les pluies de l'hiver ont repris au milieu de la semaine. L'eau gronda dans les gouttières. Une musique de tristesse et de colère. Il y eut plusieurs longues pannes de courant. La rue était boueuse.

Après avoir chaulé et nettoyé j'ai pris quarante-cinq livres dans le porte-monnaie de Michaël et je suis allée en ville entre deux averses. J'ai acheté de nouveaux lustres pour chaque pièce. Dorénavant il y aurait du cristal dans mon salon. Du cristal de roche. J'aime le mot cristal. Et le cristal lui-même.

XXXIX

Les jours se ressemblent et je me ressemble.
Quelque chose a changé. Je ne sais ce que c'est.
Nous sommes, mon mari et moi, comme deux étrangers sortis l'un après l'autre du même dispensaire après avoir reçu des soins pénibles : ils sont troublés tous les deux, ils se comprennent, ils sentent que quelque chose de désagréable et de gênant les rapproche. Désormais ils trouveront difficilement le ton juste sur lequel se parler.

Michaël va bientôt terminer sa thèse. L'an prochain il a de bonnes chances de monter en grade à l'Université. Il est resté une dizaine de jours dans le Néguev au début de l'été cinquante-sept, pour y effectuer les observations et les expériences nécessaires à l'achèvement de son travail. Il nous a rapporté une bouteille pleine de sables de différentes couleurs.
J'ai appris par l'un de ses collègues que mon mari avait l'intention de tout faire pour obtenir après sa thèse une bourse d'études qui lui permette de séjourner longtemps dans une université américaine. Michaël avait préféré ne pas me parler de ses projets, il connaissait mes faiblesses : il ne voulait pas

faire naître en moi de nouveaux rêves. Les rêves risquent de se briser. Ce serait peut-être une déception.

Avec les années des changements sont intervenus petit à petit dans le quartier de Mekor-Barouch : de nouvelles cités ont été construites à l'Ouest. Des routes tracées. Des maisons modernes à plusieurs étages se sont édifiées sur les maisons basses datant de l'Empire turc. La mairie de Jérusalem a fait placer des bancs verts et des poubelles dans les rues. On a inauguré un petit jardin public. Des usines et des imprimeries sont apparues sur les terrains vagues envahis jusque-là d'herbes folles.

Les anciens habitants quittent progressivement le quartier. Les employés des ministères et de l'Agence Juive sont allés s'installer à Rehavia ou à Kiriat-Chmouel. Les caissiers et les employés de bureau se sont acheté des appartements à loyer modéré dans des cités de béton construites par l'État, au sud de la ville. Les marchands de vêtements et de bonneterie ont émigré à Romema. Nous sommes restés là pour surveiller un quartier en décadence. Une sorte de décomposition continue, indéfinissable. Les volets et les balustrades en fer forgé se rouillent de plus en plus. Un contremaître pieux a creusé des fondations en face de chez nous, puis a transporté des tas de gravier et de sable, soudain il s'est désespéré et a renoncé à ses projets. Il a peut-être changé d'avis. Il est peut-être mort ? Les Kamnitzer ont quitté notre maison et Jérusalem pour aller habiter à Ramat-Hacharon. Yoram a obtenu une permission pour venir aider au déménagement. Il m'a saluée de la main, de loin, il m'a paru robuste et bronzé dans son uniforme de Nahal religieux. Je n'ai pas pu lui parler car son père le surveillait. Qu'avais-je à lui dire ? À présent.

De nombreuses familles pieuses sont venues s'installer dans les appartements qui se sont libérés dans notre quartier. De nouveaux immigrants ayant réussi à se faire une petite situation, en particulier des Irakiens et des Roumains. Le changement a été progressif. Les cordes à linge tendues en travers de la rue, d'un balcon à l'autre, se sont multipliées. La nuit, j'entends maintenant des cris dans une langue gutturale. Notre marchand de légumes persan, M. Eliahou Mochia, a cédé sa boutique à deux frères toujours en colère. Même les garçons de l'école religieuse « Tachkemoni » me semblent plus violents et plus sauvages que les années précédentes.

À la fin du mois de mai notre ami M. Kadischmann est mort d'une maladie rénale. Il a légué une petite somme d'argent au siège du parti de droite à Jérusalem. Il nous a laissé tous ses livres : les écrits de Herzl, de Nordau, de Jabotinski et de Klausner. Dans son testament M. Kadischmann a prié son avocat de venir nous remercier de « l'accueil chaleureux que nous avions réservé au défunt ». M. Kadischmann était un solitaire.

L'été cinquante-sept la vieille Sarah Zeldine est morte aussi après avoir été renversée dans la rue Malachi par un camion militaire. On a fermé le jardin d'enfants. J'ai trouvé un emploi à mi-temps comme secrétaire au ministère du Commerce et de l'Industrie. C'est Abba, le mari de ma meilleure amie Hadassa, qui m'a trouvé cet emploi. À l'automne, trois amis de mes parents, du temps où j'étais petite, sont morts. Je n'ai pas parlé d'eux car l'oubli a réussi à faire des fissures. Aucun effort ne peut résister à l'oubli. Je voulais tout écrire ici. Mais on ne peut tout écrire. La plupart des choses s'échappent vers la mort en silence.

Au mois de septembre notre fils Yaïr est entré à l'école primaire à Beit-Hakerem. Michaël lui a offert un cartable marron. Moi, un plumier, des crayons, un taille-crayons et une règle. Tante Léa lui a envoyé par la poste une grande boîte à peinture. Du kibboutz Nof-Harim nous avons reçu *Le Cœur* de D'Amicis, magnifiquement relié.

Au mois d'octobre on avait ramené notre voisine, Mme Douba Glick, de l'hôpital psychiatrique. Elle manifestait une sorte de résignation muette. Elle m'avait semblé calme et détendue. Elle avait vieilli et beaucoup engraissé. Sa beauté de fruit mûr et juteux, dont elle avait été gratifiée pour n'avoir pas eu d'enfants, avait disparu. Les crises d'hystérie et les hurlements désespérés ne se renouvelèrent pas. Après un long traitement on avait ramené une Mme Glick indifférente et résignée. Elle restait pendant de longues heures à regarder la rue, appuyée à la grille qui fermait notre cour. Elle riait en silence comme si notre rue était devenue gaie et divertissante.

Michaël la comparait au comédien Albert Crispine, le deuxième mari de tante Génia. Il avait fait, lui aussi, une dépression nerveuse dont il était sorti complètement apathique. Il y a seize ans de cela et depuis, il est dans une pension à Naharia, et ne fait que dormir, manger et regarder fixement. Tante Génia continue à subvenir à ses besoins.

À la suite d'une violente querelle tante Génia a quitté son travail au service de pédiatrie du grand hôpital. Après de longues démarches elle a réussi à trouver un autre travail, un poste de médecin dans une clinique privée à Ramat-Gan, où sont soignés des vieillards souffrant de maladies chroniques.

Quand elle est venue nous voir pendant les fêtes de Souccoth, elle m'a fait peur. La fumée de ses nombreuses cigarettes avait altéré sa voix. Elle avait une voix éraillée et assourdie. Chaque fois qu'elle allumait une cigarette elle s'injuriait en polonais. Lorsqu'une forte quinte de toux la secouait elle susurrait entre ses lèvres : « Silence idiote, choléra. » Ses cheveux étaient grisonnants et clairsemés. Elle ressemblait à un vieillard méchant. Parfois il lui manquait un mot d'hébreu. Elle allumait une autre cigarette avec des mouvements rageurs, soufflait l'allumette comme si elle crachait dessus, parlait yiddish, s'injuriait en polonais d'une voix sifflante. Elle me reprocha de ne pas m'habiller comme il convenait à la situation de mon mari. Elle accusa Michaël de s'en remettre à moi pour tout, comme une vraie lavette, non comme un homme. Elle trouva Yaïr grossier, insolent et bête. La nuit, après son départ, je rêvai qu'elle se mêlait aux anciens fantômes de Jérusalem, les marchands ambulants et les artisans empoussiérés par la vieillesse. Elle me faisait peur. J'avais peur de mourir jeune, j'avais peur de mourir vieille.

Mes cordes vocales inquiétèrent le Dr Aurbach. Je devins aphone à plusieurs reprises pour quelques heures. Le médecin m'ordonna un long traitement qui comportait des détails physiquement humiliants.

Je m'éveillais encore très tôt le matin, à l'écoute de toutes les voix mauvaises, avec le même cauchemar qui revenait avec mille nuances : tantôt c'était la guerre, tantôt une inondation ou un accident ferroviaire. Je me perdais. J'étais toujours secourue par des bras d'hommes robustes qui me sauvaient uniquement pour me trahir ou me torturer.

Je réveillais mon mari. Je rampais sous sa couverture. Me serrais contre lui de toutes mes forces. Je faisais tout pour obtenir de son corps la turgescence désirée. Nos nuits étaient devenues plus sauvages que jamais. J'étonnais Michaël avec mon corps et le sien. Je lui découvrais des zones colorées dont parlaient les livres que j'avais lus. Des chemins sinueux qui m'avaient été suggérés par des films. Tout ce que m'avaient raconté en secret, avec de petits rires, les filles, quand j'étais petite. Tout ce que je savais et devinais des rêves les plus fous et les plus douloureux d'un homme. Tout ce que m'avaient enseigné mes propres rêves. Des irruptions de joie. Un flot saccadé et brûlant jaillissant du fond des lacs glacés. La jouissance d'un doux écroulement.

En même temps je l'ignorais. Je n'en voulais qu'à son corps : à ses muscles, à ses bras, à ses cheveux. Je savais en moi-même que je le trompais constamment. Avec son corps. C'était un saut aveugle au cœur d'une onde tiède. Je n'avais pas d'autre issue : bientôt cette issue se fermerait, elle aussi.

Michaël ne savait pas faire face à cette violente et brûlante tempête qui s'abattait sur lui au petit matin. La plupart du temps il cédait à mes premiers attouchements. Est-ce qu'il ressentait aussi la rude humiliation que je lui infligeais à travers toutes ces sauvageries. Un jour il osa me demander tout bas si j'étais tombée de nouveau amoureuse de lui. Il me demanda avec une crainte si évidente que nous savions tous les deux la réponse inutile.

Le matin rien ne transparaissait sur Michaël. Son affection était contenue, comme toujours. Il ne ressemblait pas à un homme ayant été humilié pendant la nuit mais à un jeune homme tendre qui fait la cour pour la première fois à une jeune fille expérimentée et froide. Est-ce que nous mourrons, toi et moi, Michaël, sans nous toucher même une seule fois. Se toucher. Se confondre. Tu ne comprends pas. Se perdre l'un dans l'autre. Se fondre. Se souder. Pénétrer à l'intérieur. Une fusion maligne. Je ne peux pas expliquer. Les mots se retournent, eux aussi, contre moi. Quel leurre, Michaël ! Quel piège méprisable ! Je suis fatiguée. Dormir, dormir encore. Toujours.

Un jour je proposai un jeu à Michaël : chacun de nous raconterait tout sur son premier amour.

Michaël ne comprit pas de quoi je voulais parler : j'étais donc son premier et dernier amour. J'essayai de lui expliquer : tu étais un enfant. Tu étais un adolescent. Tu as lu des romans. Il y avait des filles dans ta classe. Parle. Raconte. As-tu perdu la mémoire et tous tes sentiments. Parle. Dis-moi quelque chose. Cesse de te taire tout le temps, cesse de te conduire tout le temps comme une horloge, ne me rends pas folle.

À la fin une lueur de compréhension éclaira son regard.

Il commença à me parler avec prudence, sans adjectifs, d'un ancien camp d'été dans le kibboutz Ein-Harod. De son amie Liora qui habite maintenant le kibboutz Tirat-Yaar. D'un procès idéologique qu'ils avaient monté, dans lequel il tenait le rôle de l'accusation, Liora celui de la défense. D'une vague vexation. D'un ancien professeur de gymnastique Yehiam Peled qui vexait Michaël en l'appelant « Golem-Gantz » à cause de ses réflexes lents. D'une lettre. D'une explication personnelle qu'il avait eue avec le chef du mouvement de jeunesse. Puis de nouveau de Liora. D'excuses. Et d'autres choses encore.

C'était un récit misérable. Si j'avais été chargée de faire même un exposé de géologie, je ne me serais pas empêtrée de cette manière. Comme les gens optimistes il considérait le présent ainsi qu'une matière informe et malléable dans laquelle on doit forger le futur en travaillant avec zèle et responsabilité. Le passé lui semblait une dimension plutôt suspecte. Pesante. Superflue, dans un certain sens. Le passé lui semblait comme plusieurs écorces vides qu'il faut jeter, sans les éparpiller le long du chemin, pour ne pas en faire un obstacle, mais les mettre en tas : il fallait les ramasser puis les jeter. Pour être leste et librc. Ne prendre que les responsabilités impliquées par le plan qu'on s'est fixé.

Je lui dis, sans réprimer ma nausée :

— Michaël, pourquoi vis-tu, en somme, dis-le-moi, je t'en prie.

Michaël ne se hâta point de répondre. Il examinait la question. Pendant ce temps il avait ramassé quelques miettes sur la table et en avait fait un tas devant lui. Il déclara enfin.

— Ta question n'a aucun sens. La plupart des gens ne vivent pas pour quelque chose. Ils vivent. Un point c'est tout.

Je lui dis :

— Tu es né, et tu mourras un misérable zéro, Micha Gantz. Un point c'est tout.

Michaël me dit :

— Chacun a ses qualités et ses défauts. Tu vas me dire que c'est banal. C'est vrai. Mais banal n'est pas le contraire de vrai, Hanna. Même la phrase : deux fois deux font quatre est banale, et pourtant...

— Et pourtant, Michaël, « banal » est le contraire de « vrai » et je vais un jour devenir folle comme Douba Glick et ce sera par ta faute, Dr Golem-Gantz.

— Calme-toi, Hanna.

Le soir nous nous sommes réconciliés. Chacun de nous s'est accusé d'être à l'origine de la dispute. Nous nous sommes demandé pardon. Nous sommes allés voir le nouvel appartement d'Abba et d'Hadassa, dans le quartier de Rehavia.

Je dois écrire aussi ceci :

Michaël et moi nous descendons dans la cour secouer le couvre-lit. Après quelques essais nous parvenons à faire concorder nos mouvements et à secouer en même temps. La poussière vole.

Puis nous plions le couvre-lit : Michaël s'approche de moi les bras grands ouverts comme s'il avait soudain décidé de me serrer dans ses bras. Il me tend les deux bouts. S'éloigne. Tient les autres bouts formés après le premier pliage. Il écarte les bras. S'approche. Me tend. S'éloigne. Tient. S'approche. Me tend.

— Assez, Michaël. Assez. C'est fini.

— Oui, Hanna.

— Merci, Michaël.

— Inutile de me remercier, Hanna. Ce couvre-lit nous appartient à tous les deux.

Et la cour s'assombrit. C'est le soir. Les premières étoiles. Un hurlement sourd dans le lointain : une femme qui crie ou bien une chanson à la radio. Il fait froid.

XL

Mon nouvel emploi au ministère du Commerce et de l'Industrie me convient beaucoup mieux que celui que j'avais avant, dans le jardin d'enfants de la pauvre Sarah Zeldine. De neuf heures du matin à une heure de l'après-midi je suis assise dans l'ancien hôtel Palace. Dans une pièce qui a servi de vestiaire aux femmes de chambre de l'hôtel. Des rapports de différentes entreprises du pays sont posés sur ma table. Je dois en reporter certains éléments et les comparer avec des notes classées dans des dossiers en carton posés sur une étagère, à gauche, et inscrire le résultat de la comparaison ainsi que les observations qui figurent dans la marge sur un formulaire quadrillé, puis transférer le résultat de mon travail dans un autre service.

C'est un travail agréable, en particulier à cause des noms qui dégagent un charme inépuisable : projet de construction expérimentale. Un composé chimique. Des chantiers navals. Des usines de métallurgie lourde. Un consortium pour monter des constructions d'acier. Ces mots m'apportent le témoignage d'une certaine existence solide. Je ne connais pas et ne désire pas connaître ces contrées éloignées. Je me contente de la certitude palpable de leur existence loin d'ici. Elles existent. Elles ont une activité. Ils subissent des changements. Des calculs. Des matières premières. Du bénéfice. Une programmation. Un flot abondant de choses, de lieux et d'opinions.

Je sais : très loin. Mais point au-delà des montagnes ténébreuses. Il n'y a aucun doute.

Au mois de janvier cinquante-huit on nous a installé le téléphone. Michaël a eu droit à une priorité grâce à sa position à l'Université. Les bonnes relations de notre ami Abba ont eu, elles aussi, une influence. Il nous a beaucoup aidés à changer d'appartement : il nous a inscrits en dehors de la liste d'attente pour un appartement dans le cadre d'un plan d'épargne. Nous habiterons dans un quartier moderne qui va se construire sur la pente derrière Bait-Vagan, d'où l'on voit les collines de Beit-Lehem et le bout d'Emek-Refaïm. Nous avons versé une première somme d'argent. Nous avons signé un contrat. On nous a promis la clé de notre nouvel appartement en soixante et un.

Le soir Michaël a posé une bouteille de vin rouge sur la table. Il m'avait acheté également un bouquet de marguerites blanches pour marquer la fête. Il a rempli deux verres à moitié et a dit :

— À la bonne heure, Hanna. Je suis sûr que le nouvel environnement aura sur toi un effet calmant. Mekor-Barouch est un quartier lugubre.

— Oui, Michaël.

— Nous avons toujours rêvé de changer d'appartement. Nous aurons trois chambres séparées, sans compter un coin de travail isolé. J'espérais te voir gaie ce soir.

— Je suis gaie, Michaël. Nous aurons un nouvel appartement et quelques chambres séparées. Nous avons toujours rêvé d'habiter un autre appartement. Mekor-Barouch est lugubre.

— Mais c'est exactement ce que je dis moi, s'est étonné Michaël.

— C'est justement ce que tu as dit, ai-je répondu en souriant. Au bout de huit ans de mariage nous sommes capables de penser avec les mêmes mots.

— Le temps et la persévérance nous apporteront tout, Hanna. Tu t'en apercevras. Avec le temps nous irons ensemble en Europe, peut-être plus loin encore. Avec le temps nous aurons une petite voiture. Avec le temps tu iras mieux.

— Avec le temps et la persévérance tout ira mieux, Michaël. T'es-tu rendu compte que c'est ton père Yehezquel qui vient de parler par ta bouche ?

— Eh bien, dit Michaël, je n'avais pas pensé à cela. Mais c'est possible, c'est naturel. Je suis donc le fils de mon père.

— Bien sûr. C'est possible. Naturel. Tu es son fils. C'est terrible, Michaël. Terrible.

Michaël a remarqué tristement :

— Qu'est-ce qu'il y a de terrible, Hanna ? C'est dommage que tu méprises mon père. C'était un homme intègre. Tu as tort. Tu n'aurais pas dû dire ça.

— Tu n'as pas compris, Michaël. Ce qu'il y a de terrible ce n'est pas que tu sois le fils de ton père. Ce qu'il y a de terrible c'est que ton père parle soudain à travers toi. Et ton grand-père Zalmann. Et mon grand-père. Et ma mère. Et après nous il y aura Yaïr. Nous tous. C'est comme si, un homme après l'autre, nous n'étions que des brouillons ratés. On recopie au propre et de nouveau on recopie, puis on efface et on froisse et on jette au panier et de nouveau on recopie en changeant un petit peu. Quelle bêtise, Michaël. Quel ennui. Quelle plaisanterie vaine.

Michaël jugea mes propos dignes de réflexion. Il se taisait. Il avait pris une serviette en papier. Il la plia délicatement plusieurs fois, en fit un petit bateau, l'examina attentivement et la posa avec mille précautions sur la nappe. À la fin il préféra remarquer que je voyais la vie d'une manière très littéraire. Son pauvre père lui avait dit une fois que « Hanna lui semblait une poétesse bien qu'elle n'écrivît pas de poèmes ».

Puis Michaël me montra le plan de notre futur appartement moderne. Il l'avait reçu le matin même au moment de signer le contrat. Il expliqua à sa manière en termes clairs et précis. Je voulais comprendre un détail. Il renouvela ses explications. Pour un instant je me sentis de nouveau oppressée : ce n'était pas la première fois, j'en étais certaine. J'avais déjà vécu ce moment à ce même endroit. Le bateau en papier n'était pas nouveau non plus. Ni la fumée de la pipe aspirée par la lumière du plafonnier. Le ronronnement du réfrigérateur. Michaël. Moi. Tout. C'était loin mais aussi translucide que des cristaux de givre.

Au printemps de l'année cinquante-huit nous avons pris une femme de ménage qui vient tous les jours. Désormais c'est une autre femme qui s'occupe de la cuisine. Rentrant du bureau fatiguée je ne suis plus obligée de me précipiter sur le réfrigérateur et le réchaud à gaz pour faire chauffer machinalement le contenu d'une boîte de conserve, de râper des légumes et de compter sur la courtoisie naturelle de Michaël et de mon fils qui ne se plaignent jamais de manger la même chose.

Chaque matin je donne à Fortuna mes instructions sur un petit bout de papier. Elle les exécute et les efface au fur et à mesure en tirant dessus un gros trait. Je suis contente d'elle : elle est travailleuse. Droite. Bornée.

Pourtant j'ai surpris quelquefois une nouvelle expression sur le visage de Michaël. Comme je n'en avais jamais vu durant toute notre vie conjugale. Lorsqu'il regardait la silhouette de la jeune fille il avait une expression tendue et gênée. Il restait la bouche ouverte, penchait la tête, la fourchette et le couteau se figeaient entre ses mains pendant un court instant. Il avait l'air d'un parfait abruti, complètement obtus, comme un enfant surpris en train de copier pendant un examen. C'est pourquoi j'ai interdit à Fortuna de déjeuner avec nous. Je la faisais repasser, enlever la poussière, plier les serviettes et les draps. Dorénavant elle mangerait seule ; après nous.

Michaël trouva le moyen de remarquer :

— Je regrette, Hanna, que tu te comportes envers Fortuna comme le faisaient les dames de la génération précédente avec leurs esclaves. Ce n'est pas une domestique. Elle ne nous appartient pas. C'est une femme qui travaille. Tout comme toi.

Je me moquai de lui ;

— Molodyetz[1] camarade Gantz.

— Tu viens de me parler injustement.

— Fortuna n'est pas une domestique. Elle ne nous appartient pas. C'est une femme qui travaille. C'est injuste de la dévorer des yeux comme un veau, en ma présence, devant l'enfant. C'est injuste, et c'est complètement idiot.

Michaël fut choqué. Il blêmit. Voulut répondre. Se ravisa. Se tut. Ouvrit la bouteille de soda et remplit les trois verres avec précaution.

_____
1. Mon brave, en russe.

Un jour que je rentrai du dispensaire où je me faisais soigner les cordes vocales, Michaël sortit et vint à ma rencontre. Il me rejoignit près de la boutique qui avait appartenu dans le temps à M. Eliahou Mochia, mais où se trouvaient maintenant deux frères toujours en colère. Il avait une mauvaise nouvelle à m'annoncer. Il lui était arrivé un petit malheur.

Il n'avait pas l'air d'avoir subi un choc, mais il était vexé, comme s'il avait voulu faire une farce et s'était déchiré la chemise.

— Un malheur, Michaël ?

— Un petit malheur.

Eh bien, la dernière revue scientifique éditée par la société de géologie royale de Grande-Bretagne lui était tombée entre les mains. On y avait publié l'étude d'un professeur célèbre de Cambridge. C'était une nouvelle théorie très étonnante, concernant les processus d'érosion. Certaines suppositions qui étaient à la base du travail de recherche de Michaël étaient anéanties par des arguments brillants.

— Magnifique, lui dis-je, en avant, Michaël Gonen. Tu combattras cet Anglais. Tu le démoliras. Ne te rends pas.

— Je ne peux pas, répondit Michaël honteux. C'est impossible. Il a raison. J'en suis convaincu.

Comme les littéraires je pensais toujours que tous les faits pouvaient être soumis à différentes interprétations et qu'un commentateur autoritaire et fin pouvait toujours les utiliser à sa guise. À condition d'avoir une volonté virile et forte.

— Tu capitules sans avoir lutté, Michaël. J'aurais voulu te voir combattre et triompher. J'aurais été fière de toi.

Michaël sourit. Ne répondit pas. Si j'étais Yaïr il aurait pris la peine de me répondre. J'étais vexée et me moquai de lui :

— Mon pauvre ami. Maintenant tu n'as plus qu'à mettre au feu tout ton travail. Tu n'as plus qu'à recommencer.

Eh bien j'exagérais. La situation n'était pas désespérée. Ce matin Michaël avait été reçu par son professeur. Ce n'était pas l'effondrement total. Il faudrait détruire et construire de nouveau les premiers chapitres de sa thèse. Il changerait trois paragraphes au milieu du travail. La conclusion n'était de toute façon pas terminée. Il pourrait la compléter en fonction de la nouvelle rédaction. Les chapitres descriptifs ne seraient pas modifiés. Ils restaient valables. Il lui faudrait une année de plus, peut-être moins. Le professeur lui avait aussi accordé un sursis.

Je pensais en moi-même : lorsque Mikhaël Strogoff est tombé prisonnier entre les mains des Tartares rusés, les cruels voulaient lui crever les yeux avec un fer rouge. Strogoff était un dur, mais il débordait d'amour. À tel point que ses yeux s'emplirent de larmes. Ces larmes d'amour lui ont sauvé la vue en refroidissant le fer rouge. Sa perspicacité et sa volonté de fer l'ont aidé à faire croire qu'il était aveugle durant toute la mission difficile que lui avait confiée le tsar de Petersbourg. L'émissaire et la mission à la fois furent sauvés grâce à l'amour et à la force.

De loin il avait peut-être entendu une sorte d'écho limpide à une musique continue. On ne pouvait distinguer les notes étouffées qu'en tendant l'oreille. Un orchestre lointain jouait sans relâche par-delà les forêts, derrière les collines et les champs. Des jeunes gens défilaient en chantant. De robustes policiers montés sur des chevaux calmes et forts. Des musiciens militaires en uniformes blancs avec des décorations dorées. Une princesse. Une fête. Très loin.

Au mois de mai je suis allée voir la maîtresse de Yaïr à Beit-Hakerem. C'était une jeune fille svelte, blonde aux yeux bleus, comme la fille du roi dans un conte illustré pour enfants. Une étudiante. Jérusalem s'était remplie dernièrement de très belles filles. Pourtant, même parmi mes amies, il y a dix ans on pouvait voir quelques belles filles. J'en étais une aussi. Mais cette nouvelle génération présentait une nouvelle ligne, des traits fins, une beauté légère et insouciante. Elles ne me plaisaient pas. Ni leurs vêtements de petites filles.

J'appris par la maîtresse que Yaïr se distinguait par une perception ordonnée, une excellente mémoire, la capacité de se concentrer mais qu'il était dénué de sensibilité. Par exemple, au cours de la leçon sur la sortie d'Égypte et les dix plaies, la plupart des enfants avaient été impressionnés, évidemment d'une manière un peu confuse, à l'idée que les Hébreux avaient tant souffert de la cruauté des Égyptiens, alors que l'élève Gonen, lui, posait des questions sur le partage de la mer Rouge : il avait une objection qui mettait en doute le texte de la Thora[1]. Il préférait l'expliquer par les lois du flux et du reflux. Comme s'il n'était concerné ni par les Hébreux ni par les Égyptiens.

Cette jeune maîtresse répandait une franche gaieté autour d'elle.

Elle fit la description du petit Zalmann en souriant. Quand elle souriait tout son visage s'illuminait et participait à son sourire. Soudain je détestai, à en grincer des dents, la robe marron que je portais.

---

1. Pentateuque en hébreu.

Ensuite, dans la rue, deux nouvelles étudiantes me croisèrent. Elles sautaient de joie, leur beauté odorante me faisait mal. Elles portaient toutes les deux des sacs de paille tressée et des jupes fendues très haut le long de la cuisse. Je trouvais vulgaire leur rire roucoulant. Comme si tout Jérusalem leur appartenait. Quand elles passèrent devant moi l'une d'elles dit à son amie :

— Ils vont me rendre folle. Ils ne sont tout simplement pas normaux.

Son amie répondit en riant :

— Chacun prend la vie comme bon lui semble. Ça m'est bien égal. Ils peuvent même se jeter du haut d'un toit.

Jérusalem s'agrandit de jour en jour : des routes. Un réseau de canalisations modernes. Des bâtiments publics. Certains coins donnent déjà l'impression d'une ville ordinaire : des boulevards tracés droit où l'on a placé des bancs municipaux. Mais cette impression est illusoire. Il suffit de tourner la tête pour apercevoir des terrains rocailleux au milieu de ces constructions rigides. Des oliviers. Une étendue aride. Une végétation dense dans le creux des vallées. Des sentiers sauvages et sinueux tracés par des myriades de pas. Un petit troupeau de brebis paît autour du Bureau du Premier ministre construit dans le nouveau quartier des ministères. Les brebis broutent paisiblement. Un vieux berger immobile contre un rocher, en face. Autour les montagnes. Les ruines. Le vent dans les pins. Les habitants.

Dans la rue Herzl j'ai aperçu un ouvrier basané torse nu qui creusait une tranchée en travers de la rue à l'aide d'un lourd marteau-piqueur. Il transpirait à grosses gouttes. Sa peau luisait comme du cuivre. Ses épaules tremblaient continuellement avec les trépidations du lourd marteau-piqueur comme s'il ne pouvait contenir le bouillonnement de sa force, et qu'il allait bientôt rugir et bondir.

Un avis de décès collé sur le mur de la maison de retraite au bout de la rue Yaffo m'a annoncé la mort de la femme du Rabbin, une sainte femme, Mme Tarnopoler, mon ancienne propriétaire avant mon mariage. C'est elle qui m'avait appris à faire du thé à la menthe, élixir pour les âmes tourmentées. J'ai eu de la peine pour elle. Pour moi. Pour les âmes sans repos.

L'été nous sommes allés tous les trois à Tel-Aviv pour nous baigner. Nous nous sommes de nouveau installés chez tante Léa, dans une vieille maison du boulevard Rothschild. Pendant cinq jours. Tous les matins nous allions à la plage au pied de la ville de Bat-Yam. L'après-midi nous nous pressions dans la foule au zoo, au Luna Park, au cinéma. Un soir tante Léa nous a traînés à l'Opéra. Il y avait plein de dames polonaises couvertes de bijoux en or. Elles flottaient, avec une lenteur royale, comme de lourds bateaux de guerre.

Michaël et moi, nous nous sommes éclipsés à l'entracte. Nous sommes descendus au bord de la mer. Nous avons contourné la ville le long de la plage en allant vers le nord, jusqu'à la digue. Je fus soudain envahie comme par une douleur, comme par un frisson. Michaël refusa en essayant de m'expliquer. Je ne l'écoutai pas. Avec une force inconnue je lui déchirai la chemise, le fis tomber sur le sable. Il y eut une morsure. Un sanglot. Je l'écrasais de tous mes membres comme si j'étais plus lourde que lui. C'est ainsi que la petite fille au manteau bleu se battait avec des garçons bien plus forts qu'elle, il y a bien longtemps, pendant les récréations : froide et brûlante. Pleurant et les narguant.

La mer participait. Le sable aussi. Un plaisir grossier me lacérait, me brûlait. Michaël avait peur : « Je ne te reconnais plus », disait-il dans un murmure. J'étais une étrangère, je ne lui plaisais pas. J'étais contente de lui être étrangère. Je ne cherchais pas à lui plaire.

Lorsque nous sommes rentrés à minuit, Michaël fut obligé de donner en rougissant des explications à sa tante inquiète sur sa chemise déchirée et ses joues griffées.

— Nous nous sommes promenés et... un type a essayé de nous attaquer, et... il s'est passé quelque chose de gênant :

Tante Léa lui dit :

— Tu ne dois pas oublier ta position, Micha. Un homme comme toi ne doit pas être mêlé à des scandales.

J'éclatai de rire. J'ai continué à rire intérieurement jusqu'au petit matin.

Le lendemain nous avons emmené Yaïr au cirque de Ramat-Gan. À la fin de la semaine nous sommes rentrés à la maison. Michaël apprit que son amie, Liora, du kibboutz Tirat-Yaar, avait quitté son mari. Elle avait emmené ses enfants avec elle et était partie vivre seule dans un jeune kibboutz du Néguev, celui que les camarades de classe de Michaël et de Liora avaient fondé après la guerre de l'Indépendance. Cette nouvelle l'affecta beaucoup. Son visage exprimait une peur étouffée. Il était abattu, enfermé dans son mutisme. Plus silencieux encore que d'habitude. Un samedi après-midi, il voulut changer l'eau des fleurs. Il y eut une brève hésitation dans ses mouvements. Un geste lent entraîna un mouvement trop brusque pour rétablir la situation. Je me précipitai pour attraper au vol le vase de porcelaine. Le lendemain j'allai en ville lui acheter un stylo de la marque la plus chère.

XLI

Au printemps cinquante-neuf, environ trois semaines avant Pâque, Michaël acheva sa thèse.

Il s'agissait d'une étude générale qui traitait des processus d'érosion dans les ravins du désert de Paran. À la fin du travail il faisait le point sur les dernières théories scientifiques concernant l'érosion dans le monde entier. La structure morphotectonique de la région avait été examinée en détail. Les cuestas, les forces exogènes et endogènes, l'influence du climat, les facteurs tectoniques. Dans les derniers chapitres il faisait allusion aux différentes applications empiriques et pratiques des résultats de ses recherches. L'étude reposait sur des bases solides. Michaël s'était attaqué à un sujet très compliqué. Il y avait consacré quatre ans. Il avait rédigé son travail avec sérieux. Les obstacles et les retards n'avaient pas manqué : des difficultés de méthode et d'autres d'ordre privé, personnelles.

Après Pâque il confiera son manuscrit à une dactylo qui le tapera à la machine. Puis il soumettra son étude au jugement de grands géologues. Il faudra qu'il défende ses principales hypothèses au cours d'un exposé suivi d'un libre débat, dans le cadre scientifique habituel. Il a l'intention de le dédicacer à son cher et pauvre père, Yehezquel Gonen, qui était exigeant, droit et modeste : en souvenir de ses espoirs, de son dévouement et de son amour.

À la même époque nous avons fait nos adieux à ma meilleure amie Hadassa et à son mari Abba. Il était envoyé en Suisse pour deux ans comme attaché commercial. Il nous fit comprendre qu'il attendait en secret le jour où il obtiendrait un grade administratif assez important qui lui permettrait de rester à Jérusalem, sans aller parcourir les capitales étrangères comme un garçon de courses. Il ne cachait pas non plus qu'il était aussi tenté par la possibilité de quitter l'administration pour voler de ses propres ailes dans la vie économique.

Hadassa me dit :

« Toi aussi, tu vas être heureuse, Hanna. J'en suis sûre. Avec le temps vous réussirez vous aussi. Michaël est un garçon travailleur et toi, tu as toujours été une petite fille raisonnable. »

Je fus émue par ces adieux et par les paroles d'Hadassa. Sa promesse que nous réussirions me fit pleurer. Est-ce que vraiment tous les autres acceptaient le temps et leur sort, la persévérance, le but et le succès, sauf moi. Je n'emploie pas les mots : solitude, désespoir. Je suis dans la détresse. Humiliée. On m'a trompée. Mon pauvre père Joseph m'avait pourtant bien mise en garde, quand j'avais treize ans, contre les hommes vicieux qui abusent des femmes en les enjôlant de leurs paroles puis les abandonnent à leur chagrin. Il avait formulé ses paroles comme si l'existence de deux sexes était une cause de désordre provoquant bien des souffrances dans le monde. Comme si hommes et femmes, nous devions essayer d'atténuer les conséquences de ce désordre de toutes nos forces. Un homme adultère et joueur avait abusé de moi. Je ne m'opposais pourtant pas à l'existence des deux sexes. Mais j'avais été victime d'un mensonge humiliant. Bon voyage,

Hanna. Écris souvent à Jérusalem, à Hanna dans la lointaine Palestine. Mets de beaux timbres pour mon mari et pour mon fils. Parle-moi des montagnes et de la neige dans tes lettres. Des auberges. Des cabanes abandonnées dispersées dans la vallée, des vieilles cabanes dont les portes sont rabattues par le vent, dont les charnières grincent. Ça m'est égal, Hadassa. Il n'y a pas de mer en Suisse. Mon *Dragon* et mon *Tigre* sont sur un chantier naval dans un port des îles Saint-Pierre-et-Miquelon. Les marins parcourent les vallées à la chasse d'autres filles. Je ne suis pas jalouse, Hadassa. Je ne suis pas concernée. Je suis posée là. C'est le milieu du mois de mars. À Jérusalem une pluie fine tombe encore.

Notre voisin M. Glick est mort dix jours avant Pâque, d'une hémorragie interne. Michaël et moi, nous sommes allés à l'enterrement. Des commerçants pieux de la rue David Yeline discutaient avec véhémence, en yiddish, de l'ouverture d'une boucherie non caschère à Jérusalem. Un chantre qu'on avait engagé, maigre dans son manteau noir, prononça la prière de la « résignation au sort » près de la tombe ouverte et le ciel répondit par une terrible averse. Mme Glick trouva drôle le rapport entre le temps et la prière. Elle partit d'un grand éclat de rire rauque. M. et Mme Glick n'avaient pas de famille. Michaël ne leur devait rien. Mais il se devait de rester fidèle aux principes et à l'esprit de son pauvre père. C'est pourquoi il accepta de s'occuper de presque toutes les démarches de l'enterrement. Grâce à l'intervention de tante Génia il réussit à trouver à Mme Glick une place dans une maison de retraite pour malades chroniques. Dans cette même clinique privée où Génia travaille maintenant comme médecin.

Nous sommes allés passer les fêtes de Pâque en Galilée.

Nous avions été invités à assister à la veillée du kibboutz Nof-Harim, avec ma mère et la famille de mon frère. Loin de Jérusalem. Loin des ruelles. Loin des vieilles femmes pieuses exposées au soleil sur leurs tabourets bas, comme de vilains oiseaux, comme si ce n'était pas une ville étouffée mais une vaste plaine qui s'étendait devant elles.

C'était le printemps. Des fleurs sauvages commençaient à pousser sur le bord de la route. Des bandes d'oiseaux migrateurs voguaient dans l'air bleu. Des pins se dégageait comme un désir intense et les eucalyptus ombrageaient paisiblement la route. Des villages aux maisons blanches. Des toits rouges. Pas de pierre grise ni de balcons en ruine entourés de balustrades en fer rouillé. C'était un pays blanc-vert, rougeâtre. Toutes les routes étaient encombrées d'une foule de voyageurs qui allaient loin. Dans l'autobus que nous avons pris on chantait tout le temps. Des jeunes gens d'un mouvement de jeunesse. Ils riaient et chantaient des mélodies russes sur l'amour et les vastes plaines. Le chauffeur tenait le volant d'une main. De l'autre une poinçonneuse. Il battait la mesure sur le tableau de bord sur un rythme gai. De temps en temps il roulait sa moustache et faisait marcher le haut-parleur. Il racontait aux voyageurs des histoires drôles. Il avait une voix vive et enrouée.

Une lumière chaude nous inonda tout le long du voyage. Les rayons du soleil enflammaient chaque morceau de métal ou de verre. À l'horizon de vastes étendues vertes rejoignaient le bleu du ciel. À chaque station de nouveaux voyageurs montaient ou descendaient avec des valises, des sacs à dos, des fusils de chasse, des bouquets d'anémones, de cyclamens, de renoncules d'Asie, de marguerites et d'orchidées. En arrivant à Ramlé, Michaël a acheté des esquimaux jaunes pour nous trois. Au carrefour de Beit-Lid nous avons pris de la limonade et des cacahuètes. Des deux côtés de la route, les champs étaient quadrillés de tuyaux d'arrosage. La lumière chaude les incendiait ; elle les avait transformés en rubans scintillants, aveuglants. Au loin les montagnes bleuâtres étaient drapées dans une brume vacillante. L'air était tiède et humide. Michaël et son fils ne cessaient de parler des combats de la guerre de l'Indépendance et des vastes plans d'irrigation que l'État voulait réaliser. J'arborai mon plus beau sourire. Je faisais entièrement confiance à l'État, il réussirait en effet à réaliser tous ses grands projets d'irrigation. Je pelais sans cesse des oranges pour mon mari et pour mon fils. Je préparais les quartiers. J'enlevais la peau blanche, j'essuyais la bouche de Yaïr avec un mouchoir.

En traversant les villages de Wadi Ara, sur le bord de la route les habitants nous saluèrent d'un signe de la main. J'enlevai mon foulard de soie verte, l'agitai et continuai de l'agiter même quand ils eurent disparu.

Afoula commémorait une date importante : la petite ville était décorée de drapeaux bleu et blanc. Des guirlandes d'ampoules de couleur étaient suspendues en travers des rues. Une grille de fer somptueuse avait été placée à l'entrée de la ville, à l'ouest. Une banderole souhaitant la bienvenue avec chaleur jouait dans le vent. Mes cheveux jouaient aussi.

Michaël acheta le journal de Pâque. Il y avait une bonne nouvelle du point de vue politique. Michaël me donna des explications. Je passai mon bras autour de ses épaules et soufflai dans ses cheveux courts. Entre Afoula et Tibériade, Yaïr s'endormit sur nos genoux. Je contemplais la tête carrée de mon fils, ses mâchoires puissantes, son front haut et clair. Soudain je compris à travers la lumière bleue que mon fils deviendrait un homme beau et fort. L'uniforme d'officier sera bien ajusté à son corps. Un duvet blond lui poussera sur les bras. Je m'appuierai sur son bras dans la rue et il n'y aura pas de mère plus fière que moi dans tout Jérusalem. Pourquoi Jérusalem ? Nous habiterons Aschkelon. Natania. Au bord de la mer face aux vagues écumantes. Nous habiterons une petite maison blanche. Avec un toit de tuiles rouges et quatre fenêtres identiques. Michaël sera mécanicien. Il y aura un massif de fleurs devant la maison. Chaque matin nous irons ramasser des coquillages sur la plage. Un vent marin soufflera toute la journée par la fenêtre. Nous aussi, nous serons toujours bronzés et salés. La lumière chaude nous caressera, nous caressera toujours. Et la radio ne cessera de chanter dans toute la maison.

À Tibériade le chauffeur nous a annoncé un arrêt d'une demi-heure. Yaïr s'est réveillé. Nous avons mangé un « falafel » et nous sommes descendus au bord du lac. Nous nous sommes déchaussés tous les trois pour nous tremper les pieds dans l'eau. Elle était chaude. Le lac scintillait. Des bandes de poissons se frayaient un chemin en silence vers les profondeurs. Les pêcheurs désœuvrés appuyés à la balustrade le long de la promenade étaient virils avec leurs bras épais et poilus. J'ai agité mon foulard de soie verte dans leur direction, et non en vain. L'un d'entre eux m'a remarquée et m'a lancé : « Poupée. »

Puis nous sommes remontés dans l'autobus, et avons traversé des vallées verdoyantes entre deux murailles de montagnes. À droite, les viviers étincelaient comme des carrés de lumière gris-bleu. Le reflet des montagnes tremblait sur l'eau. Un frémissement continu, léger comme celui d'un corps amoureux. Des blocs de basalte noir étaient dispersés. Des villages anciens se dégageait une impression de calme grisâtre : une tour, Rosch-Pina, Yessoud-Hamaalé, Mahanaïm. Tout le pays en liesse tournait autour de nous dans un débordement de joie, de désir.

Près de Kiriat-Chmoné un vieux contrôleur monta dans l'autobus ; il ressemblait à un pionnier des années trente. Le chauffeur était sans doute un vieil ami à lui. Ils discutèrent gaiement d'un projet de chasse à la gazelle dans les monts Naphtali pendant les fêtes de Pâque. Tous les chauffeurs de la vieille équipe seront invités. La vieille équipe pas encore rouillée : Tchita. Abou Masri. Moskovitch. Zambezi. On partira sans les femmes. Trois jours et trois nuits. Avec la participation d'un rabatteur célèbre du régiment des parachutistes. Une chasse comme il n'y en a encore jamais eu dans le pays. On partira de Manara en passant par Bar'am pour arriver à Hanita et à Roch-Hanikra. Trois grandes journées, sans femmes ni pleurnicheurs. Rien que la vieille équipe. Nous avons déjà des fusils de chasse et des tentes de type américain. Tout le monde sera là. Tous les loups et les lions encore en pleine forme. Exactement comme dans le bon vieux temps. Ils viendront tous. Jusqu'au dernier. Nous courrons à travers la montagne, nous courrons jusqu'à soulever des étincelles.

À partir de Kiriat-Chmoné l'autobus commença à grimper sur la chaîne des montagnes de Naphtali. La route était étroite et défoncée. Des virages serrés étaient creusés dans le flanc de la montagne. Nous étions pris d'un vertige coloré. Des cris de peur et de joie remplissaient l'autobus. Le chauffeur augmenta l'émotion en tournant le volant à toute vitesse, en frôlant le bord de l'abîme. Puis il fit semblant de nous précipiter contre le flanc de la montagne. Je criai moi aussi de joie et de peur.

Nous sommes arrivés à Nof-Harim avec les dernières lumières. Des gens revenaient des douches avec des vêtements propres. Les cheveux mouillés, bien peignés. La serviette sur le bras. Des enfants blonds se roulaient sur les pelouses. Une odeur d'herbe coupée flottait dans l'air. Des tourniquets faisaient gicler l'eau. Les reflets du couchant traversaient les gouttelettes, comme si le tourniquet répandait des perles de toutes les couleurs.

On a coutume de surnommer le kibboutz Nof-Harim « le nid d'aigle ». Ses maisons sont accrochées au sommet de la crête, comme si elles flottaient. Au pied de la montagne s'étend la vallée quadrillée de champs. D'en haut le paysage est merveilleux. J'apercevais des villages lointains parmi les bois et les viviers. Des étendues de riches vergers. De petites routes bordées de cyprès. Des tours blanches. Et les montagnes dans le lointain bleuâtre.

Les membres du kibboutz Nof-Harim, les camarades de mon frère avaient trente-cinq ans pour la plupart. C'était une bande animée qui avait caché sous sa gaieté les signes d'une sérieuse responsabilité. Ils me donnaient une impression de solidité et de retenue. Ils semblaient toujours s'amuser ou plaisanter sur une décision qu'ils avaient prise en serrant les dents. Je les aimais. J'aimais cet endroit élevé.

Et puis il y avait le petit appartement d'Emmanuel au pied duquel passait la clôture du kibboutz qui est en même temps la frontière libanaise. Une douche froide. Un jus de fruits et des biscuits faits par ma mère. Une jupe printanière. Un court repos. L'attention souriante de ma belle-sœur, Rina. L'imitation des ours qu'Emmanuel exécuta pour mon fils, Yaïr. C'était la même comédie lourdaude qu'Emmanuel jouait si bien quand nous étions petits au point de nous faire rire aux larmes. Cette fois aussi nous avons ri, nous avons ri.

Yossi, le fils de mon frère, s'est chargé d'accueillir Yaïr. Main dans la main ils sont allés voir les vaches et les moutons. C'était au crépuscule, à l'heure où les ombres s'allongent et les lumières sont douces. Nous étions vautrés sur la pelouse. Quand la nuit fut tombée Emmanuel sortit une ampoule électrique au bout d'un fil et l'accrocha dans un arbre. Mon frère et mon mari entamèrent une petite discussion sur le ton de la plaisanterie ; ils tombèrent très vite à peu près d'accord.

Et puis, les larmes de joie de ma mère, Malca. Ses baisers. Ses questions. Le mauvais hébreu dans lequel elle félicita Michaël d'avoir terminé sa thèse de doctorat.

Ma mère souffrait dernièrement de sérieux troubles circulatoires. Elle semblait s'éteindre. Quelle petite place elle occupait dans mes pensées ! C'était la femme de mon père. Pas plus. Dans les rares cas où elle avait élevé la voix sur lui, je l'avais détestée. En dehors de cela je ne lui faisais pas de place dans mon cœur. Je savais vaguement qu'un jour je devrais lui parler de moi. D'elle. De l'enfance de papa. Et je savais que je ne lui en parlerais pas cette fois-ci. Je savais aussi qu'il n'y aurait peut-être pas une autre fois car ma mère avait l'air de s'éteindre. Mais je n'étais pas triste à cette idée. La joie coulait en moi comme animée d'une vie propre plus forte que moi.

Je n'ai pas oublié. La veillée de Pâque. La lumière des projecteurs. Le vin. La chorale du kibboutz. La cérémonie de la gerbe de blé que l'on secoue devant l'assemblée en souvenir des prémices apportées au temple. L'agneau pascal rôti sur la braise au petit jour. Les danses. J'ai dansé jusqu'au bout. J'ai chanté. J'ai tourné la tête à des danseurs robustes. J'ai forcé Michaël ahuri à entrer dans la ronde. Jérusalem était loin, ne pouvait plus m'atteindre. Elle était peut-être tombée aux mains de l'ennemi qui la cerne de trois côtés. Peut-être était-elle enfin réduite en poussière. Comme elle le méritait. Je n'aimais pas Jérusalem de loin. Elle voulait ma perte. Je voulais la sienne. Je passai une nuit animée, agitée au kibboutz Nof-Harim. La salle à manger était remplie d'odeurs, de fumée, de sueur et de tabac. L'harmonica ne s'était point reposé. J'étais emballée, me laissai entraîner. Me donnai tout entière.

Mais au petit matin je suis sortie seule sur le balcon du petit appartement d'Emmanuel. J'ai vu les barbelés enchevêtrés. Les buissons noirs. Le ciel avait pâli. J'étais face au nord. Je pouvais distinguer les montagnes : la frontière libanaise. Des lumières fatiguées jaunissaient dans les vieux villages de pierre. Des vallées inaccessibles. Des sommets enneigés. Des maisons isolées au sommet des collines, des couvents et des forteresses. Une étendue rocailleuse dans laquelle une vallée encaissée avait marqué une cicatrice. Un vent frais soufflait avec violence. Je tremblais. Je voulais partir. Qu'elle était forte, cette nostalgie !

Vers cinq heures le soleil éclata. Il monta drapé dans une brume épaisse. De nombreux buissons sauvages se vautraient d'une manière indécise sur le sol. Un jeune berger se tenait sur la pente en face, entouré de chèvres grises broutant rageusement. J'entendais les clochettes comme des harpes dans le lointain. Comme si une autre Jérusalem avait surgi des tristes rêves. C'était une vision terrible et triste. Jérusalem me poursuivait. Les phares d'une voiture éclairèrent une route que je n'avais pas remarquée. Quelques arbres isolés, immenses, centenaires, vigoureux. Des lambeaux de brume flottaient au fond des vallées désertes. Un paysage froid et sale. Un pays étranger lavé par une lumière glaciale.

XLII

J'ai déjà écrit quelque part qu'il y avait dans le monde une alchimie qui est aussi la mélodie interne de ma vie. À présent, j'aurais tendance à supprimer cette expression car elle me paraît trop imagée. Alchimie. Mélodie interne. À la fin, il s'est tout de même passé quelque chose, au mois de mai de l'année cinquante-neuf. Mais cela s'est produit en secret.

Un déguisement sordide, grotesque.

Au début du mois de mai je suis de nouveau tombée enceinte. Il a fallu faire un examen médical car ma grossesse précédente avait été accompagnée de légères complications. Cet examen a été effectué par le Dr Lombrozo, car notre médecin de famille, le Dr Aurbach, était mort d'une crise cardiaque au début de l'hiver. Le nouveau médecin n'a trouvé aucune raison d'inquiétude. Évidemment, une femme de trente ans n'était plus une jeune fille de vingt ans. Les efforts physiques, les plats relevés et les relations sexuelles m'étaient interdits jusqu'à la fin de la grossesse. Les varices ont recommencé à me faire mal. Des taches ont réapparu sous mes yeux. Et la nausée. La fatigue constante. Dans le courant du mois de mai il m'est arrivé plusieurs fois d'oublier où j'avais posé un ustensile ou un vêtement. J'y ai vu un signe. Jusqu'à maintenant je n'avais rien oublié.

Eh bien, c'est Yardena qui a accepté de taper la thèse de Doctorat de Michaël à la machine. Michaël, de son côté, a proposé de la préparer aux examens qu'elle avait repoussés jusqu'à la dernière limite. C'est pourquoi, tous les soirs, il se rend, net et propre, dans la chambre de Yardena, à l'autre bout de la Cité universitaire. J'avoue que la chose me fait presque rire. D'un certain point de vue c'était à prévoir. Je ne suis pas émue. Au dîner Michaël me semble troublé et distrait. Il redresse sans cesse sa cravate sobre fixée avec une épingle en argent. Son sourire est capricieux et gêné. Sa pipe refuse de s'allumer. Sa volonté de m'aider tout le temps m'agace : porter, secouer, balayer, servir. Je n'ai plus besoin de me torturer à chercher des signes.

Parlons franchement : je suppose que Michaël n'a jamais dépassé les limites de la spéculation ni de l'imagination timide. Je ne vois pas pour quelle raison Yardena serait capable de se donner à lui. Pourtant, je ne vois pas non plus pourquoi elle devrait se refuser. Cependant le mot « raison » n'a plus de sens pour moi. Je ne sais ni ne veux le savoir. J'en ris plutôt que je ne suis jalouse. Tout au plus Michaël ressemble-t-il maintenant à notre chat Candide qui avait essayé une fois en sautant maladroitement d'attraper un papillon qui voltigeait près du plafond. Il y a dix ans, nous avons vu, Michaël et moi, au cinéma Edisson, un film avec Greta Garbo. L'héroïne s'était donnée corps et âme à un homme grossier. Je me souviens que la souffrance et la vulgarité m'avaient semblé comme les deux inconnues d'une simple équation que je ne cherchais pas à résoudre. Je regardais l'écran de biais, de telle sorte que les images défilaient en un flot dansant, passant du noir au blanc et surtout par

310

plusieurs teintes intermédiaires de gris clair. À présent je ne m'efforce pas non plus de déchiffrer ni de démêler. Je regarde en biais. Je suis seulement beaucoup plus fatiguée. De plus, quelque chose a changé au cours de toutes ces années médiocres.

Pendant de longues années Michaël s'était accoudé au volant et s'était reposé en songeant ou en s'assoupissant. Bon voyage. Je ne suis pas de la partie. J'ai renoncé. Lorsque j'avais huit ans je croyais qu'en me comportant en tout comme un garçon des signes de garçon apparaîtraient sur mon corps, que je ne deviendrais pas une femme. Quels efforts inutiles ! Je n'aurais pas dû grimper, ni courir à perdre haleine comme une folle. Je me suis réveillée. Bon voyage, Michaël ! Je me tiendrai à la fenêtre et graverai des signes dans la buée. Tu peux croire, si tu veux, que je te fais des signes. Je ne te détromperai point. Je ne suis pas ta mère. Nous sommes deux, nous ne sommes pas un. Tu ne pouvais pas toujours rester mon fils aîné et raisonnable. Bon voyage ! Il n'est peut-être pas trop tard pour te révéler que rien ne dépendait de toi. Ni de moi. Aurais-tu oublié que lorsque nous étions dans le café Atara, il y a si longtemps de cela, tu m'avais dit que cela aurait été bien que nos parents se rencontrent. Maintenant, essaye de l'imaginer. Nos parents sont morts. Joseph, Yehezquel. Je t'en prie, cesse de sourire, à la fin. Fais un effort. Concentre-toi. Essaie de te représenter le tableau : toi et moi, nous sommes frère et sœur. Que les rencontres possibles sont nombreuses ! La mère et le fils. La colline et les buissons. La pierre et l'eau. Le lac et le navire. Le mouvement et l'ombre. Le pin et le vent.

Mais il me reste autre chose que des mots. J'ai encore la force d'ôter un gros cadenas. De pousser les lourdes portes de fer. De libérer les deux jumeaux. Ils se glissent, envoyés par moi, dans la nuit profonde.

Avec le soir ils s'accroupissent tous les deux pour préparer leur équipement. Des sacs à dos militaires délavés. Une caisse d'explosifs. Des détonateurs. Des mèches. Des munitions. Des grenades. Des couteaux étincelants. La cabane abandonnée est plongée dans une obscurité muette. Halil et Aziz, les magnifiques, que j'appelais Halziz. Ils n'ont pas de mots. Seuls des sons gutturaux jaillissent. Des mouvements mesurés. Des doigts souples et forts. Ils ne font qu'un seul corps. Il se dresse ferme et doux. La mitraillette en bandoulière. L'épaule carrée et bronzée. Ils se déplacent avec des semelles de caoutchouc. Vêtus de kaki sombre. Tête nue dans le vent. Ils se dressent comme un seul homme avec les dernières lueurs. Ils se glissent hors de la cabane vers les pentes escarpées. Leurs pieds foulent un sentier caché. Ils communiquent à l'aide de signes simples : de petits attouchements, un murmure étouffé, comme un couple qui fait l'amour. Le doigt sur l'épaule. La main sur la nuque. Un cri d'oiseau. Un sifflement secret. De grands chardons dans le ravin. L'ombre des vieux oliviers. La terre se donne en silence. Maigres et robustes à faire peur, ils se faufilent tous les deux dans les méandres du ravin. La tension rentrée ronge. Les mouvements sont arrondis comme celui de jeunes arbres courbés par le vent. La nuit les recueille, les couvre de son voile, les ramasse dans son sein. Le sanglot des criquets. Le rire des renards dans le lointain.

La route est franchie dans un élan. Le mouvement ressemble maintenant à un glissement léger. Le bruissement des bois sombres. Des ciseaux d'acier découpent sauvagement les barbelés. Les étoiles participent. Leur clignotement indique la direction à prendre. À l'horizon les montagnes semblent des masses de nuages noirs. Dans la plaine, les lumières des villages. L'eau murmure dans un tuyau sinueux. Les tourniquets jacassent. L'attention est dans les fibres de leur peau, dans la paume de leurs mains, sous la plante de leurs pieds, dans la racine de leurs cheveux. Ils contournent sans bruit l'embuscade placée à l'entrée du ravin. Ils se frayent un chemin à travers les vergers sombres. Une petite pierre dégringole. Le signal. Aziz bondit en avant. Halil avance, accroupi, derrière un talus. Un chacal se met à hurler, puis se tait. Des mitraillettes chargées sans la manette de sûreté. Un poignard aiguisé bruit. Un gémissement étouffé. Un élan. Un frisson de sueur salée. Un flot silencieux.

Une femme fatiguée se penche à une fenêtre éclairée, ferme les volets et disparaît. On entend la toux rauque d'un gardien endormi. Ils rampent entre des buissons épineux. Les dents blanches se découvrent pour mordre la goupille de la grenade. Le gardien enroué rote tout haut. Se retourne et s'éloigne.

Le château d'eau de béton repose sur de grandes colonnes. Ses angles fondent dans l'obscurité, s'arrondissent dans l'ombre. Quatre mains fermées s'ouvrent. Elles s'accordent entre elles comme au cours d'une danse. Comme pour faire l'amour. Comme si elles avaient poussé sur le corps d'une seule bête. La mèche. Le dispositif de retardement. Le détonateur. Le percuteur. L'allumage. Des silhouettes dévalent la montagne vers les espaces lointains. Un bruit de pas. Sur les pentes de l'autre côté de la ligne du ciel, ils courent en silence comme une caresse de désir. La végétation se courbe et se relève à leur passage. Comme une barque légère qui fend des flots très calmes. Les champs rocailleux. L'entrée du ravin. Ils contournent l'embuscade. Les cyprès noirs tremblent. Les vergers. Le chemin sinueux. Ils se collent au rocher avec ruse. Les narines s'enflent pour respirer. Les doigts cherchent les sauterelles à tâtons. Les désirs des grillons cachés. L'humidité de la rosée et du vent. Soudain, ou presque, retentit le bruit sourd d'une explosion. Un éclair déchire l'horizon, à l'Ouest. De faibles bribes d'écho roulent dans les creux de la montagne.

Puis un rire se déchaîne, violent, contagieux, secouant. Une poignée de main rapide. L'ombre du caroubier isolé sur la crête. La cabane. Une ampoule couverte de suie. Les premiers mots. Un hurlement de joie. Le sommeil. La nuit violette. Une rosée abondante se pose au fond des vallées. Une étoile. Des montagnes massives, opaques.

C'est moi qui les ai envoyés. Ils me reviendront au petit matin sombres et chauds, dégageant un parfum d'écume et de sueur.

Un vent léger effleure les pins, les caresse. L'horizon pâlit lentement. Et sur l'immensité descend une paix glaciale.

Mai 1967

DU MÊME AUTEUR

Aux Éditions Calmann-Lévy

LA COLLINE DU MAUVAIS CONSEIL
LA BOÎTE NOIRE (prix Femina étranger, 1988)
LA TROISIÈME SPHÈRE
CONNAÎTRE UNE FEMME
UN JUSTE REPOS
JUSQU'À LA MORT
LES VOIX D'ISRAËL
TOUCHER L'EAU, TOUCHER LE VENT
MON MICHAËL
AILLEURS PEUT-ÊTRE

Aux Éditions Stock

LES TERRES DU CHACAL
MON VÉLO ET AUTRES AVENTURES

Composé chez Traitex
Impression Société Nouvelle Firmin-Didot
le 15 septembre 1995
Dépôt légal : septembre 1995
Numéro d'imprimeur : 31959
ISBN 2-07-038932-4/Imprimé en France.